EMMA CHASE

Emma Chase s'est fait connaître en publiant ses textes sur Internet. Lors de sa première publication, le premier tome de la série *Love Game*, *Tangled*, s'est retrouvé dans les meilleures ventes du *New York Times*. Il est suivi de *Twisted* (2014), *Tamed* (2015), *Tied* (2016) et *Holy Frigging Matrimony : Les Liens sacrés du mariage* (2015), un roman court reprenant les mêmes personnages. Elle est également l'auteur d'une autre série, *Sexy Lawyers*, dont le premier volume, *Objection*, a paru en 2016, suivi en 2017 de *Sous influence*, *Affaire non classée*, et *Entre parenthèses*. Tous ses ouvrages sont publiés chez Hugo & Cie.

Retrouvez toute l'actualité de l'auteur sur :
www.authoremmachase.com

SEXY LAWYERS

DU MÊME AUTEUR
CHEZ POCKET

LOVE GAME

1. TANGLED
2. TWISTED
3. TAMED
4. TIED

HOLY FRIGGING MATRIMONY

SEXY LAWYERS

1. OBJECTION
2. SOUS INFLUENCE

EMMA CHASE

[Sous influence]
SEXY LAWYERS

Traduit de l'anglais (États-Unis)
par Robyn Stella Bligh

Hugo Roman

Titre original :
SUSTAINED – THE LEGAL BRIEFS SERIES

MIXTE
Papier issu de
sources responsables
FSC® C003309
FSC
www.fsc.org

Pocket, une marque d'Univers Poche,
est un éditeur qui s'engage pour la préservation
de son environnement et qui utilise du papier fabriqué
à partir de bois provenant de forêts gérées
de manière responsable.

ISBN : 978-2-266-26394-8

Dépôt légal : janvier 2018

Aux héros.
Aux champions.
À ceux qui font ce qui est courageux,
honorable et juste.
C'est grâce à vous
que je crois aux fins heureuses.

Prologue

Je suis de ceux qui ont une horloge interne qui les réveille à la même heure tous les matins, quel que soit leur état de fatigue ou l'heure à laquelle ils se sont couchés la veille. Je faisais partie de cette catégorie d'enfants, les mamans me reconnaîtront, que les parents supplient de les laisser dormir encore quelques minutes, jusqu'au jour où ils établissent la règle que personne n'a le droit de sortir du lit avant que le soleil ne soit levé.

Ainsi, même si c'est dimanche, mes paupières s'ouvrent à cinq heures du matin, pile. J'étire mes muscles ankylosés par le manque de sommeil... et par la séance de cardio qui a suivi notre retour du bar. J'enlève la couverture et je me lève, nu, passant devant la tête blonde qui dépasse tout juste du drap, pour me diriger vers la salle de bains. Je vide ma vessie, je me brosse les dents, et je m'éclabousse de l'eau sur la figure avant de coiffer en arrière mes cheveux noirs indisciplinés. Je tends les bras au-dessus de ma tête et je grogne en me faisant craquer la nuque.

Je suis trop vieux pour ces conneries.

Je repense alors aux détails de la seconde partie de soirée – l'excitation de la drague, ma technique de flirt parfaite... les préliminaires en sueur, la baise torride, les longues jambes sur mes épaules... et je souris jusqu'aux oreilles.

Tu ne seras jamais trop vieux.

Je retourne dans ma chambre pour prendre un tee-shirt et un jogging, et je marche en silence jusqu'à la cuisine. J'appuie sur le bouton de la cafetière déjà prête. Oubliez les chiens : le meilleur ami de l'homme, c'est une bonne machine à café. J'attends donc que le café se prépare et j'allume le petit écran plat qui est accroché au-dessus du plan de travail. Les présentateurs annoncent les dernières horreurs, les résultats sportifs et la météo.

Stanton, qui était mon colocataire depuis la fac de droit, a déménagé l'an dernier pour vivre avec Sofia[1], qui travaille également dans le même cabinet d'avocats que nous. Stanton est un mec super et Sofia est une nana en or. Leur histoire a commencé par un plan cul, mais j'avais vu longtemps avant eux qu'ils finiraient ensemble. Avoir l'appartement pour moi tout seul est génial, non pas que Stanton fût négligé, mais il a passé ses années de fac dans une fraternité, or je suis un mec organisé. J'aime que les choses soient agencées d'une certaine manière, à ma façon. La routine et la discipline sont mes maîtres mots. Ma mère m'a toujours dit que je ferais un super militaire, si je n'avais pas eu de problème avec l'autorité. Les seuls ordres auxquels j'obéis sont les miens.

---

1. Cf. *Sexy Lawyers saison 1, Objection.*

La vapeur s'échappe de ma tasse de café noir lorsque je sors sur le balcon, regardant les rues de Washington DC se réveiller lentement, écoutant la voix nasillarde du présentateur depuis la cuisine.

« *La départementale I-495 était bloquée pendant plusieurs heures, hier, à la suite d'une collision qui a ôté la vie au célèbre lobbyiste de l'environnement, Robert McQuaid, et à sa femme. Les causes de l'accident mortel restent encore à déterminer. Toujours localement...* »

Des bras minces m'entourent par-derrière et deux petites mains se posent sur mes abdos tandis que je sens une joue se plaquer entre mes omoplates.

— Reviens te coucher, rouspète-t-elle. Il est beaucoup trop tôt.

Désolé, Cendrillon, mais les douze coups de minuit ont sonné. Le carrosse s'est retransformé en citrouille et il est temps de récupérer ton soulier de vair. Je n'ai jamais prétendu être le Prince Charmant.

Il existe certaines femmes qui acceptent très bien qu'un coup d'un soir en reste là. Mais honnêtement, ce n'est pas le cas de la plupart des nanas. Du moment qu'elles comprennent que je ne leur propose rien d'autre que du sexe, je suis partant pour qu'on remette le couvert une prochaine fois. Cependant, dès que je vois de la tristesse dans leur regard ou que je m'aperçois qu'elles sont vexées... c'est fini. Je n'ai pas le temps pour ces petits jeux, et je n'ai aucune envie de « voir où ça nous mène ».

J'enlève les mains de la blonde et je retourne dans la cuisine pour poser ma tasse vide dans l'évier.

— Je vais courir. Il y a du café chaud et de l'argent pour un taxi sur la table, dans l'entrée. Inutile d'attendre mon retour.

Ses lèvres charnues, qui étaient délicieuses lorsqu'elles étaient sur ma queue, font la moue.

— Tu n'es pas obligé d'être un connard, tu sais.

— Je sais que je ne suis pas obligé, je réponds en haussant les épaules, mais c'est plus simple comme ça.

J'enfile mes baskets et je ferme la porte derrière moi.

1

Quatre semaines plus tard

— Ils m'ont traité comme un vulgaire délinquant ! C'était humiliant !

Milton Cooper Carrington Bradley est l'héritier d'une chaîne d'hôtels de luxe et un de mes meilleurs clients. Sur le papier, il a vingt ans. Dans sa tête, il en a quatre.

— Ces abrutis de paysans ne savent pas à qui ils ont affaire ! Je leur ai dit que je les ferai tous virer.

Oui, il s'appelle *vraiment* Milton Bradley. À l'évidence, sa stupidité est héréditaire.

— Surtout la chef des hôtesses, c'était vraiment une garce. Tu joues au squash avec le président de la compagnie aérienne, non, Papa ? Je veux sa tête.

Je recule dans mon fauteuil tandis qu'il continue à se plaindre auprès son père à propos des règles injustes dans les avions et de tout ce qu'il veut faire pour se venger. Je suis avocat de la défense en droit pénal pour le cabinet Adams & Williamson, et je suis l'une des élites qui s'est rapidement fait un nom dans la boîte. Cependant, cette année est cruciale. Il est temps de sortir du peloton et de montrer aux associés que je suis un des leurs, le meilleur.

Contrairement à mes collègues, qui sont aussi mes meilleurs amis, je ne suis pas freiné par une famille, une copine, un mariage ou des enfants – qui sonnent la fin d'une carrière. Je n'ai pas de distraction dans ma vie personnelle, ce qui fait que je peux m'engager à cent pour cent auprès de mon entreprise. J'aime mon travail. Je ne dirais pas qu'il me passionne, mais je suis très bon dans ce que je fais. C'est intéressant, et je relève des défis tous les jours. Le travail d'un avocat de la défense n'est pas de protéger les plus faibles et les innocents, c'est un jeu. Il faut prendre la main qu'on vous distribue, étudier les éléments de l'affaire et vous en servir à votre avantage. Il faut être plus intelligent que le camp adverse et capable de gagner alors que rien ne joue en votre faveur.

L'inconvénient, c'est que je dois passer mes journées avec des abrutis comme Milton Bradley.

Il sort une cigarette de sa poche et l'allume avec son Zippo. Il lève brusquement la tête, en faisant voler sa mèche blonde, tandis qu'il recrache un nuage de fumée par les narines, comme un dragon impotent qui ne sait pas faire de flammes.

— Tu ne peux pas fumer ici.

— Ah ouais ? Et pourquoi pas ? demande-t-il en me défiant du regard.

Je me lève lentement et je me penche par-dessus la table pour le surplomber. J'ai parfaitement conscience de ma taille : je mesure un mètre quatre-vingt-dix-huit et je pèse cent kilos. Ce n'est que du muscle, et je connais l'effet qu'a mon physique sur les gens. Je suis intimidant, même quand je n'essaie pas de l'être.

Or, là, j'essaie justement de l'être.

— Parce que je l'ai décidé, je réponds d'une voix grave et menaçante.

Lorsque vous pensez ce que vous dites et que vous dites ce que vous pensez, il n'y a aucune raison d'élever la voix. Crier est un signe de désespoir, c'est l'indication que vous êtes à court d'arguments et que vous n'avez plus d'autre choix que celui de hurler.

Je tends vers lui un gobelet dans lequel il reste un fond de café. Sans un mot, Milton y lâche sa cigarette, qui s'éteint avec un sifflement, laissant une odeur désagréable dans la salle de réunion.

La plupart de mes clients sont riches, d'autres le sont un peu moins. Cependant, ils arrivent tous dans mon bureau en raison de traits de personnalité similaires. Ce sont des tricheurs ou des escrocs, des hommes qui pensent être au-dessus des lois, des raclures dont la nature violente est cachée derrière leur visage souriant. La défense en droit pénal est un peu comme la proctologie : c'est un trou du cul après l'autre. Ce métier n'est pas pour les mauviettes, et heureusement, je n'en suis pas une.

— Comment on fait disparaître le problème, Jake ? demande Bradley senior. Ses yeux, qui sont presque aussi noirs que son costume, me regardent avec un certain degré de respect, parce qu'il comprend ce qui a échappé à sa progéniture : je travaille pour lui, mais il a plus besoin de moi que je n'ai besoin de lui.

Je retourne m'asseoir et je lis le reste du procès-verbal d'arrestation.

— Les témoins disent que ton comportement était erratique. Que tu étais menaçant.

— Ils mentent tous. Ils sont jaloux, ricane Milton.

— L'hôtesse dit qu'elle a senti une odeur de marijuana lorsque tu es sorti des toilettes.

Milton regarde son père d'un air inquiet, mais ça ne dure qu'une seconde. Il repose les yeux sur moi et lève le menton, comme si je l'avais offensé.

— Je l'ai sentie aussi. Ça devait être l'un des autres passagers.

Je note quelque chose dans son dossier, juste pour m'amuser.

J'ai eu des calculs rénaux plus gros que le cerveau de ce gamin.

Les justifications, les excuses... Il y a des jours où j'ai l'impression de les avoir toutes entendues. *Je n'ai pas pu m'en empêcher. Il m'a obligé à le faire. Elle l'a cherché. Je dormais. Je promenais le foutu chien.* Si seulement ils faisaient preuve d'originalité et au moins semblant d'y croire...

— Un conseil, pour l'avenir, j'annonce à Milton. N'emmerde pas la Federal Aviation Administration[1]. Ils sont à cran, ces jours-ci, et ils ont les moyens de faire de ta vie un enfer.

Je me tourne ensuite vers son père.

— Pour répondre à votre question, Malcolm, il me serait plus simple de vous débarrasser de cette affaire si votre fils évitait de se faire arrêter toutes les trois semaines.

Deux arrestations pour conduite en état d'ivresse, une pour trouble de l'ordre public, et encore une pour bagarre dans un bar, et cela en trois mois à peine.

1. Agence gouvernementale chargée de la réglementation et des contrôles concernant l'aviation civile aux États-Unis.

Je suppose que vous pensez que ce gamin bat des records, hélas, cela ne joue pas en sa faveur.

— Donc on ne peut pas gagner ? demande Milton alors que sa voix se met à trembler.

— Bien sûr qu'on va gagner, je réponds froidement. Tu as pris des médicaments avant de décoller parce que tu as peur de prendre l'avion, et tu as fait une mauvaise réaction, ce qui explique ton comportement agressif. Une déclaration signée de ton médecin devrait suffire.

C'est presque trop facile.

— Mais, je poursuis en le pointant du doigt, je veux que tu passes les six prochaines semaines chez toi. Je ne veux pas voir ton nom dans les journaux ou sur les chaînes d'info *people*. Ne conduis pas, ne va pas en boîte, ne t'avise même pas de péter en public. Tu comprends ?

Malcolm sourit et pose sa main sur l'épaule de son fils.

— Nous comprenons, oui. Comme toujours, je te remercie, Jake, dit le père, tandis que nous nous levons tous les trois. Nous avons de la chance de t'avoir dans notre camp.

— Je vous tiens au courant, je réponds.

Nous nous serrons la main, et ils quittent enfin mon bureau.

◆◆◆

Deux heures plus tard, j'enfile ma veste de costume, prêt pour aller déjeuner. J'ajuste ma cravate et le col de ma chemise pour m'assurer qu'on ne voit pas mes tatouages, qui commencent sur ma clavicule et recouvrent toute mon épaule avant de descendre jusque sur mes poignets. C'est un peu galère en été, parce que mes clients coincés sont mal à l'aise lorsqu'ils voient ma peau tatouée, et aucun juge n'aime ça.

Ma secrétaire, Mme Higgens, entre dans mon bureau. Elle est l'image parfaite de la petite vieille dame, jusque dans son collier de perles et ses lunettes en demi-lune – le genre que portent les mamies qui tricotent dans leur fauteuil à bascule, entourées par une ribambelle de petits-enfants. Mme Higgens est surtout la secrétaire idéale.

— Il y a une jeune femme qui demande à te voir, Jake. Elle n'a pas de rendez-vous.

Bon sang, je déteste ces gens-là, ils sont inattendus et imprévisibles. Ils foutent mon emploi du temps en l'air, or mon emploi du temps est sacré.

— Je suis sur le point de sortir.

Mme Higgens penche la tête sur le côté et me parle à voix basse.

— Elle est très jolie.

Je regarde ma montre.

— Très bien, mais dis-lui qu'elle n'a que cinq minutes et pas une seconde de plus.

Je me rassois sur mon fauteuil, et quelques secondes plus tard, une petite blonde entre dans mon bureau. Elle doit avoir la vingtaine, elle est séduisante et elle a un corps canon sous un pantalon beige et un pull jaune canari. Cependant, son regard fuyant et ses mouvements hésitants la rendent moins attirante.

Le physique compte, chez une femme, mais c'est son assurance qui la rend irrésistible.

— Salut, dit-elle en me regardant brièvement avant

de tourner la tête vers la porte et de remettre une mèche derrière son oreille.

— Bonjour, en quoi puis-je vous aider ?

— Tu ne te souviens pas de moi ? demande-t-elle en me regardant enfin dans les yeux.

J'étudie un peu mieux son visage. Elle n'est ni magnifiquement belle, ni affreusement moche. Elle est... banale. Le genre de nana dont on ne se souvient pas, justement.

— Je devrais ?

Ses épaules s'affaissent et elle cache ses yeux derrière sa main.

— Bon sang, je savais que ça allait être affreux, mais...

Elle s'assoit sur une des chaises devant mon bureau mais elle reste sur le bord, comme si elle s'apprêtait à partir en courant.

— On s'est rencontrés il y a un mois au Angry Inch Saloon, je portais une robe rouge.

Ça ne me dit rien du tout. J'ai rencontré beaucoup de nanas dans ce bar, et lorsqu'il y en a, je choisis toujours des blondes.

Elle rabat sa mèche sur le côté et tente une nouvelle approche.

— Je t'ai demandé de m'offrir un verre et tu as accepté. C'était un Cosmopolitan.

Toujours rien.

— On est rentrés chez toi après que je t'ai raconté que j'avais surpris mon copain en train de baiser avec ma meilleure amie.

Essaie encore.

— Et qu'il portait ma nuisette rose préférée...

Bingo !

— Oui, je m'en souviens, maintenant...

Je fronce les sourcils en cherchant son prénom.

— Lainey, déclare-t-elle.

— Lainey, je répète en claquant des doigts. C'est ça. Qu'est-ce que je peux faire pour toi ? je demande en regardant ma montre.

Plus que deux minutes, et je me casse.

Lainey redevient nerveuse.

— OK, eh ben... il n'y a pas de façon sympa de le dire... donc je vais aller droit au but.

C'est un bon plan d'attaque.

Elle retient sa respiration.

— Il ne s'est pas contenté de se taper ma meilleure amie et de porter ma lingerie préférée... il m'a laissé quelque chose, aussi.

Que de mystères...

— La syphilis.

◆◆◆

Qu'est-ce qu'elle vient de dire ?

J'enfonce mon doigt dans mon oreille, car elle est clairement pleine d'eau depuis ma douche de ce matin, m'empêchant d'entendre ce qu'elle dit.

Seulement, elle le répète, et le son est le même.

— Ouais... la syphilis.

Mon estomac fait un saut périlleux et je me demande si je ne vais pas vomir mon petit déjeuner sur mon bureau.

— J'ai eu les résultats il y a quelques jours. À la clinique, on m'a dit que je devais contacter tous les gens avec qui j'ai eu des rapports sexuels, et il n'y a que toi.

Je me suis souvenue de ton nom et que tu étais avocat à Washington. Donc... me voilà.

Elle devrait se décaler un peu sur la droite parce que je vais lui gerber dessus.

Elle respire plus calmement, maintenant, et elle a l'air soulagée d'avoir dit ce qu'elle était venue m'annoncer. Eh bien, tant mieux pour elle.

— Est-ce que tu as des questions, Jake ? Quelque chose que tu veux dire ?

Putain de merde, j'aurais dû partir manger sans la voir.

2

Je n'ai pas toujours été attaché à une routine comme je le suis aujourd'hui. Lorsque j'étais plus jeune, j'étais un véritable *bad boy*. Plus je faisais de conneries, mieux c'était. J'ai les cicatrices, les tatouages, le casier judiciaire scellé pour le prouver. J'avais un gros problème de comportement et une colère encore plus grande, un mélange explosif, et je laissais les deux me diriger comme les drogués se laissent mener par l'héroïne. Ce n'est qu'après une grosse frayeur, une erreur gigantesque qui a failli foutre ma vie en l'air, que je me suis assagi. Avec l'aide d'un vieux juge irritable qui m'a pris sous son aile et m'a botté le cul – façon de parler –, j'ai réussi à enfermer le *bad boy* à double tour et à jeter la clé.

Ce juge avait vu quelque chose en moi dont je ne soupçonnais pas l'existence : du potentiel, la promesse d'accomplir de belles choses. Certes, ma mère l'avait toujours prédit, mais dans mon cerveau tordu, ce qu'elle pensait ne comptait pas. Toutes les mères pensent que leur gamin est le prochain Einstein, Gates ou Mozart.

Il m'a accepté tel que j'étais, avec mes défauts, mais il a refusé de croire que je n'étais que ça. Lorsque quelqu'un croit en vous et que cette personne fait d'énormes efforts pour vous alors que rien ne l'y oblige, ça a un impact. J'ai eu envie de pouvoir me regarder dans le miroir et de voir cet homme qu'il savait que je pouvais devenir.

Aujourd'hui, c'est cet homme que je vois dans mon reflet : maîtrisé, puissant, au sommet de la pyramide. Mon ancienne colère ressort de temps en temps, certes, mais je parviens toujours à la gérer. Le *bad boy* n'a le droit de sortir qu'occasionnellement, et il reste toujours en laisse. Les femmes adorent un homme avec un côté sombre, elles craquent toutes pour les gros durs, donc c'est lui qui gère cet aspect-là de ma vie.

C'est cette maîtrise si durement acquise qui me permet de ne pas annuler mon déjeuner avec mes amis alors que j'en meurs d'envie. Cependant, c'est un rituel : Sofia, Brent, Stanton et moi – les Quatre Fantastiques du cabinet – déjeunons parfois dans nos bureaux, mais en général nous allons dans un des restaurants du quartier. C'est là que nous sommes assis maintenant, à une table ronde couverte d'une nappe vichy, en terrasse sur rue, même si le soleil de mars est à peine assez chaud pour le permettre. Le procès de Stanton s'est terminé plus tard que prévu et il arrive en dernier.

Sofia se lève lorsqu'elle le voit arriver, lissant sa jupe crayon noire, se hissant sur ses talons de dix centimètres qui la font paraître aussi grande que son copain.

Il l'embrasse avec un sourire mielleux.

— Salut, chérie.

— Salut, répond-elle en passant sa main dans ses cheveux blonds.

Brent recule sur sa chaise, le regard espiègle.

— Et moi, je n'ai pas droit à un bisou ?

Stanton déplace la chaise de Sofia avant de s'asseoir à son tour.

— Mon cul est toujours disponible pour ta bouche, Mason.

— En fait, je parlais à Sofia.

— Dans ce cas, son cul n'est pas au menu, répond-il avant de regarder la carte.

Stanton Shaw est un bon gars à l'ancienne. Il a grandi dans une ferme du Mississippi, et c'est un homme honnête et loyal qui ne tolère aucun mensonge. Il a un charme naturel que les femmes – et les jurys – trouvent irrésistible. Nous nous sommes rencontrés en fac de droit et nous sommes devenus colocataires. Il détient un impressionnant palmarès de victoires, aussi beau que le mien, et il espère lui aussi devenir associé du cabinet. Cependant, contrairement à moi, Stanton a un passif. Un passif cool et adorable, certes, mais quand même.

Je n'aime pas les enfants, ils sont trop dépendants et trop râleurs. Cependant, Presley, la fille de Stanton, est une exception. Elle vit dans le Mississippi avec sa mère, mais elle vient suffisamment souvent à Washington pour que mon pote mérite la médaille de super papounet dont il est si fier. Si le soleil prenait une forme humaine, comme dans un mythe grec, il ressemblerait à Presley Shaw. C'est une gamine géniale.

Après avoir commandé, nous parlons de nos dossiers respectifs et de ce qu'il se passe dans la boîte : qui empiète sur le territoire de qui, qui est prêt à casser du sucre sur le dos de qui, etc. Ce ne sont pas des ragots, c'est ce qu'il nous faut savoir pour bien nous positionner au sein du cabinet.

Nous sommes en train de parler de politique lorsque nos plats arrivent. Washington a beau être une grande ville, lorsqu'il s'agit de stratégies et d'alliances, on dirait Koh-Lanta. Tout le monde meurt d'envie de dégager quelqu'un de l'île.

Cependant, je n'écoute que d'une oreille, car l'autre saigne toujours après la révélation de ma visite surprise. Lainey. Je doute d'oublier de nouveau son prénom. Je fais de mon mieux pour rester calme, mais mes mains moites me trahissent. Or, à moins de frapper dans un sac de boxe à la salle de sport ou de courir mes onze kilomètres quotidiens, je ne transpire jamais. Je réfléchis à ce que j'ai fait pour en arriver là, aux choix que j'aurais dû faire pour éviter la nausée qui me coupe l'appétit.

La voix de Brent me tire de mes pensées.

— Qu'est-ce qu'il t'arrive, aujourd'hui ?

Je lève la tête vers lui.

— Comment ça ?

— Tu n'as pas dit un mot du repas, tu es resté enfermé dans ton mutisme, répond-il en haussant les épaules. Que se passe-t-il ?

Brent est bavard. Il nous raconte tout ce qui lui arrive. Il vient d'une famille richissime, mais ses parents ne sont pas les aristocrates froids et coincés qu'on pourrait imaginer. Ils sont un peu excentriques, certes, ce que je trouve divertissant au possible, mais ce sont surtout des gens chaleureux et généreux qui ont transmis ces qualités à leur fils. Étant donné qu'ils ne travaillent pas, les membres de la famille de Brent ont *beaucoup* de temps libre. Ils sont donc beaucoup trop impliqués dans la vie des uns et des autres. Les secrets n'existent pas dans la famille Mason. Le mois dernier, Carolyn, la cousine de Brent, a joint à la newsletter familiale son calendrier d'ovulation pour que tout le monde croise les doigts afin qu'elle tombe enceinte.

Je ne plaisante pas, je suis surpris qu'il n'y ait pas encore de télé-réalité qui leur soit consacrée.

Lorsqu'il était petit, Brent a eu un accident : une voiture qui roulait trop vite lui est rentrée dedans. Il a survécu, mais il a perdu la moitié inférieure de sa jambe gauche. Cependant, il le vit bien ; je crois qu'il est incapable de s'apitoyer sur son sort. D'ailleurs, sa belle gueule et le fait que les femmes le supplient de les baiser ne doivent pas lui faire de mal. Par ailleurs, Brent est un fervent défenseur de la psychothérapie. Je parie qu'il a déboursé plus d'argent en psy, ces dernières années, qu'il n'en a dépensé pour acheter sa maison.

Quant à moi, je ne suis pas bavard, et je n'aime pas me confier. Toutefois, cela ne nous empêche pas de bien nous entendre, et Brent a le chic pour me faire parler, en employant une manière qui ne me donne pas envie de l'étrangler.

Mais aujourd'hui, ça ne marchera pas.

— Je n'ai pas envie d'en parler.

Il fixe son regard sur moi comme le ferait un pilote de chasse sur sa cible.

— Eh bien, tu es *obligé* d'en parler, maintenant.

— Pas vraiment, non, je réponds sèchement.

— Allez, crache le morceau. Dis-nous ! Dis-nous ! Je sais que tu en as envie, dis-nous !

— Autant nous le dire, Jake, tu sais qu'il ne lâchera pas l'affaire tant qu'il ne saura pas, ricane Stanton.

— Je pourrais aussi lui casser la mâchoire, je rétorque, et là il ne pourra plus rien dire !

Brent frotte lentement sa nouvelle barbe.

— Tu n'oserais pas abîmer cette œuvre d'art, ce serait un crime. Allez, dis-nous !

J'ouvre la bouche, puis je m'arrête en regardant Sofia, qui devine à quoi je pense.

— J'ai grandi avec trois grands frères, et je vis avec *lui*, dit-elle en désignant Stanton. Tu ne peux rien dire que je n'aie pas déjà entendu.

Je comprends qu'ils ne lâcheront pas, alors je me force à respirer calmement puis je me lance.

— Je viens d'apprendre qu'une nana avec qui j'ai couché il y a un mois a la syphilis. Je dois aller me faire dépister.

Sofia s'étouffe avec sa gorgée d'eau.

— Rectification, ça, je n'y avais jamais eu droit.

Brent, cet enfoiré, éclate de rire.

— Mec, c'est affreux.

— Merci pour ta sympathie, connard. Tu as l'air vraiment triste.

Il parvient à calmer son fou rire.

— Ça craint, mec, je ne dis pas le contraire, mais la syphilis se soigne avec une piqûre, ç'aurait pu être pire. Si tu veux jouer, il faut parfois payer le prix. Ça arrive aux meilleurs d'entre nous. J'ai déjà eu un souci de jeu à gratter...

— De jeu à gratter ? demande Sofia.

— Des morpions, explique Stanton.

— Beurk, rétorque-t-elle en grimaçant.

— Je t'avais dit qu'à force de jouer, une minette finirait par avoir ta queue, gronde Stanton.

Quand il était célibataire, Stanton était loin d'être un moine. Cependant, quand il couchait avec une nana, c'était plutôt sur du long terme. Il avait une liste de femmes qu'il pouvait appeler régulièrement lorsqu'il voulait baiser. Moi, je ne fonctionne pas comme ça. Ça demande trop d'énergie, trop de temps. Ce n'est pas l'esprit et la personnalité d'une femme qui m'excitent. C'est son corps.

— Ce n'est pas comme si vous faisiez attention, vous, je dis à mes deux amis. J'ai souvent rencontré les femmes avec qui vous avez couché, et certaines étaient loin d'être classe.

— Je ne suis pas d'accord, répond Brent en souriant jusqu'aux oreilles, me donnant ainsi raison.

— Au moins je connaissais leur prénom, rétorque Stanton. Un peu de leur parcours, leurs goûts, leur histoire...

— Mais bien sûr, parce que juste après avoir parlé de la météo, une nana va te dire « au fait, j'ai des morpions ».

Stanton y réfléchit un moment et hausse les épaules.

— Ce n'est pas impossible, en fait. Tu serais surpris par ce que tu peux apprendre en prenant le temps de connaître une femme. Et même si elle ne te le dit pas, tu sais au moins quel genre de nana c'est, et ça t'aide à décider si tu veux tremper ta bite dedans ou pas.

Je n'aime pas l'admettre, mais il n'a peut-être pas tort. Je décide donc que, si mes résultats sont négatifs, j'apprendrai à connaître la prochaine nana que je me taperai. Au moins un peu. Histoire que je n'aie jamais, *jamais*, à revivre cette angoisse.

Sofia appuie ses coudes sur la table et s'approche de moi.

— Tu as appelé ton médecin ?

— Ouais, j'ai rendez-vous ce soir.

Je fuis les médecins comme la peste. Au fond de moi, je sais que c'est stupide, mais je suis convaincu que le stress de savoir qu'on est atteint d'une maladie mortelle vous tue bien plus vite que la maladie elle-même. Je préfère ne rien savoir.

Succomber à une crise cardiaque pendant que je baise une femme sublime ou alors que je suis en train de gagner un procès devant un jury. C'est comme ça que je veux mourir. Dans très, très longtemps.

— Tu sais ce qui est le pire dans cette histoire, n'est-ce pas ? demande Brent, en souriant jusqu'aux oreilles.

— Quoi, ce n'est pas ça, le pire ?

— Non. C'est le célibat, mec. Aucun droit de sortie pendant au moins deux semaines. En tout cas, jusqu'à ce que tu aies le résultat des tests.

— *Deux semaines* ? Tu te fous de moi ?

Mon sexe se recroqueville déjà sur lui-même, comme si Brent avait dit deux années.

Mon ami pose sa main sur mon épaule, et j'ai envie de lui en coller une.

— Hélas, non. Tu vas passer *beaucoup* de temps avec ta main, mon pote.

3

Deux semaines plus tard

Brent avait raison. Ces deux semaines ont été les plus longues de ma vie. J'ai fait tellement d'abdos que j'ai cassé mon banc de musculation, et j'ai passé beaucoup trop de temps seul avec ma main – il est temps de lui faire mes adieux.

Je ne suis pas un obsédé sexuel. Je n'ai nullement besoin de baiser tous les soirs, mais deux semaines d'abstinence, c'est beaucoup trop long. Cela n'a pas été plaisant, et je n'ai pas été agréable. Je suis devenu de plus en plus insupportable au fil des jours, je suis tendu et sur les nerfs.

En d'autres termes, je suis en manque. Stanton évite désormais d'être dans le bureau en même temps que moi – je crois que c'est parce que j'ai menacé de lui arracher la langue le jour où il allumait Sofia au téléphone.

C'est aujourd'hui que mon jeûne prend fin, mais je suis encore plus stressé d'obtenir enfin les résultats de mon dépistage, ce qui n'est pas bon pour le client qui vient de passer la porte de mon bureau.

Devinez qui c'est ? Milton-Je-Ne-Peux-Pas-Obéir-À-Un-Ordre-Bradley.

Milton-J'ai-Été-Arrêté-Dans-Une-Voiture-Avec-Dix-Grammes-D'héroïne-Dans-La-Boîte-À-Gants.

La porte tremble sur ses gonds lorsque je la claque derrière lui en le fusillant du regard. Il enfonce ses mains dans ses poches et va s'asseoir avec l'attitude de quelqu'un qui se promène dans un parc, sans le moindre poids sur ses épaules.

Tu as choisi le mauvais jour, abruti.

Il s'assoit dans le fauteuil, tout avachi, et je joins mes mains sur mon bureau pour éviter de lui mettre une droite.

— Qu'est-ce que je t'avais dit ? je questionne.

— Elle n'était pas à moi.

— Qu'est-ce que. Je. T'avais. Dit ? je répète lentement, d'une voix encore plus grave et menaçante.

Il baisse les yeux, comme un chiot qui se fait gronder.

— Tu m'as dit de rester à la maison, mais...

— Il n'y a pas de *mais*. Je t'ai dit de rester chez toi, sauf que tu es trop bête pour écouter.

Il se lève en devenant rouge comme une tomate.

— Tu ne peux pas me parler comme ça ! C'est mon père qui paie ton salaire !

Je me lève aussi, et je suis bien plus effrayant que lui.

— Assieds-toi.

Il m'obéit, mais je reste debout.

— Ton père ne paie pas mon salaire, et même si c'était le cas, ce n'est pas pour autant que j'hésiterais à te traiter d'abruti, parce que c'est ce que tu es.

Il devient plus rouge encore, et je me rassois en adoptant un ton méditatif.

— Tu sais ce qui arrive aux garçons comme toi en prison, Milton ? Des jolis petits gars riches qui sentent bon la rose ?

Il pâlit aussi vite qu'il a rougi.

— À moins que tu ne rêves secrètement de te faire déchirer le trou de balle, il va falloir que tu comprennes rapidement que le seul obstacle entre toi et un camarade de cellule qui se fait appeler Chewbacca, c'est *moi*.

Il semble *enfin* avoir peur.

— Et, comme c'est mon boulot, je vais éviter à ton joli petit cul de finir en taule, même si tu ne le mérites pas, que tu veuilles coopérer ou non. Compris ?

Il hoche la tête et ne dit pas un mot.

— Donc : est-ce que tes empreintes sont sur l'héroïne ?

Il secoue la tête.

— Non, je n'y ai pas touché.

Tant mieux, il y a des chances pour que je puisse faire disparaître ce problème.

Je sors une carte de visite du tiroir de mon bureau et je la lui tends.

— Quand tu sors de mon bureau, rends-toi immédiatement à cette adresse.

— Qu'est-ce que c'est ? demande-t-il en étudiant la carte.

— C'est une entreprise de surveillance. Ils te mettront un bracelet électronique qui les informera dès que tu sortiras de chez toi. Si c'est le cas, ils m'appelleront tout de suite.

Il ouvre la bouche pour protester mais je ne lui en laisse pas le temps.

— Pas un mot, Milton. C'est ta dernière chance. Si tu merdes, c'est le plan B.

— C'est quoi, le plan B ?

— Je te casse la gueule. Tu ne pourras pas avoir d'ennuis si tu es en fauteuil roulant.

Il déglutit si fort que je l'entends.

— OK. Promis, je vais écouter, cette fois.

— Tu as intérêt. Pour ton propre bien, je réponds d'une voix glaciale.

◆◆◆

Deux heures plus tard, je suis dans le cabinet de mon médecin, assis sur la table d'examen avec cet affreux papier qui colle aux fesses. Comme si je n'étais pas déjà assez sur les nerfs, il est en retard.

Je n'ai rien d'autre à faire que de regarder la pièce. Sur les murs, on peut trouver des diplômes de Yale, une affiche sur la bonne façon de se laver les mains, une pub pour le vaccin contre la grippe, et un rappel pour les examens de la prostate.

Tuez-moi tout de suite.

Pour la millième fois en deux semaines, je fais le serment de ne plus jamais me trouver dans cette situation. Fini les coups d'un soir avec des nanas que je ne connais pas. Fini les nanas qui viennent de se faire larguer et qui veulent se remonter le moral avec moi. Dorénavant, je ne coucherai qu'avec des filles que je connais, que j'aurai choisies.

La porte s'ouvre enfin sur un homme en blouse blanche. Ses cheveux sont châtain foncé, ses yeux marron, et il a la peau de quelqu'un qui ne s'est jamais rasé – parce qu'il a l'air d'avoir douze ans.

— Je peux vous aider ? je demande.

Il lève les yeux du dossier qu'il tient dans les mains et sourit.

— Bonjour, monsieur Becker, je suis le docteur Grey.

Je regarde derrière lui, espérant que son père va arriver pour prendre le relais.

— Vous êtes sûr ?

— Oui, j'en suis certain, répond-il en souriant. Je suis nouveau dans le cabinet. Le docteur Sauer a eu une urgence familiale et je le remplace pour aujourd'hui, dit-il en tournant une feuille et en lisant le contenu. Avant de parler de vos résultats, j'aimerais que nous passions en revue le protocole pour des relations sexuelles sans risque, c'est-à-dire les préservatifs, les spermicides, les contraceptifs...

Je lève la main pour l'arrêter.

— On va éviter, hein ? Je suis au courant de tout ça. Est-ce que mes résultats sont bons, ou non ?

◆◆◆

Je lève ma bouteille de bière pour trinquer avec mes trois amis.

— Je suis clean !

Je n'ai pas souri autant depuis que j'ai gagné mon premier procès.

— Félicitations, s'exclame Sofia.

— En bonne santé, riche, et sage, répond Stanton. Prions pour que cela reste ainsi.

— Absolument, je dis en buvant une gorgée.

En temps normal, je ne bois pas à l'heure du déjeuner, et je ne suis jamais ivre, même le week-end.

J'ai toujours perçu ça comme une faiblesse : le manque de contrôle, les pensées floues, les actes regrettables. Cependant, aujourd'hui n'est pas un jour comme les autres. Je suis clean et ça se fête.

— Alors, c'est quoi ton plan, maintenant ? demande Brent. Ah ! Comme si je ne le savais pas déjà, espèce d'obsédé. J'ai vu comment tu regardais Mme Higgens. Ce n'est pas un peu désespéré ?

Je lui réponds par un doigt d'honneur. Mme Higgens est sans doute la seule femme dans mon entourage que je ne risque pas de toucher.

— Eh ben... c'est quoi le processus normal lorsqu'on sort avec une fille ? Il faut attendre combien de temps avant de coucher avec ?

— Trois rencards, répondent mes amis d'une seule voix.

Je hausse les sourcils.

— Trois rencards ? Vous êtes sérieux ?

— Tu n'as jamais entendu parler de cette règle ? demande Sofia en avalant une bouchée de salade César.

Je secoue la tête et Stanton prend le relais.

— Au premier rencard, vous discutez pour savoir si vous supportez d'être dans la même pièce pendant plus d'une heure. Le second... c'est pour vous assurer que l'autre personne est vraiment telle qu'elle vous a semblé la première fois. Et c'est au troisième rencard que les choses deviennent amusantes.

Ça me paraît beaucoup d'efforts *juste* pour baiser. Je me demande si c'est meilleur quand on connaît le prénom de la nana.

— Attends une seconde, intervient Sofia. Ça veut dire que tu n'es jamais sorti avec une fille ? Tu n'as jamais eu de copine ? Même au lycée ?

— Je n'étais pas vraiment fait pour être en couple, au lycée. Et les nanas avec qui je traînais n'étaient pas intéressées par ça, de toute manière.

— C'est plutôt mignon, en fait, se moque-t-elle. C'est un peu comme si tu étais vierge.

— Sauf que pas du tout, je réponds en fronçant les sourcils.

— J'ai un rencard vendredi, annonce Brent. Avec Lucy Patterson, de chez Emblem & Glock.

Emblem & Glock est un autre cabinet d'avocats avec qui nous sommes régulièrement en compétition pour décrocher de nouveaux contrats.

— Tu couches avec l'ennemie ? demande Stanton.

Brent hausse les épaules.

— Elle est intelligente, canon, et elle ne pense pas que je suis un connard quand je râle parce qu'un nouveau procureur refuse de conclure un accord à l'amiable. En plus, l'esprit de compétition rend les choses plus croustillantes. Je peux lui demander si elle a une copine, on pourrait organiser un double rencard, propose-t-il en me regardant.

Je fais rapidement le calcul dans ma tête.

— Ça veut dire que, au mieux, je ne coucherai pas avec elle avant dimanche. Et c'est seulement si je fais une croix sur tout mon week-end pour une femme que je n'ai jamais vue.

Cette histoire de trois rencards avant de passer à l'acte, ce n'est pas pour moi.

— Tu as une autre solution ? demande Brent.

Eh bien, il semblerait que oui.

◆◆◆

Certains mecs n'aiment pas coucher avec des nanas avec qui ils bossent, parce qu'ils ont peur que ça devienne gênant. Or ce n'est pas mon cas, surtout dans ce cas précis. Nous connaissons déjà nos prénoms puisque nous nous sommes croisés pas mal de fois durant les sept dernières années. Ça doit bien éliminer un des trois rencards, non ? J'aime être efficace.

Camille Longhorn travaille à la comptabilité du cabinet. Elle est célibataire, elle mesure un mètre soixante, elle doit peser cinquante-cinq kilos, elle a de longues jambes, une belle poitrine, les cheveux blond foncé et un visage à la Elle Macpherson. Lorsque je l'ai invitée à dîner, il y a quatre heures, j'étais plutôt emballé.

Cependant... après l'avoir écoutée parler de choses qui ne pourraient jamais m'intéresser, et après avoir entendu son rire aigu qu'elle ponctue en grouinant comme un cochon... j'ai perdu toute trace d'enthousiasme. Elle n'arrête pas d'entortiller ses cheveux autour de son doigt, à tel point que j'ai désormais l'impression qu'un million de petites araignées se promènent sur ma tête.

Inutile de dire que je ne suis plus intéressé. Du tout.

— Et je lui ai répondu, c'est plus que mon salaire !

Groin-groin-groin.

Mon Dieu, cesse de parler, s'il te plaît.

J'essaie d'ignorer ses manies pour me concentrer sur ce qui compte vraiment – ses seins pulpeux dont j'imagine la forme dans ma main, sous ma langue...

Quelle horreur, elle a des épinards entre les dents.

Ma bite se ramollit, mais ça ne m'empêche pas de rester poli lorsque je désigne sa bouche.

— Tu as... quelque chose...

— Oh ! Merci.

Elle prend son couteau et gratte ses dents en y regardant son reflet.

Je n'avais jamais réalisé que l'inconvénient d'apprendre à connaître une femme était la possibilité de ne plus avoir envie de la baiser. Je ne pensais pas qu'une personnalité pouvait être aussi dévastatrice sur l'attirance d'une personne. C'est déprimant. Toute ma vision du monde vient de s'effondrer.

Lorsque le serveur nous apporte l'addition et que Camille commence à sortir son portefeuille de son sac, je l'en empêche et je jette une liasse de billets sur la table. Nous nous levons, nous nous rhabillons, et nous sortons du restaurant. Nous sommes venus à pied après le boulot, donc la bonne nouvelle, c'est que je n'ai pas besoin de la reconduire chez elle.

— Merci pour le dîner, Jake, dit-elle en souriant. C'était sympa. On devrait le refaire.

J'ouvre la bouche pour lui dire non merci, car j'ai toujours été honnête. De plus, je n'ai pas le temps de prendre des pincettes avec les gens. Cependant, je me retiens, car les rencards impliquent des demi-vérités, voire des mensonges, histoire de ne pas fermer de portes. Peut-être que la prochaine fois que je la verrai elle ne m'agacera pas autant. Ce n'est pas impossible, si ?

Je dégaine donc la réponse classique.

— Je t'appellerai.

Camille s'érige sur la pointe des pieds pour m'embrasser sur la joue.

— Bonne nuit, Jake.

— Au revoir, Camille.

Je rentre seul chez moi en me répétant que ça pourrait être pire. Je pourrais être seul avec la syphilis.

◆◆◆

Je passe la majeure partie du lendemain à examiner des rapports médicaux pour une affaire de violence domestique. Le sénateur William Holten est un homme politique dont les pattes sont loin d'être blanches, ce qui fait de lui un ennemi formidable, et un allié encore plus puissant. Il est accusé de violences sur sa femme, avec qui il est marié depuis trente ans. Mon patron, Jonas Adams, est un bon ami à lui, et il m'a demandé personnellement de m'occuper de l'affaire, ce qui n'est pas rien. Ça pourrait bien propulser ma carrière.

C'est pour cette raison que j'ai accepté le procès, même si Holten a un regard noir et dépourvu d'émotions, ce que je trouve perturbant, même si la lecture des rapports médicaux et les photos des blessures de sa femme me mettent mal à l'aise. Tout cela m'est trop familier, et j'en ai le ventre noué.

À 17 heures, je décide d'aller prendre l'air. Il fait moins chaud, aujourd'hui, et les nuages gris apportent un vent plutôt froid, mais ça me fait du bien après avoir passé la journée enfermé. Je ferme les yeux et j'inspire profondément, sentant l'oxygène remplir mes poumons... et j'entre en collision avec quelque chose qui m'arrive à la taille.

— Aïe ! s'exclame la chose en rebondissant sur mon torse.

Je baisse la tête et je vois un môme de neuf ou dix ans, aux yeux gris, aux cheveux bruns ondulés et à la peau pâle avec des taches de rousseur. Il me dévisage quelques secondes, la bouche ouverte, l'air surpris. Il se tourne sur le côté et plonge ses mains dans son sac à dos pour s'assurer que rien n'est tombé.

— Ça va, gamin ? je demande en lui tendant la main pour l'aider à se relever.

Son regard se pose sur ma main, et il hésite avant de l'accepter.

— Ouais, ça va. Pardon, m'sieur, dit-il en hissant son sac à dos sur son épaule.

— Regarde où tu vas, je réponds. Si j'avais été à vélo, tu aurais eu de sacrés bleus.

— OK, marmonne-t-il en tournant les talons.

Je continue dans la direction opposée, mais après quelques pas, je réalise que quelque chose est différent, que je me sens plus léger. Je me dépêche de fouiller les poches de ma veste. Mon téléphone est là, dans ma poche de gauche, et mon portefeuille... n'est plus dans ma poche de droite.

Je me tourne brusquement et j'inspecte la foule jusqu'à ce que je repère le gamin.

— Eh ! je crie aussi fort que possible.

Plusieurs personnes, y compris l'enfant, tournent la tête dans ma direction. Même de loin, nos regards se croisent, et l'expression diabolique sur son visage m'apprend tout ce que j'ai besoin de savoir. Il lève haut la main et me fait un doigt d'honneur.

Petit con.

Il tourne les talons et part en courant.

Tu ne perds rien pour attendre, gamin.

4

Je pars à sa poursuite en faisant de mon mieux pour ne pas renverser les passants. J'évite une voiture qui klaxonne et je traverse la rue en trois enjambées, puis je monte les marches d'un centre commercial qui donne sur la rue où le gamin a tourné.

— Eh, fais gaffe ! crie un papi grisonnant, en agitant sa canne en l'air.

Je passe les portes et je déboule dans la rue. Je regarde à droite, puis à gauche, et je repère le petit merdeux qui court toujours. Des perles de sueur naissent sur mon front tandis que j'accélère, sautant par-dessus une bouche d'incendie comme un coureur de haies. Je tends le bras, j'étire mes doigts, et je chope le môme par le col de sa chemise.

Je t'ai eu !

Il pousse des cris, outré, et il se tortille comme un poisson au bout d'un hameçon, essayant de m'échapper, mais ça n'arrivera pas.

— Lâche-moi ! *Lâââche-moiii* !

Je le secoue pour attirer son attention.

— Calme-toi ! j'aboie.

Ses petits poings frappent mon bras et mon ventre, et je le secoue une nouvelle fois.

— Je t'ai dit de te calmer ! Je ne vais pas te faire mal, j'ajoute d'une voix plus douce.

Cependant, ce petit con est déterminé.

— Au secours ! crie-t-il en essayant d'attirer l'attention des passants.

Toutefois, comme d'habitude, les témoins poursuivent leur route en supposant que quelqu'un d'autre interviendra. C'est alors que ce merdeux dégaine le discours que tous les parents surprotecteurs font apprendre par cœur à leurs enfants.

— Tu n'es pas mon père ! Je ne te connais pas ! *Au secooouurs* !

Je le secoue un peu plus fort encore.

— Tu veux vraiment attirer l'attention sur toi alors que mon portefeuille est dans ton sac ?

Cela réussit à le calmer un peu et il arrête de gigoter. Il a même le courage de river sur moi son regard plein de défiance.

— Est-ce qu'il y a un problème ?

Je tourne la tête vers le policier en uniforme qui vient d'arriver et qui observe la scène en fronçant les sourcils jusqu'à ce qu'il me reconnaisse.

— Salut, Becker !

La plupart des flics n'aiment pas les avocats de la défense, ce que je comprends. Ils passent leur temps à risquer leur vie pour mettre les ordures de ce monde en taule, et les gens comme moi sont payés pour les remettre en liberté. Personnellement, j'aime les flics. Certes, ce sont souvent des durs à cuire qui n'ont d'obsession que l'autorité, mais ce sont surtout des gens bien qui essaient de faire un boulot sacrément difficile.

Paul Noblecky est un policier de proximité qui va à la même salle de musculation que moi. On a joué au basket ensemble plusieurs fois et on est sortis boire des bières après les matchs.

— Ça gaze, Noblecky ?

— Je ne peux pas me plaindre, répond-il avant de désigner le gamin que je tiens toujours par le col comme un chaton errant. C'est quoi, ce raffut ?

Le chaton répond avant moi.

— On s'amusait un peu. Becker est mon baby-sitter. On a parié que je courais plus vite que lui.

Mon premier réflexe est d'éclater de rire, parce qu'à l'évidence ce gamin a un sacré don pour mentir. Je me demande s'il a déjà envisagé une carrière juridique – ou politique. Mon second réflexe, c'est de le balancer à Noblecky, de tourner les talons, et de m'en débarrasser. Cependant, il y a quelque chose sur son visage... qui m'en empêche. Un mélange de désespoir et d'amertume. Il espère que je vais le secourir, mais il déteste avoir à me demander de l'aide. De plus, il y a une innocence chez ce gamin qu'il n'y a plus chez les délinquants expérimentés. Quelque chose me dit que, pour lui, tout n'est pas encore perdu, et qu'il mérite d'être sauvé.

C'est pour cela que je joue le jeu et que je frotte sa tête pour ébouriffer ses cheveux.

— Je t'avais dit que tu allais perdre.

Noblecky éclate de rire.

— Quelqu'un t'a laissé t'occuper de son gamin ? demande-t-il en regardant le garçon. Toutes mes excuses, ajoute-t-il.

Le gamin grimace brièvement, mais je crois que je suis le seul à le remarquer.

Noblecky me met un petit coup de coude.

— Tu prends combien de l'heure ? Si je n'emmène pas bientôt Amy au resto, elle va me demander le divorce, dit-il en plaisantant.

Je secoue la tête.

— C'était vraiment exceptionnel, les gamins, ce n'est vraiment pas mon truc.

— OK, à bientôt, Becker, répond-il en tournant les talons.

— Ouais, à plus !

Dès que le flic est assez loin, je traîne le gamin de l'autre côté de la rue, plus près du mur de l'immeuble, et je tends la main.

— Rends-le-moi.

Il lève les yeux au ciel, puis il plonge sa main dans son sac et pose violemment mon portefeuille dans ma main. Je ne pense pas qu'il ait eu le temps de le vider, mais je vérifie quand même que tout mon liquide et mes cartes de crédit y sont avant de le remettre dans ma poche.

— Comment tu t'appelles ? je lui demande.

— T'es flic ? répond-il en fronçant les sourcils.

— Non, je suis avocat.

— Je m'appelle Rory.

— Rory comment ?

— Rory McQuaid.

Je le regarde de la tête aux pieds : chemise blanche, pantalon beige... c'est l'uniforme d'une école privée. En plus, des baskets à deux cent cinquante dollars et son sac à dos J.Crew, je dirais que ce gamin ne manque de rien.

— Pourquoi as-tu volé mon portefeuille, Rory McQuaid ?

— Je ne sais pas, répond-il en regardant ses pieds.

Mais bien sûr.

— Pour voir si j'en étais capable, je crois, ajoute-t-il en haussant les épaules.

C'est le moment où je me demande ce que je suis censé faire de lui. Je n'ai pas envie de le livrer aux flics, mais je ne veux pas non plus qu'il s'en tire aussi facilement. Il faut qu'il apprenne que les conneries ont des répercussions, graves, et il faut qu'il l'apprenne maintenant. Sinon, il prendra des décisions encore plus stupides plus tard, et les conséquences seront encore plus sévères.

— OK, Rory, on y va, je dis en désignant le bout de la rue.

Mais Rory ne bouge pas.

— Je ne vais nulle part avec toi. Tu pourrais être un pédophile.

— Je ne suis pas un pédophile, je réponds en fronçant les sourcils.

— C'est justement ce que dirait un pédophile.

— Alors tu as une grande gueule, en plus d'être pickpocket ? Super, c'est vraiment mon jour de chance. Je te ramène chez toi. Je vais expliquer à tes parents ce que tu as fait, et ce sont eux qui s'occuperont de ton sort.

Ma mère s'était habituée à ce genre de visite, de la part des profs, des conseillers d'orientation, des flics... Ça n'a jamais changé mon attitude catastrophique, mais elle a toujours apprécié de savoir ce que faisait son fils, même si elle travaillait trop pour pouvoir y remédier.

— Tu n'es pas obligé de faire ça, dit Rory, tandis que son visage s'assombrit. Je ne volerai plus.

— C'est justement ce que dirait un voleur, je dis en reprenant son accusation, ce qui le fait rire.

Cependant, je sens qu'il hésite toujours.

— Écoute, petit. Soit je te ramène chez toi et tu affrontes tes parents, soit je rappelle l'officier Noblecky. C'est à toi de choisir.

Il met un coup de pied dans le mur en soupirant, puis il hisse son sac à dos sur l'épaule et me regarde dans les yeux.

— Elle est où ta voiture ?

◆◆◆

Lorsque nous arrivons à ma Mustang, Rory monte à l'arrière et attache sa ceinture sans que j'aie besoin de le lui dire. Il me donne son adresse, qui n'est qu'à une quinzaine de kilomètres du centre de Washington.

— Tu t'appelles vraiment Becker ? demande-t-il au bout de quelques minutes.

Je le regarde dans le rétroviseur central.

— Oui. Jake Becker. Tu as quel âge ?

— J'aurais dix ans dans cinq mois.

— Ouais, donc tu as neuf ans, quoi.

— Et c'est moi qui fais le malin ? rétorque-t-il en souriant.

Le reste du trajet se déroule en silence. Cependant, il semble devenir de plus en plus résigné au fur et à mesure que nous passons les quartiers de Whitehaven, Foxboro, ou encore Hampshire. Il paraît se refermer sur lui-même, et ses épaules ainsi que sa mâchoire se crispent.

— Ils ne vont pas être trop sévères avec toi, hein ?

Je parle de ses parents. Après tout, ce n'est pas parce qu'il semble chouchouté et en bonne santé que quelque chose de sinistre ne l'attend pas à la maison.

— Non, répond-il. Ça va aller.

Lorsque j'arrive à l'adresse de Rory, le portail en fer forgé s'ouvre automatiquement. La longue allée menant à sa maison est bordée de lampadaires anciens et de cerisiers. Le chemin de gravier blanc conduit à une grande maison en brique de style géorgien, avec des volets noirs et des moulures blanches décorant les quatorze fenêtres de la façade. Il y a un garage pour trois voitures, une grande cour bordée de murets en pierre et de beaux parterres de fleurs.

Je coupe le moteur et j'observe la maison en me demandant s'il m'a fait une blague.

— Tu habites ici ?

— Ouais.

— Tu es le fils du jardinier ?

Rory fronce les sourcils, confus.

— Non, c'est la maison de mes parents. Enfin, ça l'était..., chuchote-t-il.

Il n'en dit pas davantage et il sort de ma voiture avec son sac à dos. Je le rattrape à grandes enjambées et nous attendons devant la grande porte en chêne massif. Je pose ma main sur sa nuque, histoire d'être sûr qu'il ne va pas s'enfuir en courant, puis je sonne.

Une série d'aboiements stridents retentit immédiatement. J'entends un bruit de pas, et la porte s'ouvre.

J'ai le souffle coupé.

Elle doit mesurer un mètre soixante-huit, peut-être soixante-dix. Ses longues jambes musclées sont mises en valeur par son legging noir moulant. J'aperçois une taille fine et une belle poitrine sous son chemisier en coton blanc. Elle a un joli cou et son visage est sublime. Ses pommettes sont hautes, ses lèvres charnues, son nez lui donne un air espiègle, et ses yeux bleus brillent comme des diamants au soleil. Ses cheveux auburn sont relevés en queue-de-cheval haute, dont quelques mèches s'échappent, encadrant la peau pâle de son visage. Elle porte des lunettes rectangulaires qui font ressortir ses yeux et lui donnent un côté à la fois sérieux et sexy.

J'essaie de déglutir, mais ma bouche est soudain trop sèche.

— Rory..., soupire-t-elle, soulagée en regardant le garçon à côté de moi.

Soudain, elle s'énerve.

— Où étais-tu ? Ça fait des heures que tu étais censé rentrer ! Et pourquoi ton téléphone est-il éteint ?

Le gamin se baisse pour se libérer de ma main et il traverse le hall d'entrée aux carreaux noirs et blancs, puis il monte les escaliers sans même la regarder.

— Rory ! Oh !, crie-t-elle après lui.

Ses phalanges pâlissent tandis qu'elle serre plus fort le cadre de la porte, et elle se tourne vers moi.

— Bonjour...

— Bonjour, je réponds en la dévisageant, admirant la vue.

Merde, elle m'excite énormément.

Je secoue la tête pour me sortir de ma transe stupide.

— Bonjour, je reprends en lui tendant la main. Je suis Jake Becker. Je suis avocat.

Il est toujours utile de faire part de cette information car, comme pour les flics, les gens font immédiatement confiance à ceux qui sont dans le juridique, même si ce n'est pas toujours mérité.

— Chelsea McQuaid, dit-elle en serrant ma main.

— C'est moi qui ai ramené Rory.

— Ah ? demande-t-elle d'une voix suspicieuse en penchant la tête sur le côté.

— Je dois vous parler de votre fils, madame McQuaid, je lui dis.

Elle continue de me dévisager et je sais qu'elle se demande si elle doit laisser un inconnu aussi imposant que moi rentrer dans sa maison. Cependant, je crois que mon costume sur mesure et ma belle gueule jouent en ma faveur.

— Très bien, entrez donc, monsieur Becker, dit-elle en reculant.

— Appelez-moi Jake, je vous en prie.

Elle ferme la porte derrière moi et elle tourne le verrou. Une boule de longs poils couleur caramel et chocolat débarque et saute sur mes chaussures pour les renifler en aboyant.

Comme tous les petits chiens, celui-ci a clairement un complexe d'infériorité.

— Ça suffit, Machin ! gronde Chelsea.

— Votre chien s'appelle Machin ? je demande en souriant.

— Ouais. Cousin Machin. Comme dans *La Famille Adams*, répond-elle en m'offrant un sourire dévastateur.

Machin s'excite de plus en plus, comme une serpillière devenue folle.

— À propos de votre fils...

— Rory est mon neveu, en fait, répond-elle.

Tiens, ce n'est pas tombé dans l'oreille d'un sourd. Je regarde sa main et mon cœur s'emballe, car il y a des chances pour qu'elle soit la tante célibataire de Rory. C'est la meilleure nouvelle de la journée.

Des pleurs de bébé jaillissent de la pièce d'à côté et Chelsea me regarde.

— Vous pourriez venir avec moi ? Je dois...

Elle tourne les talons et je lui emboîte le pas. Nous passons devant les portes voûtées d'une bibliothèque et d'une grande véranda dans laquelle trône un piano à queue, et nous entrons dans un immense salon avec une énorme cheminée et un plafond mansardé. Des dizaines de photos d'enfants recouvrent les murs. Chelsea passe une porte qui mène à la cuisine, où les pleurs s'amplifient.

La cuisine doit faire la taille de mon appartement tout entier. Il y a du parquet au sol, des placards en acajou, des plans de travail en granit, et les deux éviers sont pleins d'ustensiles en inox. Il y a une grande table ronde pour huit personnes juste devant des portes-fenêtres qui donnent sur une terrasse en pierres, puis sur un immense jardin avec une piscine.

Dans un transat installé au pied du plan de travail, un bébé s'égosille.

— Tiens, voilà, mon bébé, dit Chelsea en prenant la tétine qui est tombée sur le ventre du gamin pour la remettre dans sa bouche.

Je crois que c'est un garçon, en tout cas, il est vêtu d'un minuscule pantalon bleu marine et d'un tee-shirt avec des bateaux. Elle caresse sa petite tête blonde et les cris sont remplacés par des gazouillis.

Une immense casserole d'eau bout sur la gazinière, remplissant la cuisine d'une odeur de bouillon.

— Coucou !

Je tourne la tête à droite, où une petite fille aux cheveux blonds et bouclés, vêtue d'un tee-shirt rose maculé de taches, est assise par terre, entourée de livres et de cubes de toutes les couleurs.

— Coucou, je réponds froidement.

— Coucou ! dit-elle plus fort.

— Coucou, je répète en hochant la tête.

Elle grimace, se penche en avant, comme si elle s'apprêtait à me révéler un secret, et chuchote :

— Coucou !

— Elle a un problème ? je demande.

— Non, répond Chelsea d'une voix légèrement offensée. Regan n'a pas de problème, elle a deux ans.

Regan me sourit de nouveau.

— Coucou.

— Elle ne connaît pas d'autres mots ?

— Non. Elle n'a que deux ans.

— Coucou, coucou, coucou, coucou !

Je lâche l'affaire et je lui tourne le dos.

— Alors, comment je peux joindre les parents de Rory ? Je dois leur parler de quelque chose d'important.

Elle semble soudain tendue. Triste.

— C'est impossible. Ils... mon frère et sa femme ont eu un accident de voiture il y a bientôt deux mois. Ils sont décédés.

Soudain, les morceaux du puzzle s'assemblent dans ma tête. Les commentaires de Rory, sa colère contre le monde entier. Cependant, c'est le nom qui retient mon attention, le nom et l'accident.

— Robert McQuaid était votre frère ? Le lobbyiste de l'environnement ?

Elle m'offre un sourire triste et hoche la tête.

— Vous connaissiez Robbie ? Washington est une ville immense mais j'ai l'impression que tout le monde y connaît tout le monde.

Lorsqu'il s'agit d'affaires politiques et juridiques... c'est tout à fait ça.

— Non, je ne le connaissais pas, mais... j'ai entendu de bonnes choses sur lui, qu'il était sincère et honnête. Ce qui est rare, dans nos contrées.

Soudain, Chelsea me paraît plus jeune. Plus petite et... fragile. Est-ce qu'elle est seule dans cette immense maison avec les enfants ? Elle, Rory, Coucou et le bébé ?

— Je suis la tutrice de Rory, donc vous pouvez me dire ce que vous aviez prévu de dire à mon frère et à sa femme.

Je hoche la tête pour me reconcentrer sur la raison de ma venue.

— Oui, donc j'ai ramené Rory, parce que...

Je n'ai pas l'occasion de finir ma phrase, parce qu'une cavalcade résonne au-dessus de nos têtes. Chelsea et moi regardons le plafond comme s'il était sur le point de s'effondrer sur nous, et le bruit se déplace en se rapprochant. Il y a des cris, aussi. Des cris stridents qui me percent les tympans.

— Je vais te tuer !

— C'était pas moi !

— Reviens ici !

— C'est pas moi !

Même Coucou a l'air effrayée.

La cavalcade dévale le deuxième escalier et déboule dans la cuisine, sous la forme de deux filles qui se coursent autour de l'îlot central.

— Je t'ai dit de ne pas aller dans ma chambre ! crie la plus grande, aux longs cheveux bruns et bouclés.

— C'était pas moi ! crie la plus petite.

Mon Dieu, c'est une maison de fous !

Chelsea s'interpose entre les deux en empoignant leurs bras pour les séparer.

— Ça suffit !

Maintenant, c'est sur elle qu'elles crient, plaidant leur cause en même temps, chacune essayant de parler plus fort que l'autre. Je ne comprends pas grand-chose, mais leur tante semble parler la même langue qu'elles.

— J'ai dit, ça suffit ! dit-elle en levant les mains, les faisant taire immédiatement.

C'est assez impressionnant. Il y a des juges qui n'obtiennent pas autant de respect dans leur propre tribunal.

— Une à la fois. Riley, toi d'abord, fait-elle en se tournant vers la plus grande.

— Elle est entrée dans ma chambre, alors que je lui ai dit mille fois que c'était interdit ! Et elle a fouillé dans mon maquillage, et elle a ruiné mon rouge à lèvres préféré !

Chelsea regarde ensuite la plus petite qui, maintenant qu'elle ne crie pas comme une folle, me fait penser à Shirley Temple.

— Rosaleen, à toi.

Coucou et moi regardons attentivement la scène, attendant son contre-argumentaire, mais elle se contente d'une seule phrase.

— C'est pas moi.

Selon moi, ce ne serait pas nécessairement une mauvaise défense... si sa bouche et son menton n'étaient pas couverts d'une pâte rose fuchsia.

— Tu n'es qu'une..., commence Riley.

Chelsea lève la main et la fait taire.

— Chut, ça suffit.

Elle prend ensuite la petite Rosaleen dans ses bras et l'assoit sur le plan de travail.

— Je pourrais presque te croire, explique Chelsea en prenant deux lingettes pour bébé et en lui essuyant le menton, si ton visage ne prouvait pas le contraire, conclut-elle en lui montrant le résultat sur les lingettes.

La petite fille regarde le tissu humide et, comme n'importe quel accusé qui sait qu'il vient de se faire prendre, elle fait la seule chose qu'elle peut : elle se soumet à la merci de la cour.

— Je suis désolée, Riley.

Riley ne semble pas émue.

— Ça ne va pas me rendre mon rouge à lèvres, espèce de peste !

— J'ai pas pu m'en empêcher, plaide la petite.

Sans m'en rendre compte, je hoche la tête. Bien joué, petite, plaide la folie, c'est tout ce qu'il te reste.

« Les rouges à lèvres étaient là... Ils m'appelaient... »

Les voix. C'est bien ça. C'est toujours crédible.

Elle plonge ses mains dans ses boucles blondes pour les ébouriffer.

« Ça m'a rendue folle ! Ils sont si beaux, si roses... j'étais obligée de les toucher ! »

Chelsea ferme les yeux et inspire profondément, gonflant sa fabuleuse poitrine. Je profite de la vue en priant pour qu'un des boutons craque et qu'une fontaine jaillisse spontanément de l'évier.

J'ai le droit de rêver, non ?

— Riley, quelles sont tes corvées de la semaine ?

— Je dois mettre la table pour le dîner, répond la jeune fille.

— Très bien, dit Chelsea d'une voix ferme. Rosaleen, tu feras les corvées de ta sœur jusqu'à la fin de la semaine. Et quand tu auras ton argent de poche, dimanche, tu t'en serviras pour racheter un rouge à lèvres. C'est compris ?

— D'accord. Je suis désolée, Riley.

Chelsea passe sa main dans les cheveux de Rosaleen.

— Maintenant, va te laver la figure et reviens mettre la table.

Elle hoche la tête, descend du plan de travail et passe devant moi en sautillant.

— C'est tout ? râle sa grande sœur. C'est ça, sa punition ?

Chelsea soupire, l'air légèrement agacée.

— Elle a sept ans, Riley. Tu veux que je fasse quoi ? Que je la fouette avec un martinet ?

— C'est pas juste ! crie-t-elle.

— Eh bien, parfois, la vie est injuste. Plus vite tu le comprendras, mieux ce sera pour toi.

— Je déteste cette famille ! hurle Riley en frappant sa main sur le granit.

Elle tourne les talons et remonte les escaliers d'un pas lourd, la tête tournée vers moi pour me fusiller du regard, comme si c'était moi qui avais ruiné son rouge à lèvres.

— Elle est adorable, je dis à Chelsea d'une voix moqueuse.

— Elle a quatorze ans, c'est un âge difficile. Elle redeviendra humaine... un jour.

5

— Je suis désolée pour ce bazar, dit Chelsea.

Elle ramasse un cube qui a reçu un coup de pied pendant l'échauffourée et elle le rend à Coucou. Ensuite, elle retourne à la gazinière et elle plonge une pile de légumes verts et filandreux dans la casserole. Ses mouvements sont gracieux et élégants et je me demande si elle a fait de la danse.

— Vous me parliez de Rory ?

— Ah, oui. Il...

Bien sûr, je n'ai pas le temps de le lui dire, ce serait trop simple.

Un jeune garçon, qui ressemble à Rory comme deux gouttes d'eau, entre dans la cuisine. Il est plus fin que son frère, plus grand, avec des lunettes rondes à la Harry Potter sur le nez.

— Ils sont deux ?! je m'exclame d'une voix horrifiée.

— Si c'est votre façon de demander si Rory a un frère jumeau, la réponse est oui.

— Je vois que vous avez rencontré mon frère, dit le garçon qui semble habitué à ce genre de réaction. Ne me jugez pas parce que nous avons le même ADN. Vous connaissez l'expression « génie maléfique » ?

— Ouais.

— Eh bien, Rory est le maléfique, moi je suis le génie.

— Combien y a-t-il d'enfants dans cette maison, au juste ? je demande à la tante.

Ils sont comme des cafards : vous en voyez un, et vous pouvez être sûr qu'il y en a une cinquantaine derrière les murs et sous vos pieds.

— Six.

Six ? Faut croire que Robert McQuaid n'avait pas de hobbies.

Le garçon prend un skate dans un coin de la pièce et regarde sa tante.

— Je vais chez Walter, à côté.

— D'accord, mais tu mets ton casque, Raymond.

— Mais j'ai l'air débile, avec !

— Tu crois que tu auras l'air cool quand tu te fractureras le crâne sur le trottoir ?

— Non, rouspète Raymond. C'est juste... Vous êtes un mec, vous, vous me comprenez, non ? me demande-t-il. Vous pouvez lui expliquer ?

— Oui, rétorque Chelsea en croisant les bras, je vous en prie, expliquez-moi comment le fait d'avoir un pénis vous épargne d'être soumis aux lois de la gravité.

— Oh mon Dieu ! s'exclame Raymond en grimaçant et en rougissant. Ne dis pas ça !

— Quoi ? demande-t-elle en me regardant. Qu'est-ce que j'ai dit ?

Je hausse les épaules parce que je n'en ai strictement aucune idée.

— Pénis ? devine-t-elle.

— Mon Dieu, tu me fous tellement la honte ! s'écrie-t-il en prenant son skate et en fuyant.

— Mets ton casque, Raymond, sinon le skate finira dans la cheminée !

Elle me regarde en soupirant, puis elle me sourit.

— Ce sont les petits plaisirs qui me font tenir, déclare-t-elle d'une voix sarcastique.

Je me retiens de rire. Chelsea n'est pas seulement canon, elle est... divertissante, aussi. Elle retourne aux fourneaux et essaie de soulever l'immense casserole, mais je me précipite vers elle et je la lui prends des mains.

— Laissez-moi faire.

— Merci.

Elle désigne un saladier en céramique et j'y verse le bouillon, les cubes blancs et les rubans de légumes verts. Nous sommes à quelques centimètres d'écart, et son regard bleu me transperce.

— Donc... comment avez-vous rencontré mon neveu, monsieur Becker ?

Je n'y vais pas par quatre chemins, espérant que j'arriverai à finir ma phrase, cette fois-ci.

— Il a volé mon portefeuille, Chelsea. Dans la rue. Il m'est rentré dedans, il a glissé sa main dans ma poche, et il s'est enfui.

Elle ferme les yeux et ses épaules s'affaissent.

— Ah, soupire-t-elle en se massant le front. Je suis vraiment navrée.

— Ce n'est rien, je réponds.

— Il le vit très mal, dit-elle d'une voix douce et triste. Enfin, ils le vivent tous mal, forcément, mais Rory est tellement...

— En colère, je finis.

— Oui. En colère, répète-t-elle. Surtout contre moi.

C'est comme s'il m'en voulait. Parce que je suis là, et pas eux.

— Quel âge avez-vous, sans indiscrétion ?

— Vingt-six ans.

— Vous avez de l'aide ? Vos parents ? Des amis ?

Rosaleen revient dans la cuisine alors que sa tante secoue la tête.

— Mes parents sont décédés il y a quelques années, et tous mes amis sont en Californie. J'étais à la fac quand... avant que...

Sa voix s'éteint tandis qu'elle regarde sa nièce prendre une pile d'assiettes.

— Quand je suis arrivée, j'ai appelé une agence pour embaucher une nounou à mi-temps, mais...

— C'était une garce, intervient Rosaleen.

— Eh oh ! gronde Chelsea. Ne parle pas comme ça.

— C'est ce qu'a dit Riley.

— Eh bien, toi tu n'as pas le droit de le dire.

La petite est à peine partie dresser la table que Chelsea se tourne vers moi.

— C'était une garce. Je n'aurais même pas laissé Cousin Machin avec elle et encore moins les enfants.

— Et les services sociaux ?

— Notre assistante sociale est sympa, et elle essaie de nous aider, mais il y a des tonnes de paperasse. Des listes de conditions à remplir, les réunions, les visites surprises et les entretiens... Parfois j'ai l'impression qu'ils attendent que je fasse une connerie. Comme s'ils pensaient que je n'étais pas capable de m'occuper d'eux.

— Et... vous en êtes capable ? je demande doucement.

— Il le faut, répond-elle alors que son regard brille de détermination. Ils sont tout ce qu'il me reste.

— Vous voulez dire que vous êtes tout ce qu'il leur reste, je corrige.

— Oui, ça aussi, répond-elle en souriant tristement.

— Ce gamin devrait voir un psy, je dis en me massant la nuque.

Normalement, je ne suggérerais pas ce genre de chose. Cependant, Brent a réussi à m'y faire croire, surtout lorsqu'il s'agit de traumatismes d'enfance. Il jure que s'il avait dû gérer son amputation sans psy, il aurait fini alcoolique et misérable.

— Je sais, répond-elle en ajustant ses lunettes. C'est sur la liste. Dès que j'aurai le temps, je trouverai un bon psy pour tous les enfants.

— La liste ? je demande.

Elle désigne le frigo, sur lequel est fixée une liste d'environ mille tâches à faire.

— Ma belle-sœur, Rachel, était une pro de l'organisation. Elle arrivait à tout faire, et elle avait une liste pour tout, donc j'en ai commencé une, moi aussi. Ce sont là toutes les choses que je dois faire dès que possible. Une liste qui ne raccourcit jamais – c'est ma nouvelle définition de l'Enfer.

— OK.

J'ai fait ce pour quoi je suis venu, maintenant Rory est son problème. Tous les enfants sont son problème, pas le mien.

— Eh ben, je devrais y aller.

Elle penche la tête sur le côté et une mèche auburn tombe sur sa joue.

— Merci de l'avoir ramené, et de ne pas avoir porté plainte. Je... est-ce que vous voulez rester dîner ? C'est la moindre des choses que je puisse faire.

— Qu'est-ce que vous mangez ? je demande en désignant le saladier géant.

— De la soupe miso et des croque-monsieur.

C'est ce qu'on sert dans les prisons dont le budget a été réduit, non ?

— Non merci, j'ai du boulot à finir... et je suis plutôt du genre steak haché frites.

Chelsea m'accompagne à la porte.

— Eh bien, merci, monsieur Becker.

Nous nous arrêtons, face à face, et je sens quatre paires d'yeux sur le balcon au-dessus de nos têtes qui nous fixent, mais tant pis.

— Voici ma carte de visite, je dis en la tendant à Chelsea. Si vous êtes libre, un soir, et que vous voulez boire un verre, ou dîner... ou quoi que ce soit...

L'aînée, celle qui déteste sa famille, ricane.

— Vous venez de lui demander de sortir avec vous ? s'exclame-t-elle d'une voix choquée.

— Oui, c'est exactement ce que je viens de faire, je réponds sans quitter Chelsea des yeux.

— Mais t'es tellement vieux ! s'écrie Shirley Temple.

Je m'oblige à lever la tête pour regarder la gamine en fronçant les sourcils.

— J'ai trente ans.

Ma grimace ne semble pas l'impressionner.

— Trente ans ! répète-t-elle en posant ses poings sur les hanches. T'as des petits-enfants ?

J'ai envie de rire, mais je me retiens. Cette gamine a un sacré caractère.

— On n’a pas de petits-enfants à trente ans, Rosaleen, dit Chelsea.

Elle m’accorde de nouveau son attention et elle baisse d’un ton.

— Je doute que j’aurai une soirée libre bientôt, mais... j’apprécie votre proposition.

— Je comprends. Eh bien, bonne soirée, Chelsea, je dis avant de regarder brièvement les quatre minois qui m’observent. Et... bonne chance.

Ce qui est sûr, c’est qu’elle va en avoir besoin.

6

Le samedi, j'accepte la proposition du double rencard de Brent. De mon point de vue, cette affaire ressemble pas mal à la pêche : plus vous mettez d'hameçons dans l'eau, plus vous avez des chances de choper quelque chose de comestible. Quand vous avez faim, et moi je suis affamé, même une vieille truite peut sembler appétissante.

L'amie de Lucy Patterson – une autre avocate de chez Emblem & Glock – est loin d'être une vieille truite. Elle est mignonne, brune avec un carré plongeant, grande et musclée. Elle a mentionné être passionnée de tennis, et à voir son cul, elle ne raconte pas de conneries. Nous passons une soirée agréable, mais je ne peux pas dire que je meurs d'envie de lui sauter dessus. Nous nous retrouvons dans un bar du coin pour grignoter des tapas et nous buvons quelques bières. Étant donné que nous faisons le même métier, que nous côtoyons les mêmes juges, les mêmes procureurs, et que nous avons les mêmes patrons coincés, nous parlons surtout de boulot. On dirait un peu une réunion professionnelle détendue, et lorsque nous nous disons au revoir devant le bar, à la fin de la soirée, nous décidons de tous nous réunir le week-end prochain.

Pour le rencard numéro deux.

Avec un peu de chance, je baiserai avant la fin du mois. Super !

De retour chez moi, je ne peux m'empêcher de penser à une certaine jeune femme aux cheveux flamboyants. Elle était fougueuse, ça me plaît. Elle a l'air têtue, mais... elle semble aussi douce et féminine.

Et elle est dépassée par la situation.

Je me demande ce qu'elle a fait de Rory après mon départ. Est-ce qu'elle l'a puni ? Est-ce qu'elle lui a donné d'autres corvées, comme arracher les mauvaises herbes dans le jardin ou tondre la pelouse ? Je sais de quoi je parle lorsque je dis que les travaux manuels laissent une sacrée impression, et ce même sur les plus durs à cuire. En plus, leur pelouse est gigantesque.

Je saisis mon ordinateur portable et, je ne sais pourquoi, je tape le nom de son frère dans Google. La plupart des lobbyistes sont des parasites, des faux-culs pédants qui veulent amasser de l'argent et qui sont enivrés par le pouvoir. Cependant, comme je l'ai dit à sa sœur, Robert McQuaid avait la réputation d'être un homme honnête qui tenait vraiment à la cause qu'il défendait.

Il y a une tonne d'informations à propos de sa carrière et de sa mort. Il était à un repas de charité avec Rachel, sa femme, rencontrée à la fac il y a dix-sept ans. Sur le trajet du retour, un conducteur de camion s'est endormi au volant et le véhicule s'est déporté sur leur voie, trop rapidement pour qu'ils puissent éviter la collision de plein fouet. Sa nécrologie détaille ses réussites professionnelles ainsi que le prénom de ses six enfants : Riley, Rory, Raymond, Rosaleen, Regan et Ronan. Sa sœur, Chelsea, étudiait à l'université de

Berkeley, en Californie. Il y a des photos : quelques-unes des enfants avec leurs parents à diverses réceptions, et une de Chelsea, tête baissée, vêtue de noir, à côté d'une double tombe, l'air tragiquement sublime derrière ses grandes lunettes de soleil.

L'air très seule.

J'ai soudain l'impression d'être un pervers et j'éteins mon ordinateur avant d'aller me coucher.

◆◆◆

Comme je l'ai déjà dit, j'aime la routine. J'aime une gestion stricte du temps et un agenda plein à craquer qu'il est impossible de modifier. Je passe mon dimanche matin chez Sofia et Stanton, où je prends un petit déjeuner composé de café et de ces boulettes de fromage délicieuses que Sofia fait si bien. Brent plaisante en disant que je ne suis plus vierge dans le domaine des rencards et raconte que nous sommes tous les deux rentrés bredouilles hier soir. Stanton nous dit que Presley est en vacances la semaine prochaine et qu'elle vient lui rendre visite.

Il est midi et quelques minutes lorsque je pars de chez eux pour aller à la maison de retraite de Brookside, comme tous les dimanches. Vous vous souvenez du vieux juge ronchon qui m'a sauvé la vie quand j'avais quinze ans et qui a fait de moi un homme respectable ? Eh bien, c'est là qu'il est. Je n'aime être redevable à l'égard de personne, et j'ai peu de dettes. Cependant, je paie celles que j'ai avec grand plaisir.

— Bonjour, Jake.

— Bonjour, Mildred.

— Salut, Becker.

— Comment ça va, Jimmy ?

Il est important d'être en de bons termes avec les employés du bas de l'échelon dans ce genre d'endroit, que ce soit dans un hôpital, dans un cabinet d'avocats, une école ou une maison de retraite. Ce sont eux qui font le travail qui compte, et s'il se passe des choses qui ne sont pas nettes, ce sont eux qui lanceront l'alerte pendant que les cadres feront tout pour étouffer l'affaire. Je connais donc les prénoms de tous les employés de Brookside. Je signe le registre à l'accueil et je salue les infirmières et les résidents que je croise dans le couloir.

Brookside est une résidence privée et c'est l'une des meilleures maisons de retraite de la ville. Les chambres sont décorées avec goût et confortables, un peu comme un hôtel trois étoiles. Les employés sont diplômés et bien payés, et ils traitent les résidents avec le respect, les soins et la dignité qu'ils méritent. Je sais que ce n'est pas le cas de toutes les maisons de retraite.

J'entre dans la chambre du Juge, qui baigne dans la lumière du soleil. Il est dans son fauteuil en cuir, près de la fenêtre, vêtu de son pantalon beige et d'un pull bordeaux, avec des mocassins marron aux pieds. Ses cheveux gris sont propres et coiffés sur le côté.

Il s'appelle Atticus Faulkner, mais pour moi, ce sera toujours *le Juge*. Il n'a pas toujours été comme ça. Il y a dix ans, il était sacrément imposant : grand et puissant, même à soixante-dix ans, actif, avec des yeux verts étincelants qui pénétraient jusqu'au plus profond de l'âme. C'était un détecteur de mensonges vivant et il possédait un esprit juridique brillamment intimidant. C'était mon héros. Il était tout ce que je voulais devenir. Tout ce que mon père n'a jamais été.

Cependant, la vie est parfois injuste. Il y a six ans, les médecins ont déclaré qu'il souffrait d'Alzheimer et que la maladie en était à un stade avancé. Il avait super bien caché les premiers signes grâce à de petites astuces, comme des Post-it cachés et des rappels, pour que personne ne devine qu'il ne savait pas quel jour on était. Parfois, il rentrait à pied du tribunal parce qu'il ne se souvenait plus où il avait garé sa voiture, ou alors il passait des heures dans un café parce qu'il avait oublié son adresse.

J'étais très occupé, à l'époque, je sortais tout juste de la fac de droit. J'aurais dû voir que quelque chose n'allait pas, mais je l'ai raté. Lorsqu'il n'a plus eu d'autre choix que de me dire ce qu'il se passait, j'ai eu l'impression que tout s'effondrait très vite. Le dur à cuire que je connaissais et que je craignais plus que tout s'est effacé à une vitesse affolante.

Le Juge ne s'est jamais marié. Il avait épousé son travail, et ses amis comme ses ennemis le respectaient. Il n'a pas eu d'enfants. Il a eu une ribambelle d'amies, certaines plus jeunes que d'autres, certaines plus intelligentes que d'autres, mais toutes étaient sublimes. Et aucune n'était sérieuse. Le Juge voulait s'amuser.

Ce genre « d'amies » n'a pas envie de rendre visite à un vieillard qui ne les reconnaît pas et qui ne peut plus les divertir avec sa belle gueule, sa langue bien pendue et ses histoires drôles. Je suis donc le seul à venir voir le Juge régulièrement, ce qui signifie que, même si un blizzard souffle dehors et que je dois venir à pied, je suis là tous les dimanches.

Je lui lis le journal, je le tiens au courant des intrigues qui font Washington DC et de leur côté ridicule ; parfois je lui parle des affaires sur lesquelles je travaille et des raclures à qui j'épargne la prison. La plupart du temps, il m'écoute, il hoche la tête, il me dit que mon histoire est intéressante sans vraiment la comprendre. Cependant, de temps en temps, il a un éclair de lucidité. Ça peut durer une minute comme dix, mais pendant ce bref instant, il est de nouveau lui-même, et il se souvient de moi. J'aime savoir que, même durant les jours les plus difficiles, il est là, quelque part.

Aujourd'hui, il lève la tête lorsque j'entre et il me regarde prendre une chaise pour m'asseoir près de lui.

— Bonjour, monsieur le Juge, comment ça va ?

— Ça va, merci. Et vous, comment allez-vous ? demande-t-il d'une voix polie et hésitante, comme s'il parlait à un inconnu.

— Je vais bien, je réponds avant de déplier mon journal. La Cour suprême a entendu les arguments dans cette affaire de santé, jeudi. On en a parlé la semaine dernière, vous vous en souvenez ?

Il pose son index tremblant sur sa lèvre et se concentre.

— Non, je ne m'en souviens pas. C'était quelle affaire, déjà ?

J'ouvre le journal à la première page.

— Je vais vous le lire. C'est un bon article. Il explique toute la situation.

Il se penche en avant et m'écoute attentivement.

◆◆◆

Lorsque j'ai fini de lui lire le journal, j'allume la télé et nous regardons le match de basket. Le Juge a grandi à Boston, donc c'est un fan inconditionnel des Celtics. Du moins... il l'était. Le match approche de sa fin et je lui raconte ma semaine – Milton Bradley et mon dîner catastrophique avec Camille –, puis je lui parle de Rory McQuaid.

— Il arrive à la moitié de la rue, il me regarde dans les yeux, et ce petit con me fait un doigt d'honneur, je dis en riant, parce que ça me paraît drôle, maintenant.

— J'ai connu un gamin comme lui, une fois, répond le Juge en souriant.

— Ah oui ?

— Oh oui ! répond-il alors que son visage s'illumine. Intelligent et têtu comme une mule ! Avec des yeux gris comme un ciel orageux. Ce gamin avait des ennuis, mais il s'est tenu face à moi, le menton levé, en me défiant de l'envoyer en prison pour mineurs. Comme s'il était prêt à cracher à la gueule du diable. Mais je voyais qu'au fond, il était mort de trouille.

Et c'était vrai. Pour la première fois de ma vie, j'ai connu la peur ce jour-là.

— Il y avait quelque chose de spécial en lui, comme un diamant à l'état brut. Alors je lui ai fait purger sa peine sous ma surveillance. Pendant trois ans, ce gamin était à moi.

Ouaip, trois longues années.

— J'ai dû lui apprendre à maîtriser sa colère, parce qu'il n'avait aucune patience. J'ai commencé avec la pelouse. Chaque fois qu'il avait fini de la tondre, quand il était en nage, j'allais inspecter son travail. Je trouvais toujours des endroits qu'il avait oubliés. Alors je le faisais...

Il s'interrompt et cet enfoiré éclate de rire.

— ... je le faisais tout recommencer avec... avec...

— Des cisailles, je dis.

— Oui ! Des cisailles ! Oh, il m'a détesté, les premiers mois. Il a sans doute imaginé une dizaine de façons de me tuer.

C'était plutôt deux dizaines.

— Au bout d'un moment, j'ai laissé tomber le jardinage et je lui ai montré comment s'occuper d'une maison et réparer des bricoles. Ça lui a fait du bien, il a appris à canaliser son énergie. Et même s'il travaillait dur, je lui disais toujours : « Fais-le bien... »

Ou ne le fais pas du tout.

— « ... ou ne le fais pas du tout ». Ensuite, j'ai commencé à lui parler de mon travail. Je lui ai appris à faire des recherches, à comprendre les textes de loi. À la fin des trois ans, je lui ai proposé un stage rémunéré. Ce gamin était capable de regarder une page une seconde et de se souvenir de tout ce qui était écrit dessus. Il avait une intuition et un instinct hors pair, soupire-t-il.

Il me regarde et pose sa main sur la mienne.

— Vous croyez... vous croyez que vous pourriez le retrouver pour moi ?

J'ai du mal à respirer à cause de l'énorme nœud qui se forme dans ma gorge.

— J'aimerais m'assurer que ce petit va bien. Voir s'il a besoin de quelque chose, dit-il en plongeant son regard dans le mien.

Je me racle la gorge.

— Euh... je... je l'ai déjà trouvé, en fait. Je suis passé le voir et il va très bien, vous n'avez pas à vous inquiéter. Il est en bonne voie pour devenir associé dans son cabinet d'avocats. Et il... il m'a demandé de vous dire à quel point il vous est reconnaissant pour tout ce que vous avez fait pour lui. Tout ce que vous lui avez appris. Il espère... il aimerait vous rendre fier de lui, je conclus avec les larmes aux yeux.

Le Juge me regarde avec un sourire paisible et soulagé.

— Je suis sûr que je serais fier de lui. Il a toujours été un bon garçon.

Nous redevenons silencieux et nous regardons la fin du match. Quelques minutes plus tard, on frappe à la porte et Marietta, l'une des bénévoles qui travaillent ici, entre en souriant avec le repas du Juge.

— Bonsoir, monsieur Atticus, bonsoir, Jake. Comment allez-vous ce soir ?

Marietta est originaire de la Jamaïque. Elle a des yeux bleu foncé, la peau noire et de longs cheveux noirs tressés qui tombent en cascade dans son dos. Son père était résident ici et, après sa mort, il y a quelques années, elle est devenue bénévole.

— Salut, Marietta.

Elle pose le plateau sur la table et la fait rouler jusqu'à nous.

— Comment était-il, cette semaine ? je lui demande pendant que le Juge est encore concentré sur la télévision.

— Pas trop mal, répond-elle. Il était énervé mercredi et jeudi soir. Il n'arrivait pas du tout à dormir, donc le médecin a changé ses médicaments. Depuis, il va très bien.

Je hoche la tête et je pose ma main sur son épaule.

— Monsieur le Juge, c'est l'heure de manger.

— Je n'ai pas faim, dit-il en grimaçant.

— Ne m'emmerdez pas, mon vieux, je dis en secouant la tête. Il faut que vous mangiez. Je sais que ce n'est pas un repas gastronomique, mais ça sent bon. Allez, à table, j'ajoute en approchant l'assiette de lui.

Sa main tremble tandis qu'il prend sa cuillère et qu'il enfourne une bouchée de bœuf en sauce dans sa bouche. Il mâche en regardant le dessert au chocolat sur le plateau.

— Je veux ça, dit-il.

— Vous mangerez le dessert quand vous aurez fini votre plat, je réponds automatiquement.

Il lève une nouvelle cuillerée tremblotante et il s'en met sur le menton. Je prends sa serviette et je me dépêche de l'essuyer avant que ça ne tombe sur ses vêtements.

— Vos visites lui font beaucoup de bien, vous savez, dit Marietta en souriant.

— Ce n'est rien, je réponds en haussant les épaules. J'essaie simplement de le remercier pour tout ce qu'il a fait pour moi.

Le Juge m'offre un sourire sincère, et je le lui retourne.

— Et puis de toute façon, il n'a personne.

— Bien sûr que si, répond Marietta en posant sa main sur mon épaule. Il vous a vous.

◆◆◆

La journée du mercredi se déroule calmement. Je recule dans mon fauteuil et je regarde la rue ensoleillée par la fenêtre. Une promeneuse de chiens se débat avec trois de ses clients qui emmêlent leurs laisses et se battent pour mener la meute. Un bus de touristes à deux étages laisse sur son passage un nuage de pollution. Un joggeur passe en courant avec une poussette orange – il manque de renverser un des chiens, mais il l'évite à la dernière seconde.

Peut-être est-ce le bébé dans la poussette, peut-être le chien à poils longs, peut-être est-ce le fait que je n'ai pas baisé depuis presque trois semaines, mais je revois le corps somptueux de Chelsea. Pour la énième fois.

C'est la seule à qui j'ai pensé chaque fois que je me suis branlé – ce qui est arrivé très souvent.

Ses yeux d'un bleu glacial, ses lèvres roses au sourire facile, son long cou crémeux qui me suppliait de le lécher, ses petits membres qui doivent être infiniment souples, et surtout ses seins fermes de taille parfaite. Je me déteste de ne pas avoir pris son numéro.

Elle est trop âgée et trop canon pour être encore vierge à vingt-six ans, mais il y avait quelque chose chez elle qui semblait... pur, comme si elle n'avait jamais été touchée.

Je me frotte les yeux : il faut vraiment que je baise. Je ne pensais pas que ce serait aussi compliqué d'attendre de connaître une femme avant de coucher avec elle. Est-ce que ce serait si terrible de risquer une MST ?

Soudain, je me souviens de ce que j'ai ressenti en attendant les résultats. La peur affreuse d'être diagnostiqué d'une maladie, peut-être à vie. Ou pis, d'une maladie qui pourrait écourter ma vie. Oui, ce serait vraiment terrible.

Aucune partie de jambes en l'air, même incroyable, ne vaut la peine de courir ce risque.

Ce devrait être ça, le slogan des campagnes anti-MST au lycée.

Ma secrétaire ouvre la porte du bureau et je lui suis reconnaissant de me changer les idées... jusqu'à ce qu'elle m'informe qu'un client imprévu est là. Je me souviens de ce qu'il s'est passé la dernière fois et je dis à Mme Higgens de lui dire d'aller se faire voir. Puis elle ajoute :

— Elle s'appelle Mlle Chelsea McQuaid, Jake. Et elle a une ribambelle d'enfants avec elle.

Je souris jusqu'aux oreilles et j'ajuste ma cravate.

— Faites-les entrer, madame Higgens.

7

Mme Higgens quitte mon bureau et, quelques secondes plus tard, Chelsea entre avec sa horde de neveux et de nièces. Sa tenue est décontractée. C'est clairement une tenue de maman, mais sur elle, c'est incroyablement sexy. Son pull vert foncé met en valeur ses cheveux auburn, son jean moulant est rentré dans des bottes en cuir marron, mettant l'accent sur ses longues jambes et son cul rebondi. Ça, c'est une belle surprise, je n'avais pas remarqué ses fesses, la dernière fois.

— Bonjour, monsieur Becker, dit-elle en me souriant d'un air tendu.

Je me lève derrière mon bureau.

— Chelsea, je suis content de vous revoir. Qu'est-ce qui vous amène...

Je scanne rapidement tous les visages de mon bureau et je réalise qu'il en manque un.

— Où est Rory ?

Chelsea soupire, et avant qu'elle n'ait pu répondre, la fille grincheuse, Riley, l'ado de quatorze ans, le fait à sa place.

— Cet idiot s'est fait arrêter. Il a volé une voiture.

— Une voiture ?

En une semaine, ce petit merdeux est passé du pick-pocket au grand banditisme. Dites donc, il avance vite.

La blondinette, Rosaleen, poursuit l'explication.

— Et pas n'importe quelle voiture : une Ferrari 458 Italia en édition limitée ! Elle vaut au minimum neuf cent mille dollars.

Je regarde Chelsea, qui hoche la tête.

— Ouais, ça résume bien l'histoire. Il est en détention juvénile. Il va avoir de sérieux ennuis, cette fois-ci.

« Cette fois-ci » signifie que ce n'est pas la première connerie qu'il fait, sans parler du portefeuille qu'il a essayé de me voler.

Bon sang, gamin.

— Mon frère a des dizaines d'avocats dans sa liste de contacts, dit Chelsea, mais aucun n'est avocat de la défense. J'avais votre carte... et vous m'avez donné l'impression que vous étiez bon.

— Qu'est-ce qui vous a donné cette impression ? je demande, curieux.

Elle lève le menton et me regarde dans les yeux.

— Vous avez l'air de savoir gagner une bataille. Et c'est ce qu'il me faut, ce dont Rory a besoin.

Je réfléchis quelques secondes à mon plan d'attaque, ce que Chelsea semble interpréter comme un refus, car lorsqu'elle parle de nouveau, c'est d'une voix désespérée.

— Je ne connais pas vos tarifs habituels, mais j'ai l'argent pour...

— Je ne pense pas que ce soit nécessaire, je l'interromps en levant l'index. Attendez-moi ici. Toi, tu viens avec moi, je dis en désignant Raymond. Et toi aussi, Smiley[1], j'ajoute en prenant la main de l'adolescente.

— Je m'appelle Riley, dit-elle en me suivant dans le couloir.

— Je sais, mais je vais t'appeler Smiley.

— Pourquoi ? demande-t-elle d'une voix outrée.

— Parce que tu es tout le contraire.

Elle lève les yeux au ciel et je l'ignore. Je les emmène dans le bureau d'à côté, où Sofia Santos est penchée sur son bureau en train de gribouiller des notes sur un document. Elle lève la tête lorsque nous entrons.

— Salut, Sofia. Je te présente Smiley McQuaid, je dis en pointant la gamine ronchonne derrière moi. Sa tante est une nouvelle cliente et on doit s'absenter quelques heures. Elle peut rester avec toi ?

La fille de Stanton, Presley, a presque treize ans, donc je me dis que s'il y a quelqu'un dans cette boîte qui est capable de gérer une adolescente, c'est Sofia.

— Bien sûr. Je suis là tout l'après-midi.

Riley fait un pas sur le côté.

— Je m'appelle Riley, dit-elle.

— Salut, Riley, dit Sofia en désignant un fauteuil dans un coin de la pièce. Le chargeur de portable est là-bas.

Riley a presque l'air de sourire. Presque.

— Cool, répond-elle.

Je me tourne vers le compagnon de bureau de Sofia, Brent, qui étudie des photos sur son écran.

— Brent, je te présente Raymond. Raymond, voici Brent. Tu peux le surveiller pendant quelques heures ?

1. Souriante, en anglais.

Brent hoche la tête et parle comme un gamin à qui on autorise de voir son premier film d'horreur.

— Tu veux voir des photos d'éclaboussures de sang ?

— C'est aussi cool que ça en a l'air ? demande le gamin.

— Bien plus cool.

— Alors carrément !

Mission accomplie.

Je retourne dans mon bureau et fais signe à Rosaleen de me suivre. Elle regarde sa tante, qui hoche la tête, puis elle me rejoint dans le bureau de Mme Higgens.

— Madame Higgens, je vous présente Rosaleen. Vous pouvez vous occuper d'elle pendant que sa tante et moi allons au tribunal ?

Rosaleen baisse timidement les yeux, et Mme Higgens approche une chaise de la sienne.

— Bien sûr. J'ai une petite-fille d'à peu près ton âge, Rosaleen. J'ai des livres de coloriage dans mon bureau pour les jours où elle me rend visite. Est-ce que tu aimes colorier ?

Rosaleen hoche vivement la tête et grimpe sur la chaise.

Je reviens dans mon bureau, où Chelsea et les deux plus jeunes de la tribu m'attendent.

— J'ai comme l'impression que c'est vous les vrais petits diables de la bande, donc vous venez avec nous, je déclare.

— Coucou ! répond la petite de deux ans en souriant joyeusement.

— Ah non, je ne vais pas me refaire avoir, je lui réponds.

Je prends la nacelle des mains de Chelsea, et je manque de la faire tomber.

— Waouh, je m'exclame en baissant les yeux. Tu es beaucoup plus lourd que je ne le pensais, Ronan.

Il me répond par un gargouillis et une bulle de bave.

— Toi, tu prends l'autre, je dis à Chelsea.

Je suis sur le point de tourner les talons lorsque sa voix m'arrête. C'est presque un chuchotement.

— Jake ?

C'est la première fois qu'elle prononce mon prénom, une petite syllabe qui noue mon estomac et qui me donne envie de l'entendre encore et encore, sous la forme d'un cri, d'un gémissement de plaisir...

— Je peux te demander quelque chose avant qu'on parte ?

Si en plus elle me tutoie...

— Bien sûr.

Elle étudie mon visage d'un regard curieux et perçant.

— Si ce n'est pas l'argent... pourquoi tu nous aides ?

C'est une bonne question, car ce n'est pas du tout mon genre. Avec moi, c'est plutôt « chacun pour soi ». Donc pourquoi je les aide ?

Parce que je veux coucher avec elle, bien sûr, et lui rendre service est un premier pas vers l'accomplissement.

— J'ai le cœur sur la main, qu'est-ce que tu veux ? je mens.

Je ne peux plus me retenir de le faire, alors je lève la main pour caresser délicatement la peau ivoire de sa joue, qui s'avère être plus douce que je ne l'avais imaginé.

— Et parce que tu es irrésistible.

◆◆◆

Nous arrivons dans le garage et Chelsea installe les gamins tandis que j'inspecte sa voiture. Ou plutôt son énorme mini-van bleu marine.

— C'est la voiture de mon frère, explique-t-elle lorsqu'elle remarque mon air étonné.

— Ton frère, le lobbyiste environnemental, conduisait un gouffre à pétrole ? je demande en haussant les sourcils.

— Avec six enfants, le vélo n'était pas une option, répond-elle en montant derrière le volant.

Je lui indique la direction du tribunal Moultrie, où Rory a été emmené après son arrestation, ce matin. Je n'ai pas beaucoup d'expérience en droit de la famille, mais je connais suffisamment bien le fonctionnement pour l'expliquer à Chelsea.

— Un agent de probation sera assigné à Rory, et c'est lui qui étudiera les charges dont il est accusé et qui fera sa recommandation au BPG. L'agent de probation décidera si Rory est relâché ou s'il doit rester en centre juvénile jusqu'au procès. C'est également lui qui entendra mon plaidoyer.

La bonne nouvelle, c'est que je connais intimement un des agents de probation de Moultrie. On baisait régulièrement avant qu'elle ne se fiance, et nous nous sommes quittés en bons termes.

— Le BPG ? demande Chelsea en fronçant les sourcils.

— Le Bureau du Procureur général. C'est celui qui sera contre nous, dans cette affaire, mais ne t'en fais pas, nous n'en arriverons pas là.

Les affaires de mineurs sont très différentes des procès contre les personnes majeures. Le système a encore de l'espoir pour les jeunes délinquants – il est surtout question de réhabilitation et de rédemption. Il s'agit de les sauver avant qu'il ne soit trop tard. Dans les procès que j'ai l'habitude de défendre, la question est « Est-ce que vous l'avez fait ? ». Dans les procès de mineurs, la question primordiale est « Pourquoi l'avez-vous fait ? ». Un orphelin de neuf ans qui gère la mort de ses parents en volant une voiture obtiendra la clémence du juge qu'un gamin de dix-huit ans n'aura pas.

Le tribunal Moultrie est un grand bâtiment carré en béton qui est très intimidant. Après avoir passé la sécurité, nous sommes dirigés vers une salle d'attente avec des tables et des chaises parsemées ici et là, et des distributeurs de snacks et de boissons sur tout un pan du mur. Il y a quelques autres visiteurs avec nous qui chuchotent, tête baissée.

Chelsea et moi nous asseyons à une table libre. Je pose la nacelle dessus et la petite blonde gigote sur les genoux de sa tante. Un gardien ouvre la porte de l'autre côté de la salle et entre avec Rory, qui porte toujours son uniforme d'école.

Ses lèvres sont fermement pincées et son regard est si empli de rancœur que j'entends d'ici ses « allez vous faire foutre ». Ce n'est pas le visage d'un petit garçon triste qui sait qu'il a merdé, c'est le visage plein de colère d'un gamin qui essaie désespérément d'avoir l'air d'un dur à cuire et qui préférerait aller en prison plutôt que d'admettre son erreur.

L'espace d'une seconde, j'envisage de ne pas l'aider : quelques jours en détention juvénile pourraient lui faire beaucoup de bien.

Cependant, lorsque Chelsea le prend dans ses bras et lui embrasse le front, elle semble à la fois soulagée et folle de rage... alors je décide de l'aider.

— Dieu merci, tu vas bien ! Tout va bien se passer, Rory, n'aie pas peur. Mais à quoi tu pensais, bon sang ? Une voiture ? Tu ne vas plus jamais sortir de ta chambre, tu m'entends ? Plus jamais !

Je m'adosse sur mon siège et je les observe. Rory se libère de son étreinte en haussant les épaules.

— Lâche-moi, je vais bien. C'est rien.

— C'est rien ? répète-t-elle d'une voix blessée. Tu aurais pu te tuer, ou tuer quelqu'un d'autre !

— Eh ben, je n'ai tué personne, d'accord ? Alors arrête de paniquer.

J'en ai vu assez.

— Chelsea, va acheter un jus de fruits à Regan, tu veux ? je dis en sortant quelques billets de mon portefeuille pour les lui donner. (Elle hésite, et je penche la tête vers Rory.) Laisse-nous discuter quelques secondes, j'ajoute.

Elle n'a toujours pas l'air rassurée, mais elle pose la petite par terre et l'amène au distributeur.

Lorsque nous sommes seuls, Rory s'assoit.

— Qu'est-ce que tu fais là ?

— Ta tante voulait un bon avocat. Tu as de la chance que je sois le meilleur et que j'aie été disponible.

— Si tu le dis.

J'approche mon visage du sien et je le fusille du regard.

— Tu es vraiment dans la merde, cette fois, petit.

— J'ai neuf ans, ricane-t-il. Qu'est-ce que tu veux qu'ils fassent ?

— Ils peuvent te garder ici durant les neuf prochaines années, au minimum, je lui réponds simplement.

Pour la première fois depuis qu'il est entré dans la pièce, il semble inquiet. Ses joues rosissent et sa voix devient légèrement plus aiguë.

— C'est pas si mal, ici, dit-il.

— Voici ce qu'il va se passer, je reprends sans perdre de temps. Je vais rappeler ta tante, et tu vas t'excuser de lui avoir mal parlé.

— Pourquoi ? demande-t-il.

Apparemment, il ne s'attendait pas à ça.

— Parce qu'elle ne mérite pas que tu la traites aussi mal.

Il baisse les yeux d'un air presque honteux. Peut-être y a-t-il encore de l'espoir, finalement.

— Ensuite, tu vas la laisser te prendre dans ses bras et t'embrasser autant qu'elle veut.

— Et si je n'en ai pas envie ? demande-t-il en me défiant du regard.

— Je vais te laisser pourrir ici, je réponds froidement. Et je n'hésiterai pas.

Il n'a pas l'air content d'être piégé ainsi. Il a envie de faire l'inverse de ce que je lui dis, simplement parce que je lui ai donné un ordre. Je sais ce qu'il ressent, je connais ce type de comportement par cœur. Il lui faut une issue de secours, un moyen d'abandonner la lutte sans avoir l'impression de perdre la guerre, donc c'est ce que je lui offre.

— Tu n'as pas besoin de me montrer à quel point tu es solide, Rory, je le vois très bien. J'étais comme toi quand j'avais ton âge : un petit con qui en voulait à la terre entière. La différence, c'est que j'ai été assez intelligent pour ne pas chier sur les gens qui tenaient à moi. Est-ce que tu l'es, toi aussi ?

Il m'étudie quelques secondes, avec ce sixième sens qu'ont les gamins, pour décider si je suis honnête avec lui. Au bout d'un moment, il hoche légèrement la tête.

— OK, je vais m'excuser. Et je vais la laisser m'embrasser et me faire un câlin si ça peut lui faire plaisir.

— C'est bien, je réponds en souriant. Tu es un dur à cuire et tu es intelligent. Je t'apprécie déjà un peu plus, gamin.

◆◆◆

Je laisse Chelsea avec les enfants et je monte à l'étage des agents de probation. Je frappe à la porte de Lisa DiMaggio, même si elle est déjà ouverte. Elle tourne sur sa chaise pour me faire face et ses longs cheveux blonds volent derrière elle.

— Jake Becker, annonce-t-elle en se levant, m'offrant une vue parfaite de ses jambes musclées et bronzées sous sa jupe noire, pour me prendre dans ses bras. Les bénéfices d'une séparation à l'amiable sont désormais évidents.

— Qu'est-ce que tu fais par ici ? demande-t-elle en souriant. Est-ce que c'est une visite de courtoisie ?

— Je suis là pour un client.

— Depuis quand tu t'occupes d'affaires familiales, toi ?

— C'est une longue histoire, je réponds en haussant les épaules. Je suis là pour Rory McQuaid.

— Ah, dit-elle en prenant un dossier sur son bureau. Mon voleur de voiture. C'est moi qui l'ai enregistré ce matin. Il a dit qu'il a pris la voiture parce que, je cite, « il voulait voir si conduire une voiture était aussi facile que sur Mario Kart ». Je te jure, les gamins d'aujourd'hui...

— Ce n'est pas pour ça qu'il a pris la voiture, je dis en m'adossant au mur. Il y a des circonstances atténuantes.

— Éclaire-moi, je t'en prie. Je n'ai pas encore eu le temps de m'entretenir avec les parents.

— Les parents sont morts. Robert et Rachel McQuaid se sont tués dans un accident de voiture il y a deux mois, laissant Rory et ses cinq frères et sœurs sous la tutelle de leur tante, leur seule parente.

— Merde, lâche Lisa en se rasseyant.

— Il traverse une période difficile et il gère mal la situation. Mais il n'a pas sa place ici. Parles-en à l'assistante sociale, je te parie ma couille gauche qu'elle dira que ce gamin était un ange avant la mort de ses parents.

— Ce n'est pas rien, je sais à quel point tu tiens à tes couilles !

Je hoche la tête.

— Hélas, soupire Lisa, Rory a choisi la mauvaise voiture.

Elle m'explique que la Ferrari appartient à un ancien candidat à la présidentielle qui veut la peau de Rory.

— Qu'il aille se faire foutre, je grogne. De toute façon, je ne vois pas comment un fonctionnaire peut se balader avec une voiture comme ça.

Je ne sais pas si c'est parce que sa tante me fait bander ou si c'est parce qu'il me fait penser à moi quand j'étais jeune, mais si quelqu'un veut faire du mal à ce gamin, il faudra qu'il passe par moi d'abord.

— OK, dit Lisa. Qu'est-ce que tu proposes ?

— L'obligation de consulter un psy, une fois par semaine, et des rapports de progression mensuels.

— Deux fois par semaine, et c'est moi qui choisis le psy.

— Marché conclu.

Le regard de braise de Lisa se promène sur moi, de la tête à l'entrejambe.

— Tu me surprends, tu sais, Jake. Je ne me souvenais pas que tu étais aussi... doux.

J'avance vers elle et je pose mes mains sur l'accoudoir de son fauteuil pour l'y piéger.

— Doux n'est pas dans mon vocabulaire. Je suis toujours aussi dur que possible.

— C'est bon à savoir, répond-elle avec un regard pétillant. Surtout parce que Ted et moi avons rompu, ajoute-t-elle en me montrant son doigt sans anneau.

Lisa tombe dans la catégorie des nanas connues, ce qui signifie qu'il n'y aura pas le malaise du premier rencard, ni des questions dont les réponses ne m'intéressent pas... Nous pourrons passer directement à la case baise.

Excellent.

— C'est une longue histoire, dit-elle. Mais je suis sûre que tu te fiches de l'entendre.

En effet, Lisa me connaît bien.

— Tu aimes toujours la tequila ? je demande.

— Absolument. Tu as toujours le même numéro ?

— Oui.

— Bien. Alors sers-t'en, dit-elle avec un sourire narquois.

Je me redresse et je me dirige vers la porte.
— Je n'y manquerai pas.
— Tant mieux. Je m'occupe de la paperasse.

◆◆◆

Quelques heures plus tard, lorsque les services de protection de l'enfance nous ont donné leur accord et que Rory a parlé au juge, nous quittons tous les cinq le tribunal. Nous retournons à mon bureau pour récupérer ses frères et sœurs qui ont tous l'air ravis de le voir – à supposer que l'expression « espèce d'idiot » et les questions à propos de sa journée en « prison » soient une bonne indication de leur affection. Il fait nuit lorsque j'escorte Chelsea et les enfants à sa voiture. J'attends qu'elle ait fini de les attacher, puis elle vient jusqu'à moi et me regarde d'un air chaleureux et reconnaissant. Cette nana est exquise.

De près, je remarque d'adorables taches de rousseur sur son joli nez et je me demande si elle en a ailleurs. Si j'en avais l'occasion, je prendrais tout mon temps pour le découvrir.

— Merci, Jake, infiniment. Je ne sais pas ce que j'aurais fait...

— Tante Chelsea, je meurs de faim !

— On peut aller au McDonald's ?

— Tu sais ce qu'ils mettent dans le McDo ? Même les insectes refusent de le manger.

— Tais-toi, Raymond ! Ne gâche pas mon amour des fast-foods !

— Toi, tais-toi !

— Non, toi, tais-toi !

— Tante Chelsea !

— Coucouuuu !

Je ne peux m'empêcher de rire en me demandant si elle s'est acheté des bouchons d'oreilles en emménageant.

Chelsea gonfle ses joues et soupire en souriant.

— Je devrais y aller avant qu'ils ne commencent à se manger entre eux.

— Ce ne serait peut-être pas une mauvaise chose. Il y en a bien assez, non ?

Elle secoue la tête et monte dans le mini-van, puis elle baisse la vitre.

— Encore merci. Je te revaudrai ça, Jake.

Je tapote l'aile du véhicule tandis qu'elle démarre.

— J'y compte bien.

C'est une dette que j'ai hâte de récolter.

Bientôt.

8

Ses lèvres brûlantes lèchent mon cou avant de le mordiller. Ses ongles griffent mes abdos et mes pectoraux, enflammant le sang dans mes veines. Ses doigts habiles déboutonnent ma chemise et tout mon sang se précipite vers mon sexe.

Ça fait tellement longtemps, beaucoup trop longtemps que je n'ai pas baisé, mais le célibat se termine ce soir. Enfin.

Je prends son visage dans mes mains et ma bouche effleure la sienne. Ma langue plonge entre ses lèvres et j'y trouve un goût de tequila. C'est délicieux.

Vendredi après-midi, j'ai pris le temps d'appeler Lisa DiMaggio. Comme j'apprends de mes erreurs, je lui ai demandé ce qu'il s'était passé entre Ted et elle, et elle m'a confirmé que ce n'était pas parce que l'un avait trompé l'autre. Ensuite, je lui ai demandé si elle avait été dépistée récemment. Miraculeusement, c'est le cas, et elle est clean. C'est comme si l'univers me disait que j'avais trop souffert et qu'il était temps de m'amuser.

Nous avons décidé de nous retrouver chez elle le soir même, et je suis venu avec une bouteille de Patrón pour Lisa et une bouteille de vin rouge pour moi, que j'ai finalement laissée dans la voiture.

Lisa ouvre ma chemise et promène ses mains sur mes épaules.

— Putain, tes tatouages, gémit-elle en retraçant les traits d'encre du bout du doigt. Ils sont tellement sexy... c'est ma partie préférée de ton corps.

Je mordille le lobe de son oreille puis je le lape comme si c'était son clitoris.

— Je croyais que c'était ma bite.

Elle glousse contre ma peau.

— Je crois qu'il faut me rafraîchir la mémoire, susurre-t-elle.

Ce n'est pas moi qui vais m'y opposer.

Je suis sur le point de déboutonner sa chemise lorsque l'écran de mon téléphone s'illumine et qu'il se met à vibrer sur la table basse. Je regarde l'écran, mais je ne reconnais pas le numéro, alors je ne réponds pas et je laisse le répondeur s'enclencher.

Je frotte son téton avec la paume de ma main et Lisa se cambre en penchant sa tête en arrière.

Le téléphone sonne une nouvelle fois, et c'est le même numéro.

Bon sang, c'est quoi ce bordel ?

— Il faut que je réponde, je dis en reculant.

Lisa hausse les épaules et se ressert un shot de tequila. Elle lèche sa main et y verse du sel.

— Becker, je réponds en me levant.

— Salut, Becker, c'est Paul Noblecky, comment vas-tu ?

J'allais beaucoup mieux il y a une minute...

— Je suis occupé, Paul, je dis en regardant les cuisses de Lisa sous sa petite robe noire, rêvant d'y enfouir ma tête. Qu'est-ce que je peux faire pour toi ?

— Eh bien, on a mis fin à une fête sur la place Cambridge. Rien de méchant, une soirée de lycéens chez un ado dont les parents ne sont pas là. Bref, quelques-uns des gamins étaient bourrés, donc on les a ramenés au commissariat pour les laisser cuver et appeler leurs parents, et une des gamines, qui refuse de nous donner son nom, dit que tu es son avocat.

Je lève les yeux au ciel.

— Laisse-moi deviner. Des cheveux bruns, bouclés, environ un mètre soixante, des yeux bleus et une attitude insupportable ?

— C'est bien elle, répond Noblecky en riant.

Je me masse le front en sentant arriver la migraine et en me préparant, pour la énième fois en trois semaines, à faire une croix sur une partie de jambes en l'air.

— Elle s'appelle Riley. Tu peux appeler sa tante, je précise en lui donnant le numéro de Chelsea.

— Merci, Becker, je vais l'appeler pour lui dire de venir la chercher.

Il est tard, minuit passé. Mais je refuse de me demander comment Chelsea va sortir tous les gamins du lit, y compris la petite de deux ans et le bébé, leur mettre les manteaux, les attacher dans la voiture... dans la nuit... Toute seule...

Ce n'est pas mon problème. Mon problème est la trique dure comme du fer qui se dresse entre mes jambes et qui finira par avoir ma peau si je ne baise pas bientôt. Je raccroche et je m'affaisse dans le canapé à côté de Lisa, qui m'offre un sourire légèrement bourré.

— C'était le boulot ?

— Ouais, mais ce n'est rien d'important.

— Pas aussi important que ça, dit-elle en empoignant mon sexe sous mon pantalon de costume. Ça, c'est vraiment important.

J'avance mon bassin contre sa main et je me penche vers elle.

— J'aime les femmes qui ont le sens des priorités.

Nous nous embrassons, mais... je ne parviens pas à mettre de côté l'image de Chelsea et des enfants. La petite blonde avec ses grands yeux bleus, Raymond et ses lunettes rondes. Je les imagine tous au commissariat – qui n'est pas l'endroit le plus sûr de la ville après minuit. Je les imagine rentrer chez eux, Chelsea au volant, peut-être qu'elle bâille, qu'elle ne remarque pas la voiture qui s'est déportée dans sa voie...

— Et merde ! je m'exclame en rompant le baiser. Faut que j'y aille.

— Comment ça ? râle Lisa. Non... non, reste. Ce n'est pas important, tu te rappelles ? Tu as déjà oublié la nuit de baise qui nous attend ?

— Je sais, je suis désolé.

Et je suis sincère. Je suis vraiment, vraiment désolé.

— Il faut que je m'occupe d'un truc, j'explique.

Lisa laisse tomber sa tête sur le dossier du canapé.

— Tu me tortures, Becker.

Je me lève et je reboutonne ma chemise.

— On remet ça à une autre fois ?

— Bien sûr, soupire Lisa avant de me sourire d'un air espiègle. Au moins tu m'as préparée pour Mister Pink, dit-elle. C'est à toi et à tes beaux tatouages que je penserai quand je jouerai avec lui.

— Mister Pink ?

— C'est mon vibro préféré.

— Bon sang, c'est toi qui me tortures, je grogne.

— C'était le but, dit-elle en me faisant un clin d'œil. Appelle-moi, ajoute-t-elle en m'embrassant sur la joue.
— Promis.

Je compose le numéro de Chelsea tout en me dirigeant vers ma voiture, et elle répond à la première sonnerie.
— Allô ?
— Chelsea, c'est Jake.
— Salut, chuchote-t-elle à voix basse.
J'en déduis que les enfants dorment encore et qu'ils sont près d'elle.
— Est-ce que l'agent Noblecky t'a appelée à propos de Riley ?
— Oui. Je finis de donner le biberon à Ronan, et je vais réveiller les enfants pour...
— Ne t'embête pas, je suis déjà en route pour le commissariat. Ils me laisseront signer pour Riley en qualité d'avocat.
Elle reste silencieuse pendant un moment et je n'entends que son souffle au bout du fil. Bon sang, même sa respiration est sexy.
— Tu n'es pas obligé de faire ça, Jake.
— Oui, je sais que je ne suis pas obligé, mais je vais le faire quand même, j'aboie sans le vouloir, alors dis-moi juste merci et raccroche.
— Euh... OK... merci. Et même si tu viens de m'agresser sans raison, je vais laisser passer, parce que tu me rends un énorme service.
— La soirée a été... frustrante, je réponds en riant.
— Ah, ça, je peux le comprendre.
Je veux bien la croire.

— À tout de suite, Chelsea.

— OK, sois prudent sur la route.

◆◆◆

J'arrive au commissariat, où ils me font signer des papiers et attendre à l'accueil le temps qu'ils amènent Riley. Noblecky est là, il fait quelques remarques débiles sur ma carrière de baby-sitter. Je ne l'écoute pas vraiment, mais ses blagues me font réfléchir. Qu'est-ce que je fais là, en fait ? J'ai toujours détesté les complications. Je les évitais à tout prix, jusqu'à maintenant, et c'est une stratégie qui m'a bien servi.

Chelsea McQuaid est super bonne, mais ses neveux et ses nièces occupent déjà beaucoup trop de mon temps et je ne suis pas certain que le jeu en vaille la chandelle.

Un officier escorte Riley qui est pâle comme un linge et titube légèrement. Ses cheveux sont mouillés et je me demande si elle a vomi dedans. Son mascara a coulé autour de ses yeux rougis, et elle tient une bouteille de boisson énergisante ainsi qu'un sac à vomi en papier.

— Salut, râle-t-elle. Merci d'être venu me chercher.

Soudain, j'ai pitié d'elle. Non seulement je me souviens de ce qu'on ressent quand on est bourré à ce point – c'est sans doute l'expérience la plus misérable d'une vie –, mais surtout je me souviens de ce que c'est que d'avoir quatorze ans.

C'est naze.

— Allez, Smiley, on rentre à la maison.

Elle n'a même pas l'énergie de lever les yeux au ciel.

Je la guide à ma voiture, mais je l'arrête avant qu'elle ne monte dedans.

— Si tu vomis dans ma voiture, tu rentres à pied.

Je m'assois au volant et je démarre, et dans le rétroviseur je vois Riley fermer les yeux, comme si les vibrations du moteur lui redonnaient la nausée.

— Pourquoi tu ne leur as pas donné le numéro de ta tante ? je la questionne pour la distraire.

— Tante Chelsea a déjà trop de choses à gérer. Je ne voulais pas la déranger.

Mais ça ne lui a posé aucun problème de me déranger, moi.

— Tu as bu quoi ? je demande en sortant du parking.

— Du Jägermeister, grogne-t-elle en approchant le sac de sa bouche.

— J'espère que tu en as profité, je dis en riant, parce qu'il y a des chances pour que tu ne puisses plus jamais en boire.

Quand il s'agit de cuites, le cerveau oublie peut-être, mais l'estomac, lui, ne pardonne jamais.

Elle parvient à ne pas vomir en contrôlant sa respiration et en regardant par la fenêtre.

— C'est le moment où tu me fais la morale sur les dangers de l'alcool ?

— Non. Tu sais déjà que tu as été bête, tu n'as pas besoin que je te le rappelle. Mais je suis curieux : qu'est-ce qui t'a donné envie de te saouler à ce point ?

Elle s'exprime lentement et précautionneusement, comme si elle craignait, en parlant trop fort, de dégommer l'équilibre précaire qui l'empêche tout juste de vomir.

— La soirée avait lieu chez Matthew Applegate. Il m'en a parlé au lycée, aujourd'hui. Il est en terminale, il est super beau, il est parfait, et j'ai eu l'impression que je lui plaisais.

Une colère noire s'empare soudain de moi, car je suis sûr que ce petit con était seulement intéressé par une certaine partie de Riley.

— Mais quand je suis arrivée à la fête, poursuit Riley, il était avec Samantha Frey.

— Laisse-moi deviner : je parie que Samantha a la réputation d'être facile ? Qu'elle a de gros seins, un beau visage, et que c'est une pom-pom girl ?

Riley hoche la tête.

— C'était la reine de la promo, l'an dernier et l'année d'avant.

— Et c'est après avoir vu ça que tu es devenue amie avec le Jäger ?

— Ça m'a aidée à me sentir heureuse, dit-elle en s'essuyant les joues. Je me fichais de Matthew... je me fichais de tout.

Je soupire longuement et je décide de lui donner quelques conseils.

— Riley, les garçons, à ton âge... ne méritent vraiment pas que tu leur accordes du temps. Ils sont égoïstes et stupides. Ce n'est pas leur faute ; ils sont programmés comme ça. Je pense que tu devrais éviter de les fréquenter jusqu'à ce que tu aies au moins... vingt-cinq ans. Sinon... est-ce que tu as envisagé d'être lesbienne ?

— N'importe quoi, répond-elle en me dévisageant d'un air incrédule.

— J'essayais juste de t'aider.

Riley tourne la tête pour regarder par la fenêtre et, quelques minutes plus tard, je vois son menton trembler.

Voilà le souci : je n'ai pas beaucoup d'expérience avec les femmes qui pleurent. J'ai fait un effort considérable pour éviter toutes les situations qui impliquent des femmes, des larmes et ma personne. Au cas où vous ne l'auriez pas remarqué, l'empathie n'est pas mon point fort. Quant aux adolescentes en pleurs... c'est la première fois que j'y suis confronté.

Riley s'essuie le visage sur sa manche.

— Mes parents me manquent.

Waouh, pauvre gamine.

— Je sais, je réponds.

— J'aimerais qu'ils soient là, renifle-t-elle.

— Qu'est-ce que tu leur dirais, s'ils étaient là ? je demande en me garant devant la maison.

Riley réfléchit à ma question.

— Je leur demanderais pourquoi Matthew ne m'aime pas. Ils étaient super honnêtes avec nous. Ils nous ont toujours dit la vérité.

Je regarde son visage dans le reflet du rétroviseur central. Elle est jolie, même fatiguée et en larmes. Et il y a aussi en elle une force et une vivacité qui lui serviront dans quelques années. J'ai connu ça chez des femmes avec qui j'ai travaillé, comme Sofia.

— Je peux te dire la vérité, moi, je déclare en haussant les épaules.

Elle tourne la tête vers moi.

— C'est parce que Matthew est un idiot, je conclus en essuyant une larme sur sa joue.

◆◆◆

Chelsea ouvre la porte avant que je n'aie frappé. Elle est canon avec ses cheveux décoiffés et ses lunettes de secrétaire coquine. Elle est en débardeur noir avec un pantalon en soie rouge, et ma bite, toujours énervée contre moi, durcit immédiatement en voyant sa poitrine déborder de son haut moulant.

— Il faut vraiment qu'on arrête de se voir dans ces circonstances, lance-t-elle en souriant.

Riley se jette dans les bras de sa tante, qui caresse son dos.

— Je suis désolée, tante Chelsea.

— Je sais, dit-elle en caressant sa tête. Tu as vomi dans tes cheveux ? demande-t-elle d'une voix dégoûtée.

— Ouais, grogne Riley d'une voix misérable.

— Allez, va au lit, on en parlera demain. Mais attends-toi à être punie. Entre, Jake, dit-elle en désignant le salon. J'arrive dans quelques minutes.

Elle n'a pas besoin de me le dire deux fois.

Environ vingt minutes plus tard, Chelsea revient.

— Il faisait un peu froid alors j'ai allumé un feu, je dis en désignant la cheminée. J'espère que ça ne te dérange pas.

Les flammes illuminent la pièce et la réchauffent, créant une ambiance douillette et chaleureuse.

— Pas du tout, répond-elle en regardant les flammes comme elle regarderait un gâteau au chocolat. Merci. Il faudra que tu me montres ta technique...

Je lui montrerai tout ce qu'elle voudra.

— ... je n'ai jamais réussi à l'allumer pour de bon. Les bûches se consument mais elles ne brûlent pas. J'étais la plus nulle des scouts, ajoute-t-elle en souriant.

— Est-ce que tu veux un verre de vin ? je demande en désignant la bouteille de merlot que j'ai posée sur la table basse.

— Robbie et Rachel ne gardaient pas d'alcool dans la maison, dit-elle d'un air confus.

— Elle était dans ma voiture.

— Waouh, s'exclame-t-elle en souriant. Du vin, un feu... tu as aussi des bougies dans ton coffre, M. le Séducteur ambulant ?

— J'ai pensé que tu aimerais boire un petit verre, et peut-être même parler à un adulte.

J'ai comme l'impression que ça fait longtemps que Chelsea n'a pas échangé avec un majeur.

— Si tu savais combien ça me ferait plaisir, soupire-t-elle. Je vais chercher des verres.

Elle part vers la cuisine mais elle se tourne pour me regarder et elle s'arrête.

— Alors... tu n'essaies pas de me séduire ?

— Je n'ai pas dit ça, je réponds en lui faisant un clin d'œil.

— C'est bon à savoir.

Elle tourne les talons et repart en remuant ses fesses sublimes.

◆◆◆

Nous en sommes à notre deuxième verre lorsque je remets une bûche dans la cheminée. Les longues jambes de Chelsea sont repliées sous ses fesses et elle tient son verre dans une main tandis que son autre coude est appuyé sur le dossier du canapé, tenant sa tête avec sa main. Sa posture expose son cou délicat et je suis fasciné de voir battre son pouls sous sa peau.

Je me sens comme un vampire qui rêve d'y planter ses crocs. J'aimerais la goûter et sentir les pulsations battre sous ma langue.

Je lui ai demandé ce qu'elle étudiait à Berkeley, et le plus fou, c'est que ce qu'elle dit m'intéresse.

— J'étais en master d'histoire de l'art.

— Alors tu as dépensé des milliers de dollars pour aller à la fac et regarder de jolies images ? je demande en ricanant.

— Non, M. le cynique. C'est beaucoup plus que ça. L'art nous raconte une culture, nous explique ce qui comptait pour une population à un moment donné : ce à quoi ils tenaient, ce qui leur faisait peur ou ce qu'ils détestaient, ce qu'ils considéraient comme beau.

Je fronce les sourcils.

— Tu parles comme une philosophe.

— Et toi tu parles comme si tu ne respectais pas beaucoup la philosophie, rétorque-t-elle en fronçant les sourcils à son tour.

— Toutes les questions philosophiques ont la même réponse concise.

— C'est-à-dire ? demande Chelsea en remplissant son verre.

— Qu'est-ce qu'on en a à foutre ?

Elle éclate de rire et je découvre que c'est un son merveilleux.

— Est-ce que tu peins ? Ou est-ce que tu étudies simplement les œuvres des autres ?

— Je fais des croquis, répond-elle en rougissant.

Je regarde d'un nouvel œil le dessin au crayon qui est accroché à droite de la cheminée : il s'agit d'un portrait incroyablement réaliste d'une jeune Riley tenant deux bébés, les jumeaux, sur ses genoux.

— C'est toi qui as dessiné celui-là ?

Elle hoche timidement la tête.

— Tu es douée.

Et je ne fais pas facilement des compliments.

Plus tard, beaucoup plus tard, elle me parle de son frère.

— Robbie avait quinze ans de plus que moi. Je suis le fruit de la crise de la quarantaine de mes parents. Mon père est mort d'un infarctus quand j'avais l'âge de Riley, et ma mère est décédée un an plus tard quand j'étais au lycée, dit-elle en sirotant son vin alors qu'un éclat mélancolique illumine son regard. Du coup, j'étais un peu déjantée.

— Est-ce qu'on ne le serait pas tous ? je demande en levant mon verre. Alors tu as vécu avec ton frère après le décès de tes parents ?

— Oui, mais pas ici. On vivait dans une maison plus petite près du quartier de Cherry Tree. À l'époque, il n'y avait que Riley, les jumeaux, Robbie, Rachel et moi.

— Donc, toi et les enfants, vous avez un peu grandi ensemble ?

— Ouais. Rachel était comme une grande sœur et une mère pour moi. Elle était incroyable, dit-elle d'une voix triste. C'est elle qui m'a poussée à voyager, à étudier à l'étranger. J'ai passé un semestre à Rome, quelques étés à Paris... Mon Dieu, j'ai l'air d'une gamine pourrie gâtée, se lamente-t-elle en baissant les yeux. Pauvre petite fille de riches, c'est ça que tu penses ?

— Non, pas du tout, je réponds en secouant la tête. Il y a une différence entre être privilégié et être gâté.

Chelsea semble être consciente de la chance qu'elle a et paraît l'apprécier au lieu de trouver cela normal, comme tant d'autres.

— J'adorerais emmener les enfants en Europe, un jour, leur montrer à quel point le monde est grand.

Je souris en pensant à un film de Liam Neeson. Si un abruti essayait de kidnapper un des McQuaid, il tiendrait au maximum une heure avant de supplier Chelsea de le reprendre.

Nous poursuivons notre conversation, et j'oublie l'heure en admirant la façon dont sa peau resplendit à la lueur des flammes. Et sans que je m'en aperçoive, il est déjà quatre heures du matin. Chelsea pose son verre vide sur la table basse et se couvre la bouche pour bâiller.

— Je vais y aller, je dis, alors que je n'en ai aucune envie. Ça fait longtemps que tu devrais être au lit. À quelle heure sonne le réveil humain ?

— Ronan se réveille vers six heures. Mais... je ne regrette pas de me coucher tard. Merci pour le vin et la conversation, Jake. J'ai passé une très bonne soirée.

Elle n'a pas idée de la soirée que j'aurais pu lui faire passer... en d'autres circonstances.

— Moi aussi, je réponds en me levant et en suivant Chelsea jusqu'à l'entrée de la maison.

Nous sommes face à face, devant la porte, et il y a une attirance, comme un magnétisme qui m'attire vers elle.

— Chelsea..., je chuchote sans savoir ce que je vais dire.

Peut-être que j'aime simplement dire son prénom.

Mon cœur bat la chamade. J'avance mon visage... elle lève la tête et ferme les yeux et...

— Tante Chelsea ! crie la petite blonde d'une voix stridente.

Putain de merde.

— J'ai fait un cauchemar ! Tu peux dormir avec moi ?

Chelsea fait un pas en arrière et soupire, résignée.

— J'arrive, Rosaleen, dit-elle en me regardant d'un air désolé. Le devoir m'appelle.

— Oui, je réponds en me léchant les lèvres.

Elle pose sa main sur mon torse et une décharge électrique me parcourt.

— Merci, encorc. Je trouverai un moyen de te remercier.

— J'ai des suggestions, si tu veux.

— Bonne nuit, Jake, répond-elle en gloussant.

— Salut.

Je passe la porte, et je rentre chez moi.

9

Lorsque j'arrive chez Sofia et Stanton pour l'habituel petit déjeuner dominical, je découvre une invitée surprise.

— Coucou, mon petit rayon de soleil ! je dis en entrant dans la salle à manger.

— Salut, Jake ! s'écrie Presley en se jetant dans mes bras.

Presley a presque treize ans, maintenant. La dernière fois que je l'ai vue, c'était il y a un an, lorsque Brent et moi sommes allés au mariage de sa mère, dans le Mississippi. Depuis, elle a perdu la rondeur de son visage d'enfant, ressemblant de plus en plus à la beauté fatale qu'elle est certaine de devenir dans quelques années.

Son adolescence va être géniale et j'ai hâte de voir Stanton gérer tout ça...

— Vous vous souvenez du manager que j'ai défendu l'an dernier ? demande Stanton lorsque nous nous asseyons pour manger. Celui qui conduisait en état d'ivresse ?

Nous hochons tous la tête.

— Eh bien, il travaille avec les One Direction et ils sont en ville pour leur tournée. Il m'a envoyé quatre places de premier choix pour leur concert de demain soir. Avec Sofia, on y va accompagner Presley.

— C'est qui les One Direction ? je demande, même si je m'en fiche royalement.

— C'est qui les One Direction ? s'exclame Presley en écarquillant les yeux. Tu vis sur quelle planète ? Ce sont *eux* les One Direction, dit-elle en me montrant dans un magazine la photo de cinq gamins en jeans slim. Je suis tellement excitée ! Le concert va trop être stylé !

— Éclate-toi, mon pote, je dis en regardant Stanton.

Il mâche une boulette au fromage, l'air amusé.

— On discutait avec Sofia, et on se disait que plutôt que de jeter le quatrième billet à la poubelle, tu pourrais venir avec Presley et moi, et emmener cette petite Riley.

— Tu es devenu fou ou quoi ?

— S'il te plaît, Jake, supplie Presley. Ce serait tellement mieux s'il y avait une fille de mon âge avec moi... Vous êtes trop vieux pour comprendre, vous. Sans vouloir vous vexer, ajoute-t-elle en se tournant vers son père et Sofia.

— T'inquiète, je sais que je reste le plus cool des papas, répond-il.

— Tu sais que je t'aime, Papa, répond sa fille en posant sa main sur son bras. Mais tout ce que tu trouves cool, je te garantis que c'est ringard.

Stanton fait mine d'être vexé, et sa fille me regarde avec ses grands yeux de Chat Botté.

— Allez, Jake. Je parie que ça te plaira. Leur musique est géniale, bien meilleure que celle des Beatles.

Mon Dieu, je crains pour la jeunesse d'aujourd'hui.

— Ça lui fera peut-être du bien, ajoute Stanton.

Je soupire, conscient que je vais regretter ma décision, et je prends mon téléphone pour appeler Chelsea.

◆◆◆

Le lendemain, Stanton, Sofia, Presley et moi arrivons chez Chelsea après le travail. Elle n'a pas encore parlé à Riley du concert parce qu'elle veut que ce soit une surprise. Ah, Brent est venu aussi, parce que j'ai parlé de Chelsea et des gamins plusieurs fois et qu'il veut les rencontrer – et aussi parce qu'il n'a pas de vie...

Nous sommes rassemblés dans le hall d'entrée, où je fais les présentations. Chelsea porte une tunique bleu ciel qui révèle ses longues jambes bronzées. Je me surprends à rêver que Stanton emmène les adolescentes et que Sofia et Brent s'occupent du reste de la marmaille pendant que je reste seul, délicieusement seul, avec Chelsea.

— Coucou, dit Regan à Sofia en entrant dans la pièce avec un gros ours en peluche.

— Coucou, répond Sofia en souriant.

— Coucou ! crie Regan.

— Coucou ! s'exclame Sofia en riant.

Et nous voilà repartis. Il va vite falloir que j'apprenne un autre mot à cette gamine si je ne veux pas devenir fou.

Stanton et Brent reprennent leur conversation de midi – notre jeu interminable du meurtre parfait.

— Le mieux, c'est la noyade, insiste Brent. Avec un peu de chance, lorsque le corps sera retrouvé, sa décomposition sera trop avancée pour que l'on sache s'il s'agit d'un meurtre ou d'un accident, et l'alibi est simple parce que l'autre peut toujours dire que la personne a glissé.

Stanton secoue la tête.

— Moi, je reste sur la réaction allergique.

Raymond ajuste ses lunettes et s'immisce dans notre conversation.

— Vous êtes en train de parler du meilleur moyen de tuer quelqu'un ?

Ils hochent la tête et Raymond trépigne d'impatience.

— Moi je sais ! Vous taillez une balle super puissante dans un bloc de glace et vous la tirez avec le fusil d'un sniper. En passant dans le cœur, elle va fondre, il n'y aura plus aucune preuve, ni empreintes.

Nous restons silencieux, sous le choc, et un peu flippés.

— J'ai la chair de poule, dit Brent. Je suis le seul ?

— Pourquoi tu marches comme ça ? demande Rosaleen en étudiant Brent.

— Rosaleen ! gronde Chelsea. C'est vraiment très impoli de demander ça.

Cependant, je sais que ça ne dérange pas Brent de répondre à ce genre de questions, et je le dis à Chelsea.

— J'ai été renversé par une voiture quand j'étais petit, et j'ai perdu la moitié de ma jambe, lui explique Brent en soulevant son pantalon pour montrer sa prothèse en titane. Donc, fais attention à toi quand tu fais du vélo.

Elle le regarde en penchant la tête sur le côté.

— Alors ils t'ont mis une fausse jambe ?

— Ouais.

— Tu peux l'enlever et me la montrer ?

— Non.

Rosaleen étudie un instant la réponse qu'on vient de lui donner.

— Tu veux venir voir ma cabane, dehors ? Elle a des rideaux, dit-elle.

— OK, répond Brent en regardant sa montre. J'ai le temps.

Riley descend les escaliers, confuse de voir autant de gens dans le hall d'entrée de sa maison. Je lui présente tout le monde, y compris Presley, qui lui sourit en lui faisant un signe de la main.

— Riley..., commence Chelsea en souriant. Jake a une surprise pour toi, dit-elle en me regardant.

Je me racle la gorge et je mets les billets dans les mains de l'adolescente.

— Oh mon Dieu ! hurle Riley.

Cousin Machin se met à hurler avec elle.

— Ce sont des places pour les One Direction ! Au premier rang ! T'es sérieux ? me demande-t-elle avec de grands yeux remplis de joie.

— Hélas, oui.

Presley et elle se mettent à piailler de façon incompréhensible, et elles ne s'arrêtent plus.

— Tu vas à un concert des One Direction ? demande Rory en me regardant d'un air moqueur.

Je hoche la tête.

— Ah ! s'écrie-t-il. Tu vas déguster !

— Tais-toi, gamin, je rétorque en le fusillant du regard.

◆◆◆

Quatre heures de hurlements d'adolescentes plus tard, je suis devenu sourd. Mes oreilles bourdonnent et, sur le trajet du retour, les cris et les chants des filles à l'arrière me paraissent étouffés, comme si elles étaient sous l'eau.

Nous entrons chez Chelsea et nous la trouvons dans le salon avec Brent et Sofia, une tasse de café à la main. Le regard de Stanton s'illumine en regardant Ronan dormir dans les bras de Sofia.

— C'était comment ? me demande Chelsea, en souriant d'un air moqueur que je trouve follement excitant.

— Ne m'oblige pas à te raconter ce cauchemar, je dis en levant la main. Je fais de mon mieux pour oublier.

Cependant, c'est déjà trop tard, car Presley et Riley s'empressent de faire le récit du concert à Sofia et Chelsea dans le moindre détail, entrecoupant leur récit de « OMG » et de « J'arrive pas à y croire ! ».

— Et là..., s'écrie Riley en saisissant la main de sa tante, Harry m'a regardée !

— C'était lequel, Harry, déjà ? je demande à Stanton.

— Celui qui a bien besoin d'aller chez le coiffeur.

J'essaie de les distinguer, mais, dans ma tête, ils ont tous besoin d'aller chez le coiffeur.

— Papa, demande Presley, est-ce que Riley peut dormir à la maison ?

— Oui, tante Chelsea, est-ce que je peux dormir chez Presley ?

Apparemment, les One Direction ont le superpouvoir de forger des amitiés instantanées. Quelqu'un devrait les envoyer régler le conflit israélo-palestinien.

Stanton et Chelsea donnent leur accord et les ados se remettent à hurler – super –, avant de courir à l'étage pour prendre les affaires de Riley.

— Où sont les autres enfants ? je demande à Chelsea.

— Ils dorment. Brent les a épuisés avec une partie de cache-cache dans le noir.

— C'est moi qui ai gagné, répond ce dernier en souriant fièrement.

Les filles redescendent avec un sac de couchage, des oreillers et un sac à dos, et Riley s'arrête devant moi en me regardant d'un air sincèrement heureux.

— Merci, Jake. C'était... le plus beau jour de ma vie.

Je pourrais répondre que c'était un plaisir, mais... je n'aime pas mentir.

— Y a pas de quoi, Smiley.

Sofia tend Ronan à Chelsea qui le pose délicatement dans son petit berceau et, alors que tout le monde se prépare à partir, je décide de rester encore un peu – ou beaucoup. Nous ne serons pas vraiment tous les deux mais un gamin en moins c'est déjà une victoire. Je regarde Chelsea et je sais qu'elle a lu dans mes pensées parce qu'elle me sourit avec une déception amusée.

— Encore merci, Jake. Bonne nuit.

Je caresse ses cheveux vers l'arrière pour dégager son visage.

— Bonne nuit.

Brent s'immisce entre nous et il fait une petite révérence en faisant un baisemain à Chelsea.

— Merci pour cette superbe soirée, j'ai passé un très bon moment.

Soudain, l'idée de lui casser la gueule me démange. Chelsea ferme la porte derrière nous et nous marchons jusqu'à ma voiture. Brent sautille joyeusement, cherchant à m'agacer, et ça fonctionne.

— Eh bien... Chelsea est sacrément sympa, dis donc.

Je ne réponds rien.

— Et ce cul ! s'exclame-t-il d'une voix émerveillée. Mmm... Superbe. Je rêverais de...

J'empoigne brusquement sa chemise, la tordant dans ma main, le tirant jusqu'à ce que nous soyons nez à nez.

— Tais-toi.

Il fouille dans mon regard en souriant, devinant ce qu'il se passe.

— Elle te plaît !

Je le lâche et je passe devant lui pour aller à ma voiture.

— Bien sûr qu'elle me plaît. C'est une nana sympa.

Brent reste à mes côtés et agite son index sous mon nez.

— Noooon, tu sais très bien ce que je veux dire. Tu aimerais qu'elle soit ton amoureuse !

— Qu'est-ce qui t'arrive, tu as douze ans ou quoi ?

— L'âge n'est qu'un chiffre, Jake. En tout cas, c'est ce qu'a dit mon oncle quand il a épousé sa troisième femme qui avait dix-neuf ans. Non, mais sérieusement, tu te comportes comme si tu étais son chevalier servant.

Je secoue la tête.

— Mon armure est ternie depuis longtemps, Brent.

— Un chevalier avec une armure ternie reste un chevalier.

Comme je ne réponds pas, il insiste, parce qu'il est trop naïf pour penser que je suis capable de le frapper.

— Dans ce cas, dis-le-moi quand tu en auras fini avec elle. J'aimerais tenter ma chance.

— N'y pense même pas, tu ne tenteras jamais rien avec elle, j'aboie.

Cet enfoiré a l'air content de lui et son sourire s'étire jusqu'aux oreilles.

— Ha ! Jake est amoureux... Jake est amoureux...

◆◆◆

Le mardi soir, je travaille tard au bureau pour finir de préparer l'affaire du sénateur Holten, qui est accusé de violences conjugales. Je desserre ma cravate, je me frotte les yeux, et je fais craquer ma nuque. Je suis sur le point de m'y remettre lorsque mon téléphone sonne et que le numéro de Chelsea s'affiche sur l'écran.

Je souris en voyant son prénom, ce qui est bizarre et qui ne me ressemble pas du tout. Je décroche et je colle le téléphone à mon oreille, m'apprêtant à lui demander comment elle est habillée, mais heureusement je me retiens, car c'est une petite voix aiguë qui me parle.

— Salut, Jake !

— Salut, Rosaleen.

— Tu fais quoi ?

— Je travaille. Et toi, tu fais quoi ?

— Je fais de la soupe, répond-elle d'une voix fière.

— C'est chouette. Ta tante est dans les parages ? je demande, parce que j'ai le sentiment que Chelsea ne sait pas ce qu'est en train de faire sa nièce.

— Elle est aux toilettes. Elle est malade.

— Comment ça, elle est malade ? je demande en fronçant les sourcils.

— Elle vomit partout. Ils sont tous malades, en fait, à part moi et Ronan, mais lui, il bave tout le temps de toute manière, donc il ne compte pas.

J'entends les pleurs de Ronan en bruit de fond et je me redresse sur ma chaise.

— C'est ton frère qui pleure ?

— Ouais, il a faim. Je vais réchauffer son biberon dès que j'aurai fini la soupe.

Je suis sur le point de lui demander si elle se sert de la gazinière ou du micro-ondes lorsque le détecteur de fumée retentit.

— Oups ! s'exclame Rosaleen. Faut que j'y aille, bye !

— Rosaleen, attends...

Mais elle a déjà raccroché.

Merde.

Je rappelle, mais ça sonne longtemps avant d'aboutir sur la messagerie.

— Putain !

10

Ce n'est pas mon affaire. Cela ne me regarde pas. J'ai mes propres problèmes à gérer.

C'est ce que je me dis en posant mon téléphone et en tentant de me concentrer de nouveau sur le document qui est sous mes yeux. J'ai encore plusieurs heures de travail devant moi ce soir.

Sois malin. Gère tes priorités.

Ils vont bien. Les hommes tombent malades tout le temps.

Jusqu'au jour où ils meurent.

Les détecteurs de fumée sonnent tous les jours...

Et des maisons sont réduites en poussière.

— Et merde !

Je reprends mon téléphone et je rappelle Chelsea : toujours pas de réponse.

Je secoue la tête et je pose mes doigts sur le clavier... mais je ne cesse d'imaginer Chelsea, évanouie sur le sol de la salle de bains.

— Putain !

Je jette l'éponge et je fourre mon ordinateur portable et mes dossiers dans mon attaché-case. J'arrive à ma voiture en un temps record et je me demande si ce serait exagéré d'appeler les pompiers. J'hésite toujours, mais je me retiens de le faire, après tout, j'y serai dans dix minutes.

Sept minutes plus tard, je me gare devant la maison avec un crissement de pneus et je marche vers la porte d'un pas rapide. J'ai la gorge sèche et les mains moites. Je frappe, mais je n'obtiens pour toute réponse que les aboiements de Cousin Machin. Je colle mes mains à la fenêtre pour regarder dedans, mais je ne vois personne.

— Chelsea ! Rosaleen ! C'est Jake !

Toujours pas de réponse. J'envisage de défoncer la porte quand je pense à regarder sous le paillasson. Voyez-vous ça ! Une jolie clé de couleur argentée !

◆◆◆

Cousin Machin tourne autour de moi en courant alors que Rosaleen descend les escaliers en tenant un plateau plus grand qu'elle, souriant en me voyant.

— Jake ! Tu es arrivé quand ?

Je pose la clé sur la table d'entrée et je prends le plateau de ses petites mains.

— Où est ta tante ?

— Elle est aux toilettes, en haut. Elle m'a dit de prendre le biberon de Ronan dans le frigo.

— OK, alors occupe-toi de ça, moi je vais voir ta tante.

Je gravis les escaliers et je longe le couloir en direction des bruits de vomissements. Je m'arrête sur le seuil de la porte, projetant mon ombre sur Chelsea qui est accroupie et penchée sur les toilettes, s'accrochant à la lunette comme à une bouée de sauvetage. Elle porte un tee-shirt noir très large et un jogging gris.

Ses cheveux sont attachés et les mèches sur son front sont trempées de sueur.

Je m'accroupis à côté d'elle et je pose ma main sur sa nuque.

Lorsque les spasmes se calment, elle s'essuie la bouche avec un mouchoir et elle grogne en me regardant :

— Qu'est-ce que tu fais là ? Comment tu es entré ?

— Rosaleen m'a téléphoné. Et j'ai utilisé la clé qui est sous le paillasson. Tu ne devrais pas la mettre là, tu sais.

— Tu n'aurais pas dû venir, gémit-elle. Fuis, sauve-toi, Jake.

— L'apocalypse a commencé quand ?

Elle ferme les yeux et respire fort.

— Lundi, au milieu de la nuit. Ça a commencé avec Raymond, et on est tous tombés comme des dominos.

— Pourquoi tu ne m'as pas appelé ?

— J'ai appelé la voisine, la mère de Walter, mais elle a dit qu'elle ne pouvait pas risquer de filer le virus à ses enfants. Sa fille a un concours de beauté, ce week-end. Elle s'est excusée.

Sympa, c'est vrai que des excuses font toute la différence.

Chelsea se traîne jusqu'au lavabo et s'asperge le visage.

— Il faut que j'aille voir les enfants, dit-elle.

Elle tourne les talons et elle manque de se fissurer l'arcade lorsque ses jambes cèdent sous le poids de la fatigue. Je la rattrape et je la soulève dans mes bras.

— Hop là, tout doux. Tu ne vas voir personne, je dis fermement. Tu vas aller au lit, et tout de suite.

— Non, il faut que...

— Ne me contredis pas. Elle est où ta chambre ?

Elle semble capituler – sans doute est-elle trop fatiguée pour débattre avec moi – et elle pose sa tête sur mon épaule.

— Ma chambre est en bas mais je veux rester ici, au cas où ils auraient besoin de moi. Tu peux m'emmener dans la chambre d'amis ? C'est la dernière porte à droite.

Je suis ses directives et nous entrons dans une chambre aux murs jaune pâle avec un lit double sur lequel je la dépose délicatement. Elle ouvre lentement les yeux pour me regarder.

— Je ne peux pas me permettre d'être malade, chuchote-t-elle.

— Je crois que tu n'as pas le choix.

— Tante Chelsea ! crie un des garçons.

Soudain, c'est comme si elle avait été électrocutée. Elle ouvre grands les yeux et elle essaie de s'asseoir.

— Allonge-toi, je dis en la poussant sur le dos.

— Il faut que...

— Chelsea, je suis là. Laisse-moi t'aider, j'aboie, prêt à la secouer si besoin.

Je caresse ses cheveux vers l'arrière pour dégager son visage blanc comme neige, néanmoins magnifique.

— Je vais m'assurer que les enfants vont bien.

Elle me dévisage un moment, comme si j'étais une apparition ou un rêve. Puis, lentement, ses yeux s'emplissent de larmes qui coulent en silence sur ses joues, et chacune me détruit un peu plus.

— Ne pleure pas, Chelsea, pourquoi tu pleures ?

Elle respire lentement en essuyant ses joues avec le revers de la main.

— Je suis... Je suis tellement fatiguée, Jake. Tellement fatiguée.

Pour la première fois depuis que je l'ai rencontrée, j'imagine ce qu'est devenue sa vie depuis l'annonce de la mort de son frère et de sa femme. Je l'imagine faire le tour de son appartement, fourrant des affaires dans ses valises, en se disant qu'elle reviendrait chercher le reste plus tard. Je suppose qu'elle a dû quitter la fac, rompre son bail, mettre sa vie entre parenthèses.

Puis elle est arrivée ici, où quelqu'un a toujours besoin d'elle, où elle doit s'occuper de six enfants et organiser cent choses différentes à la fois. Non seulement elle les nourrit, leur fait faire leurs devoirs, les emmène à l'école, mais elle doit les aider à gérer leur deuil. Elle les aide à rester debout.

Et tout cela, toute seule.

Je suis certain, qui plus est, qu'elle n'a pas pris une minute pour elle, pour gérer sa souffrance et son deuil. Elle court depuis si longtemps, comme un hamster sur sa roue, qu'elle allait nécessairement finir par s'effondrer.

— Alors dors, Chelsea. Je te promets que tout ira bien.

Elle sourit tandis que d'autres larmes se mettent à couler. Elle prend ma main et la serre fort.

— Merci.

◆◆◆

Lorsqu'elle s'endort, je passe en mode militaire. Je jette un œil dans toutes les chambres. Rory et Raymond dorment tous les deux sur la place du bas de leurs lits superposés. Leurs visages identiques sont pâles et moites et chacun a son seau pour vomir au pied du lit. Riley et Regan sont dans le lit de Riley, avec une poubelle à côté d'elles. J'observe attentivement la petite de deux ans, qui me regarde avec des yeux vitreux.

— Coucou, râle-t-elle d'une voix épuisée.

Je passe ma tête dans ses fins cheveux de bébé.

— Coucou, princesse.

Je file ensuite à la cuisine, où Rosaleen est perchée sur le plan de travail à côté de son petit frère, tenant un biberon dans sa bouche. Elle dit qu'elle sait le faire, qu'elle a vu sa mère et Chelsea le faire un millier de fois. Dieu merci, les enfants sont observateurs.

— Mais c'est toi qui vas devoir lui faire faire son rot, me dit-elle avant de m'expliquer la procédure.

Délicatement, je le sors de son siège, le tenant à bout de bras comme si c'était une bombe à retardement. Je suis les instructions de Rosaleen et je le plaque contre mon épaule en tapotant et en frottant son dos.

— Comme ça ? je demande à la petite de sept ans.

Elle hoche la tête.

— Tu es officiellement mon second, d'accord ? Toi et moi, on va foutre une raclée à ce virus.

— OK, répond-elle en gloussant.

Une fierté ridicule s'empare de moi lorsque Ronan laisse échapper un énorme rot dont n'importe quel homme serait fier. Je ne le dirai jamais aux autres, mais je crois que c'est mon préféré.

Je suis en train de le féliciter quand je réalise que ses fesses semblent lourdes. Mouillées.

Je regarde sa sœur.

— Il faut changer sa couche.

Elle a soudain l'air inquiète et elle lève ses petites mains.

— Ne me regarde pas comme ça, je ne suis qu'une gamine.

— Ah, c'est maintenant que tu joues cette carte ?

Elle hausse les épaules, sans pitié.

OK. Je peux le faire.

J'ai été arrêté et j'ai passé une journée en garde à vue avec des mecs vraiment dangereux. J'ai été impliqué dans des bagarres de rue où personne n'était là pour nous séparer – et j'ai gagné. J'ai réussi à décrocher mon diplôme d'avocat et j'arrive à gérer les ego surdimensionnés de mes clients sans leur mettre ma main dans la gueule.

C'est seulement une couche. Ça ne peut pas être pire, non ?

J'emmène Ronan dans sa chambre, je le pose sur sa table à langer, et je le regarde droit dans les yeux.

— On forme une équipe, toi et moi, compris mon pote ?

Je laisse ma main sur son ventre pour qu'il ne tombe pas, et je sors mon téléphone pour chercher un tutoriel sur Google. C'est là la beauté de la technologie : vous pouvez accéder au procédé de fabrication d'une bombe comme au mode d'emploi pour laver les fesses d'un bébé. J'enlève la couche et je le nettoie avec des lingettes. Je lui mets une crème blanche et épaisse sur les fesses, même si je ne suis pas certain qu'il en ait besoin, puis je soulève ses jambes pour glisser la couche propre sous ses fesses.

C'est alors que, sans prévenir, un jet de pipi chaud jaillit dans les airs et atterrit sur ma chemise.

— T'es sérieux, mec ? je demande en dévisageant le bébé.

Il sourit et continue de mâchouiller sa main.

Ce foutu Google n'avait pas parlé des risques.

◆◆◆

J'installe Ronan dans sa petite balancelle et je retrouve Rosaleen dans le salon. Nous allons ensemble dans la cuisine pour faire l'inventaire de nos vivres, mais elle s'arrête sur le seuil de la porte. Son visage pâlit brusquement.

— Ça ne va pas, Rosaleen ?

Elle ouvre la bouche pour répondre, mais c'est une irruption de vomi jaune et pâteux qui en sort, comme une pâte à pancake périmée.

Un homme à terre !

Elle tousse et regarde, horrifiée, ce qu'elle vient de produire. Il y en a partout sur ses chaussures à paillettes et sur son tee-shirt rose.

— Je suis désolée, Jake, dit-elle en se mettant à pleurer.

Mon cœur fond et je m'agenouille à côté d'elle, frottant son dos en dessinant des cercles.

— Ce n'est pas grave, Rosaleen. C'est juste du vomi. Ce n'est rien du tout.

Le chien arrive en courant comme un superhéros venant à sa rescousse, et il commence à dévorer le vomi de la petite fille. Je suis sur le point d'imiter Rosaleen, mais je parviens à me retenir, de justesse.

— Tu vois ? je dis en essayant de ne pas montrer mon dégoût. Tu m'as rendu service. Maintenant, je n'ai plus à nourrir le chien.

◆◆◆

Rosaleen se met en pyjama et elle se couche dans le même lit que sa tante. Je refais un tour des blessées, puis je profite du calme momentané pour appeler mes réservistes.

— Ils l'ont tous attrapé ? demande Stanton d'une voix choquée et amusée.

— Ils l'ont tous attrapé, oui, je déclare d'un ton ronchon en me frottant les yeux. Je n'ai pas honte de dire que je suis dépassé par les événements, mec.

— Ils ont de la fièvre aussi, ou juste la nausée ?

— Comment je sais s'ils ont de la fièvre ?

— Est-ce qu'ils te paraissent chauds ?

J'y réfléchis une seconde, mais ça ne m'aide pas beaucoup.

— Ils ne sont pas froids, en tout cas.

— OK. Appelle le supermarché, ils te livreront chez Chelsea. Dis-leur qu'il te faut un thermomètre frontal, les instructions seront dans la boîte. Il te faut aussi du paracétamol, des crackers salés, du Ginger Ale, du bouillon de poule et quelque chose comme du Fanolyte.

Je note furieusement tout ce qu'il me dit, comme s'il révélait les plus grands secrets de l'univers.

— C'est quoi du Fanolyte ?

— C'est une solution de réhydratation pour les nourrissons, un peu comme du Gatorade. Surveille de près le bébé. S'il commence à vomir, ne perds pas de temps et appelle le pédiatre. Le numéro est sans doute sur le frigo. Les bébés se déshydratent très vite. Idem pour la petite de deux ans, surveille-la. Si elle n'arrive pas à avaler une cuillerée de Fanolyte par heure, il faut que tu l'emmènes à l'hôpital.

— Compris. Est-ce qu'il y a autre chose ?

— Non, assure-toi qu'ils sont installés confortablement. Fais-les boire à petites gorgées quand ils en sont capables, donne-leur des crackers et du bouillon de poule. Et appelle-nous si tu as besoin d'aide.

— Ça roule, merci, mec.

◆◆◆

Le lendemain matin, je croule sous une montagne de lessive : draps, pyjamas tachés, gants de toilette pour les fronts des malades. Heureusement, ma mère s'est assurée que je savais utiliser une machine à laver, et, comme j'aime que les choses soient propres et organisées, je sais également mettre en route un lave-vaisselle et plier une serviette.

Le mercredi après-midi, les troupes commencent à s'impatienter. Ils vont un peu mieux, mais ils n'ont pas encore atteint leur capacité énergétique optimale. Je sais qu'ils vont mieux parce qu'ils se disputent entre eux : il pue, elle prend toute la couette, il me regarde mal...

Je les emmène tous au rez-de-chaussée et je les entasse dans le salon. Chaque coin de canapé, de fauteuil, et même le sol, sont couverts de couvertures, de coussins, et d'enfants. Chelsea est allongée sur le canapé, contre lequel je suis assis par terre, adossé. Ronan est allongé sur le ventre, sur une couverture à côté de moi.

J'allume la télévision, et les disputes reprennent.

— On peut regarder *Bob l'Éponge* ?

— *Bob l'Éponge* c'est débile, mets plutôt MTV, il doit y avoir *Seize ans et enceinte*.

Vous vous souvenez de l'époque où il y avait seulement des clips sur MTV ?

— Il est hors de question qu'on regarde *Seize ans et enceinte*, gronde Chelsea.

— Et si on mettait National Geographic ? propose Raymond. Il y a un marathon de documentaires sur les méthodes de chasse des lions. Ils mangent des tas de gazelles.

— Les pauvres gazelles ! pleurniche Rosaleen.

C'est un cauchemar.

— Écoutez-moi bien ! je crie. C'est moi qui ai la télécommande, donc c'est moi le Maître de l'Univers. Et le Maître a décidé qu'on regardait le basket.

Un peu plus tard, Rosaleen rampe jusqu'à moi en traînant son coussin. Elle s'allonge à mes côtés, et lève les yeux sur moi. Son front est trempé par la sueur et ses yeux sont vitreux.

— Tu peux me chanter une chanson ?

— Non, je réponds fermement.

— S'il te plaît.

— Non, je répète en secouant la tête.

Je ne me laisserai pas faire.

— Ça m'aidera à dormir, dit-elle en posant sa main sur mon poignet.

Ma détermination commence à céder.

— Mais je ne sais pas chanter, je dis d'une voix désespérée.

Sa lèvre se met à trembler et ma détermination s'effondre.

— Ça m'aidera à me sentir mieux. Et je me sens affreusement mal, Jake.

— Je ne connais pas de chansons !

Je doute qu'Iron Maiden lui remonte le moral...

— Je t'en supplie... demande-t-elle en clignant plusieurs fois des yeux.

Et merde.

Je me racle la gorge et je me mets à chanter les paroles des One Direction qui passent en boucle dans ma tête depuis le concert.

« *Everyone else in the room can see it...* »

Ma voix est trop grave et tout simplement horrible.

Les garçons protestent en grognant à l'unisson, mais Riley se redresse et se tourne vers moi en souriant. Chelsea se couvre la bouche et je sais qu'elle ricane derrière sa main. Quant à Rosaleen... je me sens tout chose sous son regard admiratif et reconnaissant.

Pour la première fois en vingt-quatre heures, elle sourit, donc je continue.

« *Everyone else but you...* »

Je finis le foutu refrain. Rosaleen applaudit doucement.

— C'est la plus belle chanson au monde, dit Riley d'une voix émerveillée.

Chelsea capitule et éclate de rire, et je tourne la tête pour la fusiller du regard.

— Je me déteste, je déclare.

◆◆◆

Jeudi matin, trois jours après le début de l'attaque qui a frappé la maison, Chelsea est de nouveau sur pied. Elle sort tout juste de la douche et ses cheveux mouillés sentent si bon le shampoing et la vanille que j'ai envie de la lécher de la tête aux pieds. Sans exagération.

Elle est emmitouflée dans une robe de chambre rose toute douce qui est nouée à sa taille.

Nous descendons les escaliers et nous nous arrêtons devant la porte.

— Tu es sûre que ça va mieux ? je demande.

— Oui. Je peux prendre le relais, dit-elle en posant sur moi un regard plein de gratitude.

Il est encore très tôt, mais je dois passer chez moi pour me doucher et me changer, afin d'être au tribunal dans trois heures. Les enfants vont mieux. Ils sont toujours au lit et ils ne sont pas près de retourner à l'école, mais ils ne vomissent plus tout ce qu'ils avalent, donc... il y a du progrès.

Chelsea pose sa main sur mon bras et ma peau semble picoter au contact de la sienne, sans doute suis-je épuisé. Je ne peux m'empêcher d'imaginer ce que je ressentirais si elle était entièrement nue sous moi. Il va vraiment falloir que je me branle avant de la revoir.

— Merci, Jake. Encore une fois, dit-elle en secouant la tête avec une mine frustrée... et carrément sexy. Je ne pourrai jamais te remercier assez.

J'ai quelques idées, pourtant.

— Les actions valent plus que des paroles, je réponds en lui faisant un clin d'œil. Et c'est tellement plus amusant.

— Tu as raison. C'est pour ça que je vais te cuisiner le meilleur repas que tu aies jamais mangé, pour te montrer à quel point j'apprécie tout ce que tu as fait pour nous. Demain soir. Tu viendras ?

Elle n'a pas idée du plaisir que sa proposition m'apporte. Cependant, je fais mine d'y réfléchir.

— Pas de tofu, n'est-ce pas ?

— Pas de tofu, répond-elle en souriant.

Je me penche vers elle pour chuchoter dans son oreille, la faisant frissonner.

— Tu penses à quoi pour le dessert ?

— Qu'est-ce qui te ferait plaisir, Jake ? répond-elle d'une voix suave et sexy.

— Je mangerais n'importe quoi avec de la chantilly.

Elle rougit et glousse timidement.

— Alors je ferai le plein de crème fouettée.

— Tant mieux, je réponds en mettant une mèche derrière son oreille. J'apporterai un film pour occuper les enfants. Riley a dit qu'ils n'avaient jamais vu *Les Goonies*, ce qui est tout simplement criminel.

— Ce sera parfait.

Je plonge mon regard dans celui de Chelsea.

— Je le pense aussi.

11

Le lendemain soir, je suis de nouveau chez Chelsea, et au risque de paraître niais, je dois avouer que je marche à sa porte d'un pas léger. Je suis de bonne humeur, et j'ai hâte de passer la soirée avec Chelsea – et les enfants. Certes, ils m'ont mis des bâtons dans les roues chaque fois que j'ai voulu embrasser leur tante, mais ils sont amusants, drôles, et plutôt cool, de façon générale. Bien évidemment, le fait que je vais peut-être *enfin* baiser y est pour beaucoup dans ma bonne humeur.

Je frappe à la porte, un bouquet de roses blanches et un DVD à la main. Elle s'ouvre, et je me retrouve face à un grand mec bronzé, avec des cheveux blonds méticuleusement décoiffés, vêtu d'un tee-shirt blanc, d'un jean trop large qui tombe si bas que je vois son caleçon, et d'un collier à dents de requin.

— Salut, dit-il.

C'est qui, ce gars, et pourquoi c'est lui qui ouvre la porte ?

— Salut. Où est Chelsea ?

Il recule en ouvrant plus grand la porte pour me laisser entrer.

— Bébé, y a un mec à la porte ! Un mec balèze, dit-il en me regardant. Tu soulèves combien, cent dix kilos ?

— À peu près, ouais.

Je passe devant lui, baissant le bouquet de fleurs, me sentant ridicule de les avoir apportées. Chelsea sort de la cuisine, vêtue d'une petite robe noire à bretelles et d'escarpins ouverts, et ses cheveux lâches tombent sur ses épaules. Sa tenue est simple, mais sexy.

— Jake ! s'exclame-t-elle avec un sourire forcé.

— Qu'est-ce qu'il se passe ? je demande.

Elle est suivie d'un couple du même âge qu'elle : une nana brune avec des dreadlocks et un visage magnifique, et un mec avec de longs cheveux châtains et une chemise vert anis, qui est peut-être à la mode, mais qui n'en est pas moins moche pour autant.

— Mes amis de Berkeley sont venus me rendre visite, dit-elle d'un air désolé. Je ne savais pas qu'ils venaient... Je te présente Nikki et Kevin, dit-elle en désignant le couple.

Nikki et Kevin me sourient d'un air un peu trop joyeux – et défoncé, à mon avis.

— Et lui, c'est Lucas, ajoute-t-elle en faisant un signe de tête vers le chasseur de requin.

— Ça gaze ? demande Lucas.

Je hoche la tête, puis je donne le bouquet à Chelsea.

— Tiens, elles sont pour toi.

Elle les regarde avec des yeux admiratifs, effleurant les pétales du bout des doigts.

— Elles sont magnifiques, merci.

Je crois que mon dîner – et ma baise – tombent à l'eau. *Putain.*

Rosaleen arrive en courant, le visage encadré par deux couettes hautes, et elle se jette sur moi.

— Jake ! Tu es là ! Tu as apporté le film ?

Je le lui montre et elle sautille sur place. Riley et Rory nous rejoignent et Lucas frotte ses phalanges sur la tête de Rory.

— Eh, p'tit gars, tu m'attraperais pas une bière ? Si on doit regarder un film, il va me falloir une binouze.

Chelsea penche la tête sur le côté.

— On n'a pas d'alcool dans la maison, Lucas.

— Ça craint, répond-il en râlant.

Nous allons dans le salon et ma mâchoire se contracte lorsque Lucas passe son bras autour des épaules de Chelsea, comme si c'était la chose la plus naturelle au monde. Je n'aime vraiment pas ce gars, et je ne suis pas le seul.

Rory vient à mes côtés et chuchote :

— S'il s'amuse à retoucher mes cheveux, je vais lui mettre un coup de pied dans les burnes.

— Ça me va.

— Est-ce qu'on peut regarder le film dans la chambre de Maman et Papa ? demande Riley sur un ton plein de précaution. Avant, on y regardait un film une fois par semaine, mais on ne l'a pas fait depuis...

Elle hausse les épaules.

— Bien sûr, je lui dis.

— C'est une super idée, ajoute Chelsea.

— Mec ! J'ai une meilleure idée ! s'exclame Lucas en se tournant vers moi. T'es le baby-sitter, c'est ça ?

— Mais oui ! Trop bien ! s'écrie Nikki, qui semble parler la même langue que l'autre débile. Le beau gosse reste ici pour garder les bébés et nous quatre on peut sortir !

J'attends que Chelsea refuse, qu'elle leur dise qu'elle préfère rester avec les enfants, avec *moi*. Mais elle ne le fait pas.

— Ça t'irait, Jake ? demande-t-elle.

Je me retiens de ricaner alors qu'une frustration sans précédent parcourt mon corps et embrase mes veines.

— Comme tu veux, Chelsea, je réponds sèchement.

— Super, dit Lucas, sans enlever son bras des épaules de Chelsea.

Je rêve de le lui tordre.

— Tu devrais aller te changer, bébé, lui dit-il en la reluquant.

— Je trouve sa tenue parfaite, moi, je dis en le fusillant du regard.

— Ben ouais, elle est canon, répond-il avant de se tourner vers elle. Mais tu ressembles un peu à une MILF. T'es bonne et tout, mais... on dirait quand même une maman, tu vois ce que je veux dire ?

Et maintenant j'ai envie de lui arracher la langue.

— D'accord. Je me change vite fait et on y va, dit-elle d'un air un peu vexé.

Elle revient dix minutes plus tard, vêtue d'un jean moulant et d'un bustier blanc qui fait remonter ses seins. Elle est superbe... mais elle est différente. Elle est moins élégante – et elle est bien plus baisable. En temps normal, ce ne serait pas une mauvaise chose. Si je l'avais rencontrée dans un bar, habillée comme ça, j'aurais tout fait pour la ramener chez moi. C'est simplement le fait qu'elle sorte sans moi, dans un bar où *d'autres mecs* vont la mater et penser la même chose, qui m'agace.

Elle m'emmène dans la cuisine en m'énonçant les horaires de biberons de Ronan, des choses que je sais déjà. Lorsqu'elle arrête de parler, elle lève les yeux et me regarde d'un air navré.

— Je suis désolée pour le repas.

— Ne le sois pas.

— Jake, je... je ne les ai pas vus depuis deux mois. Je ne savais pas... Est-ce que tu m'en veux ?

Son regard est si plein d'espoir, si... vulnérable que je ne peux pas rester en colère contre elle.

— Non, je ne t'en veux pas.

Quant à ses idiots d'amis... c'est une autre histoire.

— Et ça ne te gêne pas ? De garder les enfants pour moi ?

Lorsque vous êtes avocat, vous apprenez vite que les mots ont une importance. Vous posez vos questions et vous formulez vos réponses avec soin, parce que vous savez qu'elles pourraient être mal interprétées. J'ai développé un talent inouï pour rester évasif, c'est très utile.

— J'avais prévu d'être là toute la nuit, de toute manière.

Je repense à cette image de hamster dans sa roue, à tout ce qu'elle donne sans rien recevoir en retour depuis deux mois, et je lui prends la main.

— Va t'amuser avec tes amis, Chelsea. Éclate-toi.

Même si ça me rend fou de rage.

— Tout ira bien.

Lorsqu'elle me sourit, j'ai l'impression qu'un poids énorme vient de disparaître de ses épaules, et je me sens un tout petit peu moins misérable.

◆◆◆

La chambre de Robert et Rachel McQuaid se trouve au deuxième étage. L'escalier qui y mène se situe au bout du couloir du premier – apparemment, ils tenaient à leur intimité. Après tout, quoi de plus normal lorsqu'on a six enfants. La pièce est immense : il y a un petit salon, un jacuzzi, un dressing immense qui est aussi grand que ma cuisine. Les murs sont rouge foncé et les meubles sont en bois foncé. Il y a une cheminée dans un coin avec leur portrait de mariage au-dessus – ils ont l'air jeunes et heureux, et ils ont l'air d'avoir hâte de commencer leur vie ensemble. Sur la commode sont disposés des dizaines de cadres avec des photos des enfants, des photos prises dans le bain, le matin de Noël, à la plage ou en train de faire la sieste.

Les enfants sont silencieux lorsque nous entrons, comme si la chambre était un mausolée. Cependant, après quelques minutes, leur exubérance naturelle prend le dessus et ils occupent l'espace. Lorsqu'ils grimpent sur l'immense lit de leurs parents, ils me font penser à des chiots dans un carton, se cognant les uns aux autres, s'empilant les uns sur les autres jusqu'à ce que chacun ait trouvé sa place et qu'ils soient tous à l'aise. Regan est sur les genoux de Riley et, à en juger par sa façon de sucer son pouce en regardant au loin, elle ne va voir du film que le générique d'ouverture. Raymond prend Cousin Machin dans ses bras comme si c'était son doudou, et Rosaleen tapote la place vide au milieu du lit.

— Viens, Jake, il y a de la place pour toi aussi.

Je ne sais pas ce que dit la loi à propos d'un homme qui s'allonge dans un lit avec des enfants qui ne sont pas de sa famille, mais leurs mines pleines d'espoir et de joie me rassurent. Je mets le DVD dans le lecteur, je prends la télécommande, et je saute sur le matelas, les faisant rebondir et éclater de rire.

Plus tard, au moment où les Goonies disent à Troy et à son seau d'aller se faire voir, Rosaleen tourne la tête vers moi.

— Elle est partie où, tante Chelsea ?

Je me crispe en imaginant le genre d'endroit où ils ont dû aller, et les gens avec qui elle est.

— Elle est sortie avec ses amis, je réponds en essayant de cacher mon agacement.

— Je ne les aime pas, chuchote Riley pour ne pas réveiller sa petite sœur. Ils fumaient de l'herbe dans le jardin.

— C'était ça, cette odeur ? demande Rosaleen.

— Ouais.

De toutes les choses égoïstes et irresponsables... J'ai été jeune, moi aussi, mais vingt-six ans ce n'est pas *si jeune* que ça. C'est trop vieux pour excuser ce type de comportement débile.

— C'était des raclures, conclut Rory.

Je ne le gronde même pas pour son langage, parce que je suis parfaitement d'accord avec lui.

◆◆◆

— C'était génial ! déclare Raymond alors que Cyndi Lauper chante le générique de fin.

— Il y a une suite ?

— Non, je réponds en bâillant. Dans les années quatre-vingt, ils savaient qu'il ne fallait pas gâcher la perfection.

Rosaleen saute sur mes genoux, m'arrachant un grognement. Elle pose ses mains à plat sur mes joues, glissant l'une vers le haut et l'autre vers le bas.

— Tu ressembles un peu à Sinok, Jake. Tu es grand et tu fais beaucoup de bruit, dit-elle en m'étudiant de près. Mais tu n'es pas aussi moche.

C'est mieux que rien, non ?

— Merci, je marmonne avec mes lèvres écrasées.

Les enfants descendent du lit en s'étirant, et Rory me demande s'ils sont obligés de se brosser les dents.

— Non, je pense que vos dents tiendront une nuit sans brossage. Allez vous coucher, je dis en les raccompagnant au premier étage.

Les garçons filent dans leur chambre et lorsque Riley sort de celle de Regan, où elle l'a couchée sans la réveiller, elle me dévisage de son regard d'adolescente blasée par la vie, puis elle me sourit légèrement.

— C'était cool. Merci.

Une chaleur étrange chatouille ma poitrine.

— Oui, c'était cool. De rien.

Rosaleen prend ma main et me tire dans sa chambre, qui est rose avec des motifs de princesse partout et une fresque au plafond représentant une licorne sous un arc-en-ciel et un ciel bleu.

— Tu peux t'endormir avec moi, Jake ? demande-t-elle en grimpant dans son lit à baldaquin.

— Non, je réponds en secouant la tête.

Elle claque des dents de façon théâtrale et elle tire les couvertures sous son menton.

— Et si Willy le Borgne vient me chercher ?

Je me gratte la nuque en hésitant.

— Eh bien... je peux laisser ta porte ouverte et la lumière du couloir allumée ?

— Non, ça ne suffit pas.

— Et... je vais m'asseoir devant ta porte jusqu'à ce que tu t'endormes.

J'ai apporté mon ordinateur portable et je peux travailler par terre aussi bien qu'à mon bureau, je ne suis pas difficile.

— OK, dit-elle en souriant.

Elle me fait signe d'approcher. Je me penche sur son oreiller orné de fées et elle lève la tête pour m'embrasser sur la joue.

— Bonne nuit, Jake. Fais de beaux rêves.

Je la regarde gigoter pour se mettre à l'aise sous la couette, et je réalise qu'elle incarne tout ce qui est pur, bon et innocent. Quelque chose en moi me donne envie de promettre de tout faire pour qu'elle reste ainsi. Je secoue la tête en me demandant depuis quand je suis devenu aussi sentimental, parce que ce n'est vraiment pas mon genre. Je suis brutalement honnête et cynique, mais *jamais* mielleux.

— Bonne nuit, Rosaleen, je dis en éteignant la lumière.

◆◆◆

Plus tard, je ne sais si c'est trente minutes ou trois heures plus tard, je me réveille par terre, mon ordinateur sur les cuisses, le menton sur la poitrine, la nuque endolorie et les fesses anesthésiées. J'ai d'abord du mal à me souvenir où je suis et pourquoi je suis par terre. Je regarde autour de moi, et tout me revient. *Les Goonies*, Chelsea et ses amis, les enfants.

Je ferme mon ordinateur et je me frotte les yeux en me demandant ce qui m'a réveillé. Rosaleen dort à poings fermés et il règne un silence de plomb derrière les trois autres portes du couloir, y compris celle du bébé. Je me lève et...

Boom.

J'entends un bruit en bas, suivi de chuchotements.

C'est quoi, ce bordel ?

Mes muscles se contractent et je me mets sur mes gardes. Peut-être que c'est un voleur ? Je me demande si Chelsea a caché ailleurs la clé qui était sous le paillasson.

— *Mmmm... ouais...*

C'était une voix d'homme, et un voleur ne serait pas en train de gémir.

Je descends l'escalier sans faire un bruit, l'oreille tendue.

— Lucas !

Ça, c'était Chelsea.

— T'es tellement bonne, bébé.

Mon estomac se noue et je ferme les poings.

— J'ai tellement envie de toi, dit-il.

— Lucas...

Elle parle à voix basse parce qu'elle pense aux enfants. Elle pense *toujours* aux enfants. Cependant, ses paroles sont très claires.

— Lucas, *arrête.*

Tout comme celles de cet enfoiré.

— Fais pas ta prude, Chelsea, je sais que t'en as envie.

— Non. *Stop*, Lucas – non !

— Chut, détends-toi. Laisse-moi...

Je pète un plomb.

Je déboule dans le salon. Ils sont sur le canapé, habillés. Il est sur elle, frottant son bassin contre le sien, la couvrant presque entièrement, à part ses jambes.

Ses jambes qui se débattent.

Je l'empoigne par le col de son tee-shirt et je le tire en arrière, en le maintenant en l'air pour lui mettre un coup de poing avec l'autre main. Je sens un os craquer sous mes doigts et je suis satisfait de voir son nez saigner. Je suis aveuglé par la rage et mon cœur bat dangereusement vite, martelant dans mes oreilles tandis que je prends de l'élan pour le frapper encore dans la mâchoire. Il lève les mains pour se protéger, et je le laisse tomber au sol.

Cependant, c'est seulement pour pouvoir lui mettre un coup de pied. La pointe de ma chaussure s'écrase dans ses côtes, lui coupant le souffle. Toutefois, je ne suis pas satisfait. Je veux plus. Je veux qu'il souffre.

Il halète en sifflant, essayant de retrouver son souffle, mais je ne l'entends pas. D'ailleurs, je ne le vois même pas. La seule chose que je vois, c'est Chelsea, douce et fragile, luttant contre lui, lui disant non, le suppliant d'arrêter.

Il n'a pas arrêté, je ne vois pas pourquoi *moi* j'arrêterais.

Je le soulève par le bras et je le jette sur le mur.

— Elle a dit non, connard. T'es sourd ou quoi ?

Mes mains saisissent sa gorge et je serre. Ses yeux sortent de leurs orbites et il griffe mes mains, essayant de les enlever, mais il n'y arrivera pas.

— Jake, arrête, s'il te plaît.

Je sens la main de Chelsea sur mon épaule.

— Ne fais pas ça, Jake. Arrête.

Sa voix est comme un havre de paix, solide et calme au milieu des eaux noires et tumultueuses qui m'enveloppent, alors j'arrête. Non pas qu'il le mérite. C'est seulement parce que Chelsea me l'a demandé.

Je le lâche et cette raclure glisse contre le mur jusqu'au sol, toussant en saignant du nez. Je suis pantelant, et mon cœur bat toujours la chamade tandis que je le regarde d'un air dédaigneux. J'empoigne sa veste sur le fauteuil, en prenant soin d'en sortir les clés, et je la lui jette.

— Sors d'ici, je grogne.

Il essuie son visage ensanglanté avec sa veste et me fusille du regard.

— J'ai besoin de mes clés, marmonne-t-il.

Espèce d'idiot.

— Non. Tu peux dormir dans ta caisse. Quand tu seras sobre, demain matin, tu pourras te traîner ailleurs.

Il ouvre la bouche pour protester, mais je ne le laisse pas faire.

— Tu as deux options : tu dors dans ta putain de caisse, ou tu finis inconscient à l'hôpital. Je sais laquelle *moi* je préfère.

Et ce n'est pas la voiture.

— Fais ce qu'il dit, Lucas. Nikki et Kevin se réveilleront dans quelques heures et vous pourrez tous partir.

Il la dévisage une dernière fois et il marche vers la porte, le dos courbé. Je le suis, et je claque la porte derrière lui.

◆◆◆

Je ferme la porte à clé pour être sûr que ce connard n'essaiera pas de rentrer, et que je ne sortirai pas le tuer dans son sommeil. Mes mains tremblent violemment et tout mon corps frissonne sous la pression de ma rage à peine contenue. Cependant, il y a autre chose. Quelque chose que je ne parviens pas à analyser.

— Je n'arrive pas à croire que Lucas ait essayé de..., murmure Chelsea d'une voix tremblante.

Je me tourne brusquement vers elle, explosant comme un volcan en pleine éruption.

— Bien sûr qu'il a essayé ! Tu t'attendais à quoi ? Tu pensais qu'il avait traversé le pays pour un bisou sur la joue ?

Elle croise les bras sur sa poitrine et se serre fort.

— Je pensais qu'on était amis, chuchote-t-elle.

— C'est mignon d'être naïve, Chelsea, mais pas d'être bête.

— Je te demande pardon ? s'écrie-t-elle comme si je venais de la gifler.

— *Amis* ? je m'exclame en ricanant. Tu t'habilles comme ça pour tous tes amis ? je demande en la reluquant des pieds à la tête. Ils ont bien de la chance.

— Ma tenue est parfaitement appropriée, rétorque-t-elle en haussant le ton.

— Tu es bourrée ? je demande sèchement.

— Non.

— Tu es défoncée ?

— *Non* !

— Tu as déjà baisé avec lui ?

— Ça ne te regarde pas !

— Ça veut dire oui, je réponds en souriant faussement.

— Arrête ton interrogatoire, je ne suis pas une de tes clientes !

— Tu sais ce qu'il te serait arrivé si je n'avais pas été là ? je crie, oubliant que six enfants dorment au-dessus de nos têtes.

Au fond, c'est pour ça que j'ai tant envie de le tuer, ou de frapper un mur. C'est à cause de la chose indicible qu'il aurait peut-être faite si je n'avais pas été là. J'ai regardé dans les yeux des femmes qui ont été violées. Certes, elles continuent à vivre. Certaines arrivent même à tourner la page. Toutefois, elles n'oublient jamais. Et elles ne sont plus jamais les mêmes.

— Oui, j'en suis consciente, Jake. Contrairement à ce que tu crois, je ne suis pas idiote. Je suis contente que tu aies été là, dit-elle froidement. Mais maintenant tu peux partir.

— Je ne vais nulle part tant que ce connard est dehors.

— Très bien, alors prends ton pied sur le canapé.

Chelsea tourne les talons, raide comme un soldat, et elle part en direction de sa chambre. Cependant, après trois pas, elle se retourne, et elle me fusille du regard.

— Je comprends pourquoi tu es un si bon avocat, Jake. Tu es vraiment très doué pour rejeter la faute sur la victime.

Je reste planté là un moment, trop choqué, trop honteux pour répondre quoi que ce soit.

Elle monte les escaliers et je me retrouve seul, l'écho de tout ce que je n'aurais pas dû lui dire résonnant dans mes oreilles.

12

Cinq minutes plus tard, je suis dans la cuisine, en train de fouiller les placards et les tiroirs comme un accro qui a oublié où il a caché sa came.

J'ai des envies de meurtre à l'encontre du frère de Chelsea.

— Allez, Robert, j'ai rencontré tes enfants.

Je regarde au fond du frigo, déplaçant une brique de lait, un bloc de tofu et un sachet de poires bio.

— Tu as forcément une bouteille d'alcool cachée quelque part.

À ce stade, je boirais même du sirop pour la toux.

Je passe ensuite au congélateur et là, sous des bouteilles de sauce tomate, c'est le jackpot. Une bonne vieille bouteille de liqueur.

— Eh bien, voilà, Robbie, c'est de ça que je parlais, je dis en admirant l'étiquette.

Je dévisse le bouchon et je bois une gorgée, trop pressé pour prendre un verre. Le liquide glacé brûle ma gorge en anesthésiant tout sur son passage. Avant de refermer le congélateur, j'attrape un sachet de petits pois surgelés pour mes phalanges enflées. Je prends un verre dans le placard et je le remplis à moitié du liquide ambré. Je le fais tournoyer dans le verre lorsque j'entends un bruit de pieds nus dans l'escalier.

Quelques secondes plus tard, Rory se tient dans l'encadrement de la porte, en pantalon de pyjama bleu et en tee-shirt blanc, les cheveux ébouriffés qui se dressent dans toutes les directions. Cependant, ses yeux bleus sont alertes et grands ouverts, ce qui me dit que ça fait un moment qu'il est réveillé.

— Qu'est-ce que tu fais debout ? je lui demande doucement.

— J'avais soif, ment-il. Je peux avoir un verre d'eau ?

Je lui fais signe de s'asseoir et je remplis un verre, que je pose devant lui. Nous passons quelques secondes à siroter nos boissons respectives en silence.

— Je t'ai entendu avec tante Chelsea, avoue-t-il enfin.

Je hoche la tête et il me regarde d'un air timide et hésitant.

— Vous parliez fort. Vous aviez l'air... en colère.

— Ouais, j'étais en colère, je soupire.

La culpabilité me ronge déjà, mais lorsqu'il semble s'inquiéter, mon sentiment de remords est décuplé.

— Est-ce que tu vas partir ?

Je pose mon verre sur le plan de travail et je le regarde dans les yeux.

— Non, Rory, je ne vais pas partir.

Ses traits se détendent.

— Tant mieux, dit-il avant de boire une gorgée d'eau. Pourquoi vous vous disputiez ?

— Je... je me suis emporté.

— Tu t'es comporté comme un petit con en colère ? demande-t-il en imitant mes paroles.

Je ricane, car ce gamin est malin.

— Un peu, ouais.

— Mes parents se disputaient de temps en temps...

Avec le stress de tous ces enfants, ça ne m'étonne pas.

— ... mais ils allaient dans la voiture.

— Dans la voiture ? je demande en souriant.

— Ouais, dit-il en riant. Je crois qu'ils ne voulaient pas qu'on sache qu'ils se disputaient, alors ils allaient dehors, où on ne pouvait pas les entendre. On les regardait depuis la fenêtre, en haut. Les mains de ma mère faisaient comme ça...

Il agite les bras au-dessus de la tête comme une pieuvre épileptique.

— Et mon père faisait...

Il se pince le nez et secoue la tête, imitant parfaitement bien un homme essayant de faire voir la raison à une femme en pleine crise d'hystérie.

— Qu'est-ce qu'ils faisaient quand ils revenaient ? je demande.

Il réfléchit un moment avant de répondre.

— Ils s'évitaient un peu. Ils ne se regardaient pas et ils ne se parlaient pas. Mais au bout d'un moment, les choses redevenaient normales, tu vois ce que je veux dire ?

Pas vraiment, non. Moi, j'étais au premier rang pour les « disputes » de mes parents. Cependant, je ne le lui raconte pas, me contentant de hocher la tête et de lui dire ce qu'il sait déjà.

— C'étaient de bons parents, petit.

Il soupire lentement avec un air triste.

— Ouais.

— Allez, il est tard. Retourne te coucher, je dis en vidant mon verre.

Rory descend du tabouret et, ensemble, nous gravissons les escaliers. Lorsque nous arrivons devant la porte de sa chambre, il adopte une attitude nonchalante à laquelle je suis désormais habitué.

— Je ne suis pas un bébé, tu sais. Je n'ai pas besoin que tu me bordes.

— Oui, je sais, je réponds en lui tapotant le dos.

Toutefois, j'entre quand même avec lui dans la chambre.

Rory se couche sur le lit du bas, tandis qu'au-dessus de lui Raymond ronfle doucement. Je remonte les couvertures qu'il a dégagées en dormant et, une fois qu'il est installé, j'en fais de même avec Rory.

— Bonne nuit, Rory. Fais de beaux rêves.

— Bonne nuit.

Il se tourne et niche sa tête dans l'oreiller. J'ai presque passé la porte lorsque sa voix m'arrête.

— Je suis content que tu sois là, dit-il.

Le plus choquant, c'est que... moi aussi.

Je suis content.

Je me tourne, cherchant sa petite tête dans le noir, son sourire timide.

— Moi aussi, je lui dis.

Il ferme les yeux.

Toutefois, il y a quelqu'un ici qui n'est *pas* ravi que je sois encore là, et je file en direction de sa chambre. Parce qu'il faut qu'on parle, elle et moi.

◆◆◆

J'ai entendu des gens évoquer l'angoisse. Cependant, ça ne m'arrive jamais, à moi. Je ne stresse pas avant de prendre la parole durant un procès, je ne m'inquiète pas quand mon patron me convoque dans son bureau, et je n'ai jamais paniqué avant de coucher avec une femme. Sans doute n'ai-je jamais tenu suffisamment à quoi que ce soit, ou à quiconque, pour flipper à l'idée que les choses ne se déroulent pas comme je le souhaite. J'ai toujours pensé que tout était réparable ou remplaçable.

Vous savez déjà ce que je vais dire, n'est-ce pas ?

Eh bien, oui, je suis devant la porte de Chelsea, et je suis en train de stresser. Mes mains sont moites, mon estomac est noué, ma peau fourmille, et je sens mon cœur battre dans ma gorge.

Comment les gens peuvent-ils vivre ainsi ? C'est affreux. Je déteste ça.

Le meilleur moyen de ne plus me sentir ainsi, c'est de me dépêcher de lui parler. De lui présenter mes excuses pour m'être comporté comme le dernier des connards. Seulement, pour cela, il faudrait que j'arrive à frapper à sa porte.

Or c'est là que la panique entre en jeu. Elle ne me laisse pas frapper à la porte, parce que... qu'est-ce que je vais faire si elle m'envoie bouler ? Si elle ne veut pas entendre mes excuses ? Si elle a conclu que je suis un abruti violent qui représente un danger pour les enfants ?

Merde.

Un mouvement à mes pieds attire mon attention. C'est Cousin Machin qui me regarde d'un air moqueur – c'est bien la première fois que je ne vois pas sa queue remuer. Je l'entends presque me traiter de poule mouillée.

— Tais-toi, je lui dis.

Il fait demi-tour et s'en va en trottinant.

Je me passe la main dans les cheveux, j'inspire calmement, et je frappe deux fois : pas trop fort pour que les douze oreilles n'entendent pas, un étage au-dessus, mais assez fort pour paraître plein d'assurance. La porte s'ouvre plus vite que je ne m'y attendais, et juste assez pour encadrer le visage de Chelsea. Pas plus. Ses yeux sont rouges et brillants.

— Est-ce que ça va ? je demande en approchant mon visage.

Elle lève le menton, stoïque, feignant l'indifférence, mais elle est aussi nulle à ce jeu que son neveu voleur de voitures.

— Très bien, oui.

Elle referme la porte dans mon visage, sans la claquer, même si j'ai l'impression que c'est ce qu'elle aimerait faire.

Je frappe une nouvelle fois.

Elle la rouvre et me dévisage avec la même expression.

— Je me suis comporté comme un connard avec toi.

Cette fois-ci, ses yeux étudient mon visage, évaluant ma sincérité, mais sa bouche reste fermement pincée.

— Nous sommes d'accord.

Et elle referme la porte.

Lorsque je frappe une troisième fois et qu'elle ouvre la porte, j'y passe le pied pour l'empêcher de la refermer.

— Je suis désolé, Chelsea.

Entend-elle la tension dans ma voix ? Les remords qui ne me ressemblent pas du tout ? Sait-elle que cette nouvelle voix n'est réservée qu'à elle ?

Bien sûr que non, espèce d'abruti, parce que tu ne lui as pas dit.

— J'étais en colère qu'il ait essayé de te faire du mal. Je me suis défoulé sur toi, et j'ai eu tort.

Chelsea cligne des yeux, et sa détermination à me bouder diminue un peu, même si elle reste froide. Elle hausse les épaules, et je manque de rire, parce que maintenant je comprends mieux l'attitude de Riley.

— Oublie, Jake. Tout va bien.

— Non, tout ne va pas bien, je dis en passant ma tête dans le petit espace entre la porte et son cadre, me sentant débile. Tu sais, une partie de la raison pour laquelle j'étais en colère, avant même que tu ne partes avec eux, c'est que... j'étais jaloux.

— Ah bon ? demande-t-elle en écarquillant les yeux.

Je hoche la tête.

— Je peux entrer ? Je me sens con de te parler comme ça.

— Ah, oui, répond-elle en reculant pour ouvrir la porte en grand.

J'entre et je referme derrière moi. Soudain, je baigne dans *elle* : son parfum, ses vêtements sur la chaise dans un coin, ses bijoux sur la commode, la photo d'elle et de Robert et Rachel le jour de sa remise des diplômes, son carnet de croquis.

Chelsea est debout, face à moi. Elle s'est changée depuis tout à l'heure. Elle a remplacé son bustier blanc et son jean par un short blanc et un tee-shirt des LA Dodgers[1], ce qui la rend encore plus sexy. Son visage est encore plus beau sans maquillage et ses cheveux auburn mettent en lumière sa peau pâle et parfaite. Je meurs d'envie de passer ma main dans ses ondulations, de compter tous les reflets qui les illuminent.

1. Équipe de baseball de Los Angeles.

— Tu es sûre que ça va ? je demande.

Elle décroise les bras et hoche la tête.

— Ouais. Ce n'est pas la première fois que je suis confrontée à des gars trop enthousiastes, dit-elle en s'asseyant sur le lit et en trifouillant la couverture. C'est juste que je ne m'attendais pas à ce que Lucas soit sur la liste.

Je n'ai pas envie de poser la question, mais le masochiste en moi a besoin de savoir.

— Est-ce que... c'était ton mec ?

— Non, ça n'était pas comme ça. On était... amis. C'était occasionnel, tu vois ?

Oui, je vois très bien, oui.

— Ils m'ont écrit un message lorsqu'ils sont descendus de l'avion, c'était une surprise. Mais j'ai su dès qu'ils sont arrivés que c'était une erreur. J'ai réalisé à quel point ma façon de voir les choses a changé depuis que je vis ici. Je suppose que c'est ce qui arrive lorsqu'on devient responsable, dit-elle d'une voix triste, alors qu'elle pense sans doute à son frère et à la jeune fille sans souci qu'elle était avant sa mort.

— Je suis désolé, je murmure en m'asseyant à côté d'elle.

Je suis désolé que ton frère soit mort, que tu aies dû grandir du jour au lendemain. Je suis désolé que tu portes le poids de six mondes sur tes petites épaules.

Je pose ma main sur son genou pour la réconforter, mais le contact s'électrifie et devient autre chose que du réconfort – et je ne suis pas le seul à le sentir.

Elle lève les yeux, nos regards se croisent, et elle rapproche son visage du mien.

— Pourquoi étais-tu jaloux de Lucas, Jake ?

Elle lèche brièvement sa lèvre inférieure, mais je ne pense pas qu'elle soit consciente de son geste.

— Je veux dire... c'est encore un gamin qui vit sur le dos de ses parents et qui fait la fête tous les soirs. Toi, tu as une vraie vie, une vraie carrière.

— Mais lui, il t'avait, *toi*, je réponds sans même y réfléchir.

Il y a quelque chose chez Chelsea qui me donne envie de me livrer.

Je caresse sa joue et ses mèches de cheveux soyeuses chatouillent mes doigts.

— En tout cas, il t'avait pour ce soir. Comment ne pas être jaloux ?

Elle se rapproche encore et je baisse la tête jusqu'à ce que nos bouches soient à quelques centimètres l'une de l'autre. Nous sommes si proches que je sens son dentifrice lorsqu'elle respire.

— C'est ce que tu veux ? demande-t-elle ? Tu me veux, moi ?

Je me perds dans ses yeux bleus, comme un homme perdu à la mer.

— Tout le temps. Je ne me souviens pas de ne *pas* avoir pensé à toi depuis que je t'ai rencontrée.

Nos bouches fusionnent enfin, et bon sang, c'est incroyable. C'est lent au début, comme une exploration délicate, puis j'empoigne sa nuque et je rapproche sa tête. Ma bouche couvre la sienne, qui est souple, douce et affamée. Le baiser me semble... électrique. Et important. Comme si chaque baiser jusqu'à maintenant n'avait été qu'un entraînement pour me préparer à celui-ci. Ma langue se promène sur ses lèvres avant de plonger dans la sienne pour en explorer les moindres recoins tout en avalant ses gémissements.

Sans rompre le baiser, elle se dresse sur les genoux pour me dominer, effleurant mon menton, caressant ma joue. Nous remontons sur le lit et elle s'allonge sur le dos. Je m'installe entre ses cuisses, sentant son désir brûlant et pulsant. Ses tétons durcissent sous son tee-shirt et je gémis en rêvant de les prendre dans ma bouche. Elle penche la tête sur le côté et sa langue caresse la mienne.

Puis elle soulève lentement son bassin. *Putain.* J'avance mes hanches contre les siennes, parce que je ne peux pas m'en empêcher. Elle répond par un gémissement guttural et décadent, et ma main remonte sur sa cuisse nue pour s'arrêter sur sa hanche. Je l'empêche de bouger pour pouvoir me frotter de nouveau contre elle. Cependant, elle tourne la tête, haletante.

— Jake, les enfants...

Merde. Mon désir devrait disparaître en imaginant la demi-douzaine de démons endormis à quelques mètres de nous, mais ce n'est pas le cas. Mon érection durcit encore, comme pour chuchoter : *Vous ne ferez pas de bruit. Ils dorment. Vous avez des heures et des heures jusqu'au matin. Pensez à tout ce que vous pouvez faire pendant ce temps.*

C'est alors que les cris de Ronan retentissent dans le babyphone posé sur la table de nuit. C'est comme s'il l'avait entendue.

Je me soulève pour m'allonger sur le dos et je couvre mes yeux avec mon bras, pantelant, comme si je venais de courir un marathon.

— Jake...

— Ça va... t'en fais pas. Laisse-moi... donne-moi une minute pour m'en remettre. Ou une heure. Peut-être même un jour.

Chelsea rit, à bout de souffle et légèrement frustrée.

— Mon neveu a un sens du timing incroyable. Du *mauvais* timing, bien sûr.

— J'avais remarqué...

J'enlève mon bras de mon visage et je la regarde, ses joues rouges, ses lèvres gonflées : ce look lui va à ravir. Elle s'assoit dans le lit, prête à aller donner son biberon au bébé, et je roule sur le côté pour l'attirer à moi.

— Laisse-moi t'inviter au resto, demain soir, je dis.

— Je n'ai personne pour garder les enfants. Je ne peux pas prendre la première baby-sitter que je trouve...

— Je m'en charge.

Il s'avère que je connais la plus ferme et la plus patiente des femmes. C'est elle qui m'a élevé et qui m'a fait parvenir à l'âge adulte en un morceau, et j'étais bien plus terrible que les six McQuaid réunis.

— Ah bon ?

— Ouais. Alors dis oui.

Elle m'embrasse, brutalement et sauvagement, comme je l'aime, puis elle descend du lit car Ronan a haussé le ton.

— Oui, dit-elle en souriant.

13

Nous sommes enfin samedi soir. Il est dix-huit heures, et j'attends dans le hall d'entrée de Chelsea, vêtu d'un jean et d'un blouson noirs et d'une chemise grise. Chelsea est encore dans sa chambre, en train de se préparer. Je ne suis jamais allé à mon bal de promo, mais si ça avait été le cas, je crois que mes sensations auraient ressemblé à ça : cette impatience excitée, l'espoir que tout est possible. C'est inédit pour moi, et ça me plaît.

Quelqu'un frappe à la porte. J'ouvre, et face à moi se tient celle qui murmure à l'oreille des enfants. J'ai vraiment eu de la chance qu'elle n'ait rien prévu ce soir.

— Coucou, Maman !

Ma mère est une femme minuscule – un mètre cinquante, quarante-deux kilos – avec un visage magnifique et des yeux gris-bleu qui détectent tous les mensonges. Ce qui lui manque en carrure physique, elle le compense par sa personnalité débordante.

— Mon nounours, tu m'as manqué ! s'exclame-t-elle en se jetant dans mes bras.

Du coin de l'œil, je vois Rory et Raymond ricaner en entendant mon surnom.

— *Nounours* ? chuchote Raymond.

Et merde.

Derrière ma mère se tient Owen, son petit ami. Il entre, deux énormes sacs de courses dans les mains. Owen a la cinquantaine, un ventre à bière rebondi, et il est à un poil d'être chauve pour de bon. Ils forment un couple étrange et les gens se demandent ce qu'elle fait avec lui, mais Owen est un mec génial. Il est patient, gentil, il travaille dur, et il vénère le sol sur lequel marche ma mère depuis le jour où ils se sont rencontrés.

— Ça me fait plaisir de te voir, Jake, dit-il en posant un sac pour me serrer la main.

— Ah ! s'exclame ma mère. Je vais chercher les autres sacs dans le coffre, il ne faut pas que je les oublie.

— J'y vais, G, détends-toi.

Tous les enfants, sauf Ronan, sont alignés à l'entrée du salon.

— Ce sont eux ? demande ma mère.

— Ce sont eux, je réponds.

Elle s'approche d'eux, lentement, en les regardant un par un.

— Bonjour, les enfants. Je suis la maman de Jake et je suis votre baby-sitter pour la soirée. Vous pouvez m'appeler Gigi. Et lui, c'est Owen.

— Qu'est-ce qu'il y a dans les sacs ? demande Rosaleen.

— Eh bien, tu ne serais pas un peu curieuse, toi ? dit ma mère en s'accroupissant devant elle. Dans les sacs, il y a tout pour fabriquer toutes sortes de cookies : aux pépites de chocolat, au sucre, au beurre de cacahuète, et même des parfums qui n'ont jamais été inventés.

Deux enfants sur six se lèchent les lèvres.

Ma mère se lève et se tourne vers la plus grande.

— C'est toi, Riley ?

— Ouais.

— Il y a des allergies dont je devrais être au courant ?

— Non, Gigi, personne n'a d'allergie.

— Parfait ! répond ma mère en s'arrêtant ensuite devant Rory.

— Toi, tu es Rory ?

— Ouais, répond-il en la défiant du regard.

— On m'a dit que c'était toi, le gros dur de la bande.

— On ne vous a pas menti.

— Tu sais ce que c'est, la salmonelle, Rory ? demande ma mère en croisant les bras.

Il réfléchit un moment.

— Ça vient des œufs crus et des trucs comme ça, non ?

— Absolument. Tu sais ce qu'il y a dans la pâte à cookie pas cuite, n'est-ce pas ?

— Des œufs ? demande Rory en faisant le malin.

— Tout à fait. Donc, vu que tu es si fort, que dirais-tu d'être notre goûteur officiel et de jouer à la roulette russe avec notre pâte à cookie ?

— OK, répond-il en souriant.

— Bien ! Maintenant, prenez tous un sac et montrez-moi où est la cuisine.

Ils lui obéissent et tout le monde part. Tout le monde sauf Rosaleen, qui reste dans le hall avec moi. J'avance jusqu'au bas de l'escalier et j'appuie une main sur la rampe en bois, en attendant Chelsea.

Comme par magie, le bruit de ses pas retentit au-dessus de ma tête et *boom*, la suite se déroule au ralenti. Comme dans ces comédies romantiques que je n'ai jamais regardées. Sa robe en soie bleu roi volette autour d'elle tandis qu'elle descend les marches, me donnant un superbe aperçu de ses cuisses blanches. La robe est cintrée sur sa taille, mais le décolleté drapé est plongeant et révèle un merveilleux soupçon de poitrine parfaite. Ses cheveux sont brillants et bouclés et ils rebondissent à chacun de ses pas... comme ses seins.

La petite tête blonde de Rosaleen nous regarde tour à tour.

— Tu vas l'embrasser ? me demande-t-elle.

— Absolument, je réponds sans quitter Chelsea des yeux.

Rosaleen fronce le nez et grimace comme un lapin qui a mangé une carotte moisie.

— C'est dégoûtant, Jake.

◆◆◆

Après avoir rappelé aux enfants de ne pas se comporter comme des idiots avec ma mère, j'emmène Chelsea dîner dans l'un des meilleurs restaurants de la ville. Les tables sont couvertes de nappes bordeaux et de bougies, les murs sont en lambris foncé, et, dans le salon adjacent, un pianiste joue des versions blues de morceaux classiques. Je précède le maître d'hôtel pour reculer moi-même la chaise de Chelsea et, après qu'il nous a annoncé les spécialités du jour, il part nous chercher la bouteille de cabernet sauvignon que j'ai commandée. Soudain, une pensée terrifiante me saisit.

— Tu n'es pas végétarienne, hein ?

— Non, répond-elle en riant.

Nous passons notre commande et je réalise que je ne peux cesser de la regarder. Chelsea est tout simplement magnifique. Elle boit une gorgée de vin et une gouttelette rouge scintille sur sa lèvre supérieure. Elle l'essuie d'un coup de langue et je rêve de la remplacer par la mienne, de sucer ses lèvres, de boire ce vin dans le creux de son cou.

Je remets discrètement mon érection en place sous la table et je bois une nouvelle gorgée de vin. Bon sang, la soirée va être longue. Tout ce qu'elle fait, tout ce qu'elle dit me fait bander en m'imaginant la baiser toute la nuit.

— Ta mère n'est pas comme je l'avais imaginée.

Tout sauf ça.

— Qu'est-ce que tu avais imaginé ?

— Eh ben... une femme plus grande, je pense. Comment elle a survécu à ton accouchement ? Tu devais être un bébé immense ! Et... elle a l'air tellement jeune, dit Chelsea. Tu dois avoir de très bons gènes, j'espère que tu l'as remerciée.

— C'est mon père qui était grand, je tiens ma carrure de lui. Et ma mère a l'air jeune parce qu'elle *est* jeune. Elle m'a eu à seize ans.

— Seize ans ? répète-t-elle.

Elle se dit sans doute que ce n'est que deux ans de plus que l'âge de Riley, ce qui est sacrément jeune.

Je hoche la tête.

— Alors tes parents sont divorcés ? demande-t-elle d'une voix hésitante, comme si elle n'osait pas aborder le sujet.

— Ouais. Mon père est parti... quand j'avais huit ans.

— Je suis navrée de l'entendre.

— Ne le sois pas. C'est la plus belle chose qu'il ait faite pour moi.

Nos plats arrivent et Chelsea regarde son entrecôte

en écarquillant les yeux, parce qu'elle est plus grande que sa tête.

— Waouh, c'est un morceau énorme, dit-elle d'une voix innocente que je ne peux laisser passer.

— Tu n'as encore rien vu, c'est rien à côté du mien.

Elle penche la tête sur le côté et rit d'un ton exaspéré.

— Quoi ? je dis en désignant mon assiette. Il *est* plus gros. Tu pensais que je parlais d'autre chose ?

Elle rougit et c'est adorable.

— Tu as l'esprit vraiment déplacé, Chelsea. Je suis choqué.

Elle prend son couteau et attaque son morceau de viande. Quant à moi, je prends un plaisir charnel à la regarder glisser sa fourchette entre ses lèvres, à la voir fermer les yeux et gémir en goûtant chaque bouchée. Elle n'en a pas mangé un quart que je dois déjà me la réajuster sous la table, essayant de trouver plus de place à mon érection dans mon pantalon de plus en plus serré.

— Tu as grandi à DC ? demande Chelsea.

Je remplis de nouveau son verre avant de répondre.

— On a pas mal déménagé quand j'étais petit. Après le départ de mon père, ma mère n'avait pas le choix. Elle avait vingt-quatre ans, un gamin, et elle n'avait pas pu terminer le lycée, alors elle est entrée dans l'armée.

— Waouh. J'ai du mal à l'imaginer dans l'armée.

— Crois-moi, elle est plus coriace qu'elle en a l'air. Elle a eu son baccalauréat, puis elle est devenue mécanicienne pour l'armée, donc on a vécu sur différentes bases. Elle n'a jamais été envoyée en zone de guerre, mais elle était déplacée d'un camp à l'autre en fonction des besoins.

— Alors, tu étais un enfant de militaire ?

— Plus ou moins, ouais.

La logique voudrait que les gamins de militaires soient disciplinés, mais ce n'est pas toujours le cas. J'étais sans cesse le nouveau, et ce dans des lieux où la force est ce qui obtient le respect. *Tue ou sois tué* était le thème récurrent, là où nous vivions. Le meilleur moyen de se faire respecter était de piétiner les autres autour de soi.

— Quand elle a quitté l'armée, on s'est installés à Baltimore.

— Et c'est là que ta mère a rencontré Owen ? demande-t-elle en buvant son vin.

— Oui, il est mécanicien, lui aussi, il a son propre garage. Ils le gèrent ensemble, maintenant, je réponds en souriant. Ils se sont rencontrés parce que je me suis battu avec deux autres gamins devant chez lui. Il nous a séparés, il a appelé ma mère et... ils ne se sont plus quittés. Owen est un mec bien.

— Attends, tu t'es battu avec *deux autres* gamins ?

— J'étais costaud. Ce n'était pas vraiment un défi d'être un contre un.

— Alors tu étais un fauteur de troubles, comme Rory ?

— *Fauteur de troubles* ? Tu es mignonne mais, comparé à moi, Rory est un ange.

— Becker ?

Je me tourne et je vois Tom Caldwell venir vers nous en souriant. Caldwell est un jeune procureur aux yeux bleus innocents. Il est du genre premier de la classe qui n'enfreint jamais la moindre règle. C'est également le procureur contre qui je défends le sénateur Holten.

— Caldwell, je réponds en lui serrant la main.

— Il me semblait bien que c'était toi. Comment ça va ?

Les interactions entre les procureurs et les avocats de la défense sont toujours étranges. Devant le juge, nous faisons tout notre possible pour anéantir l'autre, mais en dehors de la salle d'audience, nous nous voyons régulièrement lors de matchs de softball qui sont généralement suivis d'une bière. Ce qui se passe au tribunal reste au tribunal. Ce sont les affaires, ça fait partie du job.

— Pas mal, je réponds. Et toi ?

— Ça va, je suis là avec mes parents, je leur fais visiter Washington.

Il tourne la tête vers Chelsea et son regard s'illumine. Il pense sans doute que je ne le remarque pas, mais il a tort. La politesse voudrait que je les présente, mais la politesse peut aller se faire voir. Hélas, Tom n'est pas du genre à se laisser faire.

— Bonjour, je suis Tom Caldwell, dit-il en tendant la main à Chelsea.

— Chelsea, répond-elle en souriant.

— Vous êtes une cliente de Becker ?

— Non, mais il représente certains membres de ma famille.

— Alors ils sont entre de bonnes mains. Becker est un bon avocat.

— Et ta vie serait infiniment plus simple si ce n'était pas le cas, je réponds en souriant d'un air narquois.

— Ce n'est pas faux, dit-il en regardant en direction de la porte d'entrée. Je dois y aller, alors bon appétit et passez une bonne soirée. Je suis ravi de vous avoir rencontrée, Chelsea. Jake, à bientôt au tribunal, ajoute-t-il en me tapant l'épaule.

— C'est un ami à toi ? demande Chelsea alors qu'il s'éloigne.

— Pas particulièrement, non.

Nous terminons nos plats et nous commandons un cheesecake pour deux, mais pas de café. Chelsea continue de gémir à chaque bouchée de dessert, et je continue de me réajuster, en vain. *Putain*, et dire que c'est moi qui l'ai accusée d'avoir l'esprit mal placé. Ma bite se débat dans mon jean, à la manière du prisonnier qui secoue les barreaux de sa cellule.

Les joues de Chelsea sont légèrement rosies par l'alcool. Ses yeux sont brillants, mais moins expressifs que d'habitude, rendant la tâche de deviner ce qu'elle pense plus difficile. Elle recule sur sa chaise et m'étudie en promenant son doigt sur le haut de son verre de vin.

— Si tu étais un petit délinquant, comment es-tu devenu l'avocat honorable et respectable qui se tient devant moi aujourd'hui ?

Je vide le restant de la bouteille dans mon verre.

— « Respectable » est sans doute un peu exagéré... mais en gros, voilà ce qu'il s'est passé. J'avais quinze ans, et je traînais avec des abrutis qui étaient plus âgés que moi. Un soir, parce qu'on était des losers, on s'est dit que ce serait génial d'entrer par effraction dans un magasin de sport. Ce que je ne savais pas, c'est que l'un d'entre eux était armé. Il a tiré sur le vigile qui nous a attrapés, heureusement il ne lui a touché que la jambe.

Chelsea retient son souffle avec un cri aigu et mon érection tressaille.

— On s'est enfuis par la porte de derrière, et on est tombés sur une voiture de flics, j'explique en repensant à l'imbécile que j'étais. Le procureur voulait me juger comme un adulte et m'envoyer en prison, et il aurait vraiment pu le faire. J'avais un tempérament violent et ce n'était pas la première fois que j'avais des ennuis avec la justice. En dehors de ma mère, je pensais que le monde entier était contre moi.

— Qu'est-ce qu'il s'est passé ? demande Chelsea en s'approchant de moi, captivée par l'histoire.

— Eh bien, j'ai rencontré le juge Atticus Faulkner. C'était un type énorme, vraiment impressionnant, et c'était un sacré dur à cuire, lui aussi. Il a vu quelque chose en moi qui lui plaisait et il m'a jugé comme un mineur. Il m'a laissé en liberté conditionnelle et il m'a fait faire du service communautaire sous sa supervision. À l'époque, je pensais qu'il se montrait indulgent avec moi, qu'il me rendait service.

— Ce n'était pas le cas ?

— Cela dépend de ta définition d'*indulgent*. J'ai passé les années suivantes à tailler des pelouses avec des cisailles. Je portais des cailloux, je frottais les sols à la main, je nettoyais les gouttières. Rien n'était jamais assez bon pour lui. Ça m'a donné envie de faire mieux, juste pour qu'il n'ait rien à redire. Ensuite... il m'a fait faire des recherches. J'étudiais la jurisprudence, je rédigeais des rapports, j'analysais des opinions, et je trouvais ça fascinant. Quand ma peine est arrivée à sa fin, le Juge m'a offert un boulot. J'avais eu le temps de grandir, de m'assagir, et j'avais des bonnes notes en cours. Avec sa recommandation et une tonne d'emprunts bancaires, je suis allé en fac de droit et... me voilà.

— Je trouve ça fabuleux, dit-elle d'une voix douce et émerveillée.

— Ouais, le Juge est un mec incroyable.

— Je parlais de toi, répond-elle en souriant.

Je suis rarement pris par surprise, mais c'est ce que vient de faire cette femme. Elle tourne la tête en direction de la salle où le pianiste joue une reprise de *Crazy Love* de Van Morrison.

— J'adore cette chanson, fait-elle.

Je jette ma serviette sur la table, je me lève, et je lui tends la main.

— Tu veux danser ?

C'est à mon tour de la surprendre, apparemment.

Elle m'offre sa main avec un air si heureux que je décide immédiatement de recommencer à la première occasion. Sur la piste de danse, je passe ma main dans son dos pour la tenir contre moi. Elle pose une main sur mon épaule, jouant avec les cheveux dans ma nuque, et l'autre dans la mienne, juste au-dessus de mon cœur. Nous dansons lentement, les yeux dans les yeux.

— J'allais t'inviter, mais tu n'as pas l'air du genre à danser.

— Je ne le suis pas, je réponds. C'est juste une excuse pour être près de toi.

She give me love, love, love, love, crazy love.

Elle soupire et fond dans mes bras. Sa tête est si bien contre mon torse, que j'ai l'impression qu'elle a été faite pour y être. Je pose mon menton sur le dessus de sa tête, sentant le parfum de vanille de ses cheveux.

— Jake ?

— Oui ?

— Tu n'as pas besoin d'excuse, dit-elle en me regardant dans les yeux.

Je baisse la tête au moment où elle lève la sienne, et elle m'embrasse avec une telle innocence et une telle tendresse que j'en tremblerais presque. Est-ce que ce n'était qu'hier soir que nous nous sommes embrassés pour la première fois ? J'ai l'impression que c'était il y a longtemps. Je pose ma main sur sa joue, caressant sa peau avec mon pouce, l'embrassant plus fort.

Le plus fou, dans tout ça, c'est que j'ai beau ne pas avoir baisé depuis trois semaines, si ce soir nous nous contentons de nous embrasser et d'être dans les bras l'un de l'autre, je serai l'homme le plus heureux sur terre, et je passerai la journée de demain à sourire comme si je m'étais tapé toute une sororité.

J'espère la connaître davantage, car je veux *tout* connaître d'elle, mais si c'est tout ce que j'ai ce soir, ce sera suffisant.

Give me love, love, love, love, crazy love...

14

Je referme la portière derrière Chelsea puis je donne un pourboire au voiturier. Je m'assois au volant, et je m'insère dans la circulation.

Voici venu le moment de vérité.

— J'ai installé ma mère et Owen dans la chambre d'amis à l'étage, pour qu'ils n'aient pas à rentrer à Baltimore cette nuit.

— OK, dit-elle en hochant la tête.

— Ça veut dire qu'on peut aller chez moi ou rentrer...

— Allons chez toi, s'empresse-t-elle de dire.

— Très bien.

Durant le trajet, j'imagine comment les choses vont se dérouler. Même si j'en rêve, je ne peux pas lui sauter dessus dès qu'on aura passé la porte. Je ne veux pas avoir l'air trop pressé.

Je vais devoir être patient et attentionné, la séduire. Lui proposer un verre, lui faire visiter l'appartement. Ce n'est pas comme si c'était la première femme que je ramenais chez moi, mais ça me semble différent. Parce que je la connais.

Et... elle me plaît.

◆◆◆

Je précède Chelsea pour allumer la petite lampe près du canapé en cuir noir. Il y a du parquet au sol et les murs sont blancs ; la déco, c'est pas mon truc. Chelsea ferme la porte derrière nous, et je jette mes clés sur la table avant de me tourner pour lui demander si elle veut boire quelque chose...

Or je n'ai pas le temps de poser ma question, parce qu'elle se jette sur moi, empoignant ma nuque pour abaisser ma tête vers la sienne. C'est complètement inattendu, et c'est excitant à n'en plus finir.

Ses seins sont plaqués contre mon torse et son bassin tournoie contre le mien, m'offrant un frottement délicieux. Quant à sa bouche... mon Dieu. Elle suce ma langue, mordille ma lèvre et tire dessus, me faisant presque mal, mais surtout, elle me fait perdre la tête. Lorsque sa main descend le long de ma chemise pour caresser mon érection, je romps le baiser.

— Putain, ralentis..., je grogne.

— J'ai aucune envie de ralentir, dit-elle en haletant.

Elle a l'air si sûre d'elle, si confiante et excitée que mon cœur bat encore plus vite.

— OK.

Je plonge mes mains sous sa robe, empoignant ses cuisses chaudes, juste sous ses fesses, et je la soulève pour qu'elle entoure ses jambes autour de ma taille. Elle tire mes cheveux et reprend possession de ma bouche. Lorsqu'à mon tour je suce ses lèvres et que je les mords comme je rêve de le faire depuis des semaines, elle pousse un gémissement guttural qui me fait presque éjaculer.

Elle se soulève et se rabaisse pour frotter son sexe sur mon ventre, et je titube en direction de ma chambre.

— Les vêtements, je grogne. Il y a trop de vêtements.

Elle hoche la tête en riant, essayant d'enlever ma veste alors que je la tiens encore, et elle finit par coincer mes bras le long de mon corps. Chelsea me caresse la joue en m'embrassant et elle dénoue ses chevilles pour glisser le long de mon corps et poser les pieds par terre. J'enlève brusquement ma veste, puis je prends le temps de calmer ma respiration. Je promène mes mains sur ses bras et ma bouche suce ce point sur son cou où je vois battre son pouls. Un gémissement résonne dans la pièce, mais je ne sais si c'est le sien ou le mien.

Sans regarder, je parviens à dégrafer sa robe. Elle baisse les bras, et son vêtement tombe à ses pieds, la laissant en soutien-gorge et en string en dentelle noire.

Je prends le temps de la regarder, d'admirer ses tétons qui pointent sous son soutif, son ventre plat et sa taille fine, ses longues jambes à la peau soyeuse. Entre ses jambes, une petite touffe de poils auburn m'invite à y enfouir mon visage. J'ai envie d'arracher la dentelle avec mes dents et de la baiser avec ma langue jusqu'à ce qu'elle n'ait plus que mon prénom à la bouche.

— Tu es parfaite, je susurre d'une voix rauque.

— Et toi, tu es beaucoup trop habillé, répond-elle.

Je souris d'un air diabolique en la regardant droit dans les yeux tout en déboutonnant ma chemise. Son regard s'embrase en reluquant mon torse puis mes biceps, et elle se lèche les lèvres. Je défais ensuite ma ceinture et la braguette de mon pantalon. Ma queue jaillit sous mon boxer, et une seconde plus tard, elle est enfin libre.

Je suis nu face à Chelsea, et je suis plus excité que je ne l'ai été de toute ma vie. Elle continue de m'étudier avec un regard intense, et lorsque ses yeux trouvent mon sexe, elle les écarquille avant de glousser d'un air gêné.

Ce n'est pas vraiment la réaction à laquelle je m'attendais.

— J'ai raté la blague ?

Chelsea rougit de plus belle.

— Tu vas me faire complexer, Chelsea...

— Non, ce n'est pas... Tu as vraiment de grandes mains.

— Et ? je demande d'une voix confuse.

— Et... je me disais que ce qu'on dit sur les mecs qui ont de grandes mains... c'est vrai.

J'ai déjà eu des compliments de ce genre. Que dire ? Quand Dieu distribuait les pénis, il s'est montré particulièrement généreux avec moi.

— C'est... ça fait longtemps pour moi, Jake, dit-elle d'une voix nerveuse.

— Combien de temps ?

— Huit mois.

OK, ça, c'est vraiment long. Et le pervers que je suis est ravi d'imaginer à quel point sa chatte va être serrée – mais je parviens à mettre ces pensées de côté.

— Dans ce cas, voici ce que nous allons faire. Je vais t'allonger sur ce lit immense, et je vais te faire jouir avec ma bouche et mes doigts, je dis, alors que je commence à me branler. Ensuite, je vais te pénétrer très lentement, centimètre par centimètre... jusqu'à ce que tu me supplies d'aller plus vite. Ça te va ?

— Ouais, ça a l'air pas mal comme programme, répond-elle d'une voix rauque.

— Bien. Viens ici.

Elle vient à moi et s'érige sur la pointe des pieds pour m'embrasser. Le baiser est plus lent que les précédents, mais il est plus profond et intense. Je l'embrasse jusqu'à ce que je sente ses épaules se détendre, puis je baisse la tête pour m'attaquer à son cou, déposant de petits baisers jusqu'à son oreille. Elle penche la tête en arrière et susurre mon prénom. Je fais glisser la bretelle de son soutif sur son épaule avant d'en mordiller la peau douce, puis je le dégrafe afin qu'il n'y ait plus d'obstacle entre ma bouche et ses seins parfaits.

Je m'empare d'un téton et je le lape, faisant trémousser Chelsea contre ma cuisse. Je la soulève, enveloppant de nouveau ses jambes autour de ma taille pour la déposer au milieu de mon lit. Je m'étends sur elle, entre ses cuisses, et elle m'embrasse sauvagement en grognant et en gémissant.

Que dire ? C'est tout simplement exquis.

Elle chuchote des jurons, essayant de les retenir, mais n'y arrivant pas. Je descends le long de son corps bouillant en léchant et en embrassant chaque centimètre de peau que je rencontre, mordillant son nombril, regardant ses abdos se contracter. Je suis sur le point de plonger la tête entre ses cuisses, lorsqu'elle chuchote mon prénom. Or ce n'est pas un chuchotement qui dit : *Jake, prends-moi tout de suite*. Il dit plutôt : *Attends* ! Je lève la tête pour la regarder dans les yeux.

— Qu'est-ce qui ne va pas ?

Elle me regarde avec une vulnérabilité que je n'ai jamais vue chez elle.

— Tu devrais savoir que... je n'ai pas l'habitude de... jouir comme ça.

— Comment ça ?

— Je veux dire que... parfois, je mets longtemps à avoir un orgasme quand un mec me...

— Fait un cunni ?

Elle rougit de la tête aux pieds.

— Oui.

Je réfléchis un moment à son aveu tout en mordillant la peau de sa hanche.

— Tu veux que j'arrête ?

Dis non, je t'en supplie.

— Non, ça va...

Ouf.

— ... je ne veux pas que tu sois déçu, c'est tout.

Je glousse, parce que c'est une des choses les plus absurdes que j'aie pu entendre.

— C'est impossible.

Cependant, elle a éveillé ma curiosité. Je remonte jusqu'à sa tête pour pouvoir l'embrasser, et elle plaque ses seins contre mon torse. J'aligne mon bassin au sien afin que nos pubis frottent l'un contre l'autre.

— Pourquoi tu penses que tu ne peux pas jouir avec ma tête entre tes jambes ? je chuchote dans son oreille.

— Il faut vraiment qu'on parle de ça maintenant ?

— Je suis avocat. Ça m'excite de poser des questions. Et encore plus d'avoir des réponses.

— C'est juste que... je n'arrive jamais à me détendre suffisamment, tu vois ? Je n'arrête jamais de réfléchir. Je suis toujours inquiète...

Je promène lentement ma langue sur son oreille.

— Inquiète à propos de quoi ?

— Ben... des bruits que je fais, de... mon odeur... de mon goût.

Elle plaisante ? Il est hors de question que je lâche l'affaire, à présent.

— Ferme les yeux, Chelsea.

Elle m'obéit, et je pose sa main sur ma queue, la guidant pour me branler lentement.

Putain, c'est tellement bon.

— Maintenant, dis mon nom.

— Jake.

Doux Jésus.

— Encore. En gémissant, cette fois-ci.

— Jaaake...

Je deviens plus dur et plus chaud dans sa main. Je passe son pouce sur mon liquide préséminal, l'étalant sur mon gland.

— Tu sens, ça ?

— Oui.

— C'est toi qui me fais ça.

Elle garde sa main sur ma queue tandis que la mienne plonge dans son string. Elle est lisse et enflée et tellement trempée que je dois me retenir de gémir. Je glisse deux doigts dans son ouverture, puis je remonte ma main pour les promener sur sa bouche.

— Qu'est-ce que tu sens ?

Elle respire si fort qu'il lui faut un moment pour répondre.

— Je... C'est un parfum propre... et chaud. Quelle horreur, on dirait que j'ai super envie de toi !

La réponse parfaite.

Je replonge mes doigts en elle, puis je les promène sur ses lèvres, les peignant avec son propre désir. Elle comprend ce que je fais et elle se lèche les lèvres sans que j'aie eu besoin de le lui dire.

— Tu as un goût de quoi, Chelsea ?

— C'est sucré... chaud... épais... comme du miel.

Je ne peux pas me retenir plus longtemps. Ma bouche s'écrase sur la sienne, suçant la douceur sur ses lèvres.

— Maintenant je vais te faire jouir, et ça va être aussi bon pour moi que pour toi. Mieux encore, même.

Je baisse son string, j'écarte ses jambes, et ma bouche s'abat sur son sexe pour le sucer et le laper. J'y enfonce ma langue et elle soulève son bassin pour se rapprocher de ma tête. Je saisis ses hanches pour la maintenir contre le lit et je continue de la fouiller avec ma langue. C'est sublime. Je la dévore comme si c'était mon dernier repas sur terre.

Ma langue dessine des cercles sur son clitoris et je plonge deux doigts en elle. Ses muscles se contractent et je gémis. Soudain, elle jouit, longtemps, puissamment, pulsant sur mes doigts et contre ma bouche.

Je m'oblige à quitter la chaleur de ses cuisses, déterminé à ne pas lui laisser le temps de se remettre de son orgasme, incapable d'attendre plus longtemps. Elle prend mon visage dans ses mains pour m'embrasser tandis que j'empoigne ma queue pour frotter mon gland sur son ouverture. Puis, lentement, je la pénètre un tout petit peu.

Putain, elle est vraiment serrée. Je ferme les yeux tandis que sa chatte se resserre sur mon gland, me happant plus profondément en elle.

Attends ! crie mon cerveau. *Attends, attends, attends...*

Je me redresse sur mes coudes tandis que mon corps et mon esprit se disputent le contrôle de mon sexe. Il faut que je me retire. Il faut que j'aille chercher une capote.

— Je prends la pilule, dit-elle, comme si elle lisait dans mes pensées. Je... je me suis fait dépister, à la fac. Je suis clean. Il n'y a pas eu d'autre... je ne fais pas ce genre de chose. Jamais. Mais je veux que ce soit bon pour toi...

C'est déjà meilleur que toutes mes autres expériences, et je n'ai pas encore joui.

— Et...

Elle caresse tendrement mon visage et je plonge mon regard dans le sien.

— ... je te fais confiance, Jake.

Ce n'est pas malin. D'ailleurs, c'est particulièrement bête, surtout pour moi, après la peur que j'ai eue il y a trois semaines. Cependant, l'idée de la sentir sans préservatif... de glisser en elle sans qu'il y ait de barrière entre nous... comment dire non à ça ?

Je dois être complètement fou, parce que je n'y parviens pas.

— Tu peux... Tu peux me faire confiance. Je ne te ferai pas de mal, je murmure.

Elle hoche la tête en me regardant droit dans les yeux, me donnant le feu vert.

J'avance mon bassin pour la pénétrer lentement, centimètre par centimètre, c'est une délicieuse torture. Je la sens s'étirer autour de moi pour me faire plus de place quand, soudain, elle se contracte. C'en est presque douloureux, mais c'est la plus délicieuse des souffrances.

— Ça va ? je demande, à bout de souffle. C'est bon ?

Chelsea lève la tête pour m'embrasser.

— Oui... tellement bon...

Je me retire sur un centimètre, et je replonge en elle jusqu'au fond. Je ferme les yeux, envoûté par la sensation de sa chatte autour de moi, par son odeur, ses gémissements, le goût de ses lèvres, ses ongles dans mon dos, sur mon cul. Tout le reste disparaît, et je me perds dans ce moment parfait.

Je me retire, le regrettant immédiatement, soulagé de m'enfouir de nouveau en elle. Ce n'est pas de la baise. C'est autre chose. Quelque chose de plus puissant... qui n'a pas de nom.

— Jake... Mon Dieu... Plus vite.

Son bassin se soulève pour rencontrer le mien et je perds toute notion du temps. Il n'existe plus que nos corps haletants, nos baisers, nos chuchotements, les allers-retours de ma queue en elle. *Plus profond, plus fort. Plus.* C'est un plaisir exquis et inédit.

Une chaleur électrique brûle ma colonne vertébrale. Je sens les parois de Chelsea pulser autour de moi et serrer ma queue tandis qu'elle crie mon nom. Lorsque je commence à jouir, je n'ai qu'un mot à la bouche.

— Chelsea... Chelsea...

J'imagine ma verge se déverser en elle, la remplissant complètement, et les images décuplent mon orgasme.

Plus tard, lorsque le plaisir s'estompe, je lève la tête de là où elle est blottie dans le creux de son cou – mon nouvel endroit préféré au monde – et je découvre qu'elle est en train de sourire en me regardant. Je passe ma main dans ses cheveux mouillés de sueur, et je me retire en gémissant. Je m'étends à côté d'elle et je l'attire contre moi pour embrasser son front avec une tendresse dont je ne me croyais pas capable.

15

Je crois que je ne serai jamais rassasié de la peau de Chelsea, c'est en train de devenir une obsession. Je ne peux m'empêcher de la toucher, de promener mes doigts sur ses bras, ses épaules, sa colonne vertébrale. Ma bouche suit le chemin de mes mains, savourant la sensation de velours sous mes lèvres, cette peau douce comme un pétale de rose.

Chelsea n'est pas en reste. Elle lape mon téton, mordille mon épaule, explore les poils de mon torse du bout des doigts. Elle aime sentir ma barbe naissante sur sa poitrine et j'aime sentir ses cheveux sur mon ventre. Nous passons l'heure qui suit à nous explorer l'un l'autre, découvrant ce qui chatouille, ce qui excite, ce qui fait gémir ou crier.

Nous remettons bientôt le couvert mais cette fois-ci je suis allongé sur le dos, relevé sur les coudes, observant avec fascination la manière dont Chelsea me chevauche avec un abandon total. Son bassin bascule d'avant en arrière dans un rythme érotique. Le clair de lune qui pénètre par la fenêtre derrière elle éclaire sa superbe silhouette : ses cheveux décoiffés, sa tête rejetée en arrière, ses seins bondissants, ses lèvres entrouvertes pour gémir.

Je pourrais rester comme ça, à la regarder... pour le reste de ma vie.

— Oh mon Dieu... Jake..., gémit-elle en accélérant les va-et-vient de son bassin.

Je pousse un juron en faisant de mon mieux pour ne pas soulever mes hanches, je ne veux pas que ça finisse tout de suite. Je m'empare de ses seins, faisant rouler ses tétons entre mon pouce et mon index, lui arrachant un long gémissement torturé, ce qui me donne l'idée d'en prendre un dans ma bouche pour l'exciter davantage encore. Ses mains plongent dans mes cheveux pour tenir ma tête en place tandis que je suce la petite pointe de chair dure avant de promener ma bouche sur tout son sein, laissant sur mon passage de petites marques rouges.

Elle plaque ses mains sur mes omoplates pour me serrer contre elle.

— Jake..., susurre-t-elle.

— C'est ça, Chelsea, je grogne.

C'est à la fois un ordre et une prière, qui est immédiatement exaucée car je la sens mouiller de plus belle et se resserrer sur mon sexe.

— Allez, bébé, chevauche-moi. Fais-toi jouir. Tu n'es pas loin, n'est-ce pas ?

Elle gémit et hoche la tête.

— Laisse-moi le sentir, ça va être délicieux. Lâche-toi, Chelsea.

C'est trop bon pour la laisser jouir toute seule. J'empoigne ses hanches et je m'enfonce en elle, frottant mon bassin contre son clitoris tandis qu'elle s'abaisse sur moi. Je mords son épaule lorsqu'elle se raidit et qu'elle jouit avec un gémissement adorable et sexy qui semble ne jamais s'arrêter. Quant à moi, je laisse l'orgasme déferler dans mes veines en geignant longuement.

Pendant plusieurs secondes, aucun de nous deux ne bouge. Nos corps sont en sueur, nos souffles sont saccadés, et nos membres sont épuisés. Mon orgasme était si intense que j'ai encore des spasmes lorsqu'elle me force à m'allonger pour s'étendre sur moi. Elle pose sa tête sur mon cœur, riant contre mon torse, chatouillant mon cou avec ses cheveux soyeux.

— Doux Jésus, je m'exclame, alors que je vois des étoiles.

— Je ne suis pas sûre qu'il ait grand-chose à voir là-dedans, si ? dit-elle en promenant ses lèvres sur l'encre noire qui recouvre ma peau. Parle-moi de tes tatouages, Jake.

— D'accord, alors ça, c'est le numéro d'arrestation qui a mené à ma rencontre du Juge.

— Et celui-là ?

Elle pose son doigt sur le tatouage qui s'étend de mon pectoral à mon épaule, un enfant angélique qui sourit en coin avec une auréole tordue.

— Ça, c'est pour Benny. C'est un gamin que je connaissais quand j'avais douze ans. Il s'est fait agresser un soir, quand il rentrait chez lui. Ils l'ont frappé avec une barre en fer et ils lui ont fracturé le crâne. Il est mort sur le coup.

— Et ça, c'est pour ta mère ? demande-t-elle en retraçant le G qui est à côté de l'ange.

Je hoche la tête et je sens ses lèvres sur la balance de Thémis, qui symbolise la justice et que je me suis fait faire en sortant de la fac de droit. Sa bouche effleure ensuite le dragon et les roses que j'ai eus après que j'ai perdu ma virginité, l'arbre profondément enraciné qui représente le Juge, et la douzaine d'autres tatouages plus ou moins grands qui s'étendent sur mon corps.

— Et celui-là ?

C'est un tribal en forme de spirale qui fait le tour de mon bras.

— Celui-là, je le trouvais cool, c'est tout, je réponds en souriant.

Je sens ma queue ramollir en elle, mais je n'ai aucune envie de me retirer. Chelsea semble du même avis, car elle pose sa joue sur ma poitrine et sa respiration devient plus lente et régulière. Peu à peu, je plonge moi aussi dans un sommeil profond, emporté par l'épuisement de nos ébats.

◆◆◆

Plus tard, je deviens conscient que le poids et la chaleur de son petit corps ont disparu. J'entends un bruit de grattement étrange qui me fait d'abord penser que Cousin Machin nous a suivis et qu'il essaie de défoncer la porte avec ses petites pattes. Je tends le bras dans le lit, cherchant Chelsea, mais je ne trouve que le drap froid. Je roule sur le côté et j'ouvre les yeux.

Chelsea est assise sur le fauteuil en cuir marron qui est devant la fenêtre, jambes repliées sous les fesses, illuminée par le clair de lune. Elle a enfilé ma chemise, qui n'a jamais été aussi belle que sur elle. Chelsea me regarde en se mordant la lèvre.

Elle est en train de faire un croquis. De moi.

— Est-ce que je dois te donner une pièce, Jack[1] ? je demande d'une voix rauque.

---

1. Référence au croquis que Jack fait de Rose dans le film *Titanic*.

Elle sourit, et je crois que je n'ai jamais rien vu d'aussi beau de toute ma vie.

— C'est moi qui offre, Rose, répond-elle.

Mouais, la blague a assez duré. Il est temps de lui rappeler que je n'ai rien d'une femme et tout d'un homme. J'enlève la couverture pour exposer mes fesses nues, puis je m'assois au bord du lit, pieds par terre. Je prends ma queue, la branlant juste assez pour qu'elle sorte de son sommeil profond, et Chelsea cesse de dessiner.

— Je n'ai jamais fait de croquis porno, dit-elle. Tu te portes volontaire pour être mon premier ?

— Je voulais juste m'assurer que tu ne te trompais pas dans les proportions.

— Merci, c'est follement aimable de ta part.

— Et toi ? Tu es d'humeur aimable ? je demande d'une voix un peu fébrile.

Il fera jour dans quelques heures et je ne sais pas vraiment ce qu'il va se passer ensuite. Cependant, je suis désespéré de la sentir de nouveau, de ne rien rater et de ne pas perdre une minute, parce que c'est peut-être ma seule chance.

Elle pose son bloc-notes sur l'accoudoir et elle avance vers moi.

— Je suis tout à fait d'humeur à te faire plaisir, dit-elle calmement.

Je saisis ses hanches pour l'attirer à moi, et j'appuie mon front sur son ventre.

— Tu me fais déjà plaisir, je chuchote.

Chelsea s'agenouille devant moi.

— Alors essayons de faire encore mieux.

Elle dépose un baiser sur mon gland, puis sa langue en fait le tour. Mon cœur bat la chamade tandis qu'elle me prend dans sa bouche, aussi profondément que possible, avant de remonter lentement. Elle empoigne la base de ma queue et me branle fermement tandis que sa bouche continue son travail, me suçant avec un savoir-faire exquis. Au bout de quelques minutes, ma mâchoire est contractée et je ne peux déjà plus retenir mes gémissements. Elle me libère, lève la tête, prend ma main, et la plonge dans ses boucles auburn.

— Montre-moi ce que tu aimes, Jake.

Jésus Marie Joseph.

Elle me reprend dans sa bouche et dans sa main tandis que la mienne lui indique mon rythme préféré. Le geste me procure un sentiment de puissance... tout en étant complètement à sa merci. Je sens bientôt mon orgasme approcher et je serre plus fort ses cheveux pour faire reculer sa tête.

— Monte sur le lit, je grogne d'une voix désespérée.

Elle m'obéit et je me lève pour lui arracher ma chemise. Je prends ses hanches et je plonge mes pouces dans la chair de son cul parfait, lui montrant à quel point j'ai envie d'elle plutôt que de lui dire.

Elle est à quatre pattes et elle est magnifique. Je m'agenouille sur le lit, derrière elle. Mes doigts trouvent son sexe humide, puis j'aligne ma queue et je plonge en elle.

Chelsea pousse un cri en se cambrant, et je me souviens d'y aller doucement. Mes coups de bassin sont brefs et peu profonds, et elle me demande bientôt d'y aller plus fort en reculant ses fesses contre moi. Ma main se promène sur son dos, retraçant la ligne de sa colonne vertébrale. Je palpe sa chair et m'y accroche pour faire avancer et reculer Chelsea sur ma queue. La vue est superbe. J'adore regarder ma queue disparaître dans sa chair chaude, mouillée, et divinement serrée. J'adore voir la sueur recouvrir sa peau, entendre mon prénom sur ses lèvres, voir ses cheveux se balancer avec chacun de mes coups de reins.

Je sens mon orgasme approcher, et la seule chose qui me retient c'est mon besoin de la voir jouir en premier. Je la pousse à s'allonger sur le ventre et je m'étends sur elle, torse plaqué sur son dos – il n'y a pas un millimètre d'espace entre nous. J'embrasse et je suce la peau soyeuse de son cou tandis que j'accélère mes va-et-vient. Je glisse ma main sous elle pour trouver son clitoris et la faire chavirer, et elle empoigne les draps tandis que ses muscles se contractent autour de ma verge.

— Jake !

Je crois que c'est sa voix qui me fait jouir. Ma bouche contre son oreille, je murmure son prénom en mettant un dernier coup de bassin tandis qu'un voile blanc recouvre mes yeux et que le plaisir le plus pur qui soit déferle dans mes veines. Je ne peux plus ni bouger ni réfléchir, ma seule volonté est que cette femme reste sous moi.

Au bout d'un moment, je me décide à rouler sur le côté pour la laisser respirer. Sans un mot, je l'attire contre moi, la serrant fort dans mes bras, le visage enfoui dans ses cheveux. Son souffle devient régulier, et je suis sur le point de m'endormir lorsque je sens sa bouche merveilleuse déposer un baiser sur chacun de mes doigts. Elle glisse ensuite ma main dans la sienne, et elle s'endort.

J'ouvre les yeux à cinq heures du matin, tapantes, même si ça ne fait que deux heures que je les ai fermés. Je regarde les cheveux flamboyants de Chelsea, son corps chaud blotti contre le mien. Je m'éloigne délicatement sans la réveiller, et je file à la salle de bains, où j'urine, me brosse les dents, m'étire et me fais craquer la nuque.

J'évite de regarder mon reflet tandis que j'éclabousse de l'eau sur mon visage et que je coiffe mes cheveux en arrière. Je retourne dans ma chambre sans faire de bruit et je prends un tee-shirt et un jogging dans mon placard, puis je file à la cuisine. J'allume la télé en attendant que mon café soit prêt, et lorsque c'est fait, je sors sur le balcon pour regarder le ciel orangé devenir bleu peu à peu.

Je m'oblige à respirer lentement. Mon estomac est noué par une nausée étrange que je m'efforce d'ignorer. Lorsque je rentre dans la cuisine, Chelsea est adossée au mur, vêtue de ma chemise, encore une fois.

— Tu n'es pas du genre à faire une grasse matinée quand tu en as l'occasion, alors ? dit-elle en bâillant.

— Euh, non, je réponds en secouant la tête.

Je commence alors mon discours habituel, mais les mots sont amers dans ma bouche.

— Je vais courir. Il y a du café chaud et...

— Du café ? s'exclame Chelsea. C'est mort, moi je retourne me coucher, dit-elle en venant vers moi et en promenant sa main sur mes abdos. Mais... si tu veux que je te tienne compagnie sous la douche quand tu reviens... je suis partante.

Elle s'érige sur la pointe des pieds et m'embrasse brièvement tandis que je l'imagine sous la douche, ses seins recouverts de mousse...

Elle tourne les talons pour aller dans la chambre, mais ma voix l'arrête.

— Chelsea...

J'ai toujours été honnête et direct. Et je n'aime pas les complications et... *merde*. Je ne me souviens pas de la suite.

— Ouais ?

Je regarde son visage généreux et sincère, ses lèvres, toujours sur le point de sourire. Puis je me souviens des mots qu'elle a chuchotés dans la nuit.

« Je te fais confiance, Jake. »

— J'ai passé un super moment hier soir, je finis par dire.

— Moi aussi, répond-elle en souriant.

◆◆◆

Mon footing est une véritable torture. Je cours plus vite, je repousse mes limites. Je sens la sueur couler sur mon front, mon cœur battre lourdement dans ma poitrine, et mes jambes brûler sous l'effort. J'essaie de faire le tri dans ma tête et de voir comment Chelsea et sa horde de gamins peuvent trouver une place dans ma vie. J'ai des objectifs. Des priorités. Je ne suis pas arrivé là en me laissant distraire par les nanas, aussi exceptionnelles puissent-elles être.

Une heure et demie plus tard, je passe la porte de chez moi et je suis accueilli par *Into the Mystic* de Van Morrison. Je prends une bouteille d'eau dans mon frigo et je me retiens de rire en voyant Chelsea, beaucoup trop sexy devant la gazinière, en train de cuisiner en chemise, se déhanchant en rythme tout en chantant dans le micro qu'est devenue la spatule.

— *I... want to rock your gypsy soul*[1]...

---

1. « Je veux chambouler ton âme de manouche. »

Je ne peux plus me retenir et j'éclate de rire.

— Je croyais que tu retournais te coucher ?

— Moi aussi, répond-elle en me regardant par-dessus son épaule, mais Ronan semble avoir ruiné à jamais mon cycle de sommeil. Je n'ai pas réussi à me rendormir. Ensuite, j'ai décidé de nous préparer un petit déjeuner... sauf que tu n'as rien à manger. À en croire ton frigo et tes placards, tu te nourris d'œufs, de pâtes et de bière.

— Je fais un super gratin de pâtes. Sinon, je prends toujours de la bouffe à emporter.

Elle vide la poêle d'œufs brouillés dans deux assiettes et elle m'en tend une avec un regard pétillant de plaisir.

— Bon appétit, c'est le mieux que j'ai pu faire, étant donné les circonstances.

Je prends l'assiette, mais je la pose sur le plan de travail, oubliant instantanément mes objectifs, mon honnêteté et mon agenda bien rempli.

Je n'ai qu'une envie : l'embrasser encore.

Cependant, je n'en ai pas l'occasion car mon téléphone sonne et le numéro de ma mère s'affiche à l'écran. Chelsea le voit aussi et s'approche de moi, le visage inquiet.

— Maman ? Est-ce que tout va bien ? je demande en décrochant.

— Non, mon nounours. Il faut que Chelsea et toi vous nous retrouviez à l'hôpital.

16

— Je ne sais pas comment vous dire à quel point je me sens coupable, dit ma mère qui a l'air au bord des larmes, elle qui ne pleure jamais.

— Ne vous en faites pas, répond Chelsea en lui frottant l'épaule. Ça peut arriver, surtout à mes neveux et nièces. Riley s'est cassé la clavicule quand elle avait deux ans, Raymond s'est fracturé le tibia l'an dernier, et je vous promets que ma belle-sœur les surveillait constamment. Ce n'est pas votre faute, Gigi.

— J'ai su dès que je l'ai entendu crier que quelque chose n'allait pas...

Chelsea et ma mère continuent de parler dans la salle d'attente tandis que je m'accroupis devant Rory, qui est assis sur une chaise en plastique orange, tenant son bras contre son torse. La douleur a ôté toute couleur de son visage, et ses yeux sont emplis de souffrance tandis qu'il respire lentement, le moindre mouvement accentuant son mal.

— Comment ça va, gamin ?

— Je douille.

— Ouais, je sais.

J'effleure son genou, ne voulant pas le bousculer, et je fusille du regard l'infirmière qui est à l'accueil pour lui dire de se dépêcher parce qu'il est sur le point de tomber dans les pommes.

Elle devine que je mens, mais je me sens un peu mieux d'avoir essayé.

Apparemment, les enfants jouaient dans le jardin, supervisés par Owen, pendant que ma mère préparait le petit déjeuner. Riley a parié à Rory qu'il n'arriverait pas à grimper en haut du grand chêne. Bien sûr, Rory a essayé, et il a réussi. Cependant... il a eu du mal à redescendre. Et nous voici.

— Pourquoi tu ne rentres pas à la maison, Maman ? Owen est sans doute en train de devenir fou avec les cinq autres mômes.

— OK, dit-elle en caressant la tête de Rory. À tout de suite, mon chéri.

— Ne t'en fais pas, Gigi, tout ira bien, dit gentiment Rory.

À l'évidence, ma mère les a tous conquis.

— Rory McQuaid ? annonce une infirmière qui arrive avec un fauteuil roulant.

— Enfin, je marmonne.

◆◆◆

Rory est assis sur une table d'examen pendant qu'un sosie de George Clooney explique à Chelsea que le bras de son neveu est cassé.

— Il s'est cassé le cubitus, mais la fracture est nette, donc la bonne nouvelle c'est qu'il n'y a pas besoin de l'opérer.

— Tant mieux, répond Chelsea en hochant la tête.

— Alors, si vous voulez bien sortir, tous les deux,

nous dit-il en désignant la porte, je vais remettre l'os en place et ensuite nous lui poserons le plâtre.

— Sortir ? répète Chelsea en fronçant les sourcils.

— Oui, c'est le protocole, Madame. Les réductions fermées peuvent être douloureuses. C'est stressant pour les parents et les accompagnateurs, donc nous leur demandons d'attendre dehors.

— Je préfère rester avec mon neveu.

— Je crains que ce ne soit pas possible, répond George.

Toute l'angoisse de Chelsea disparaît, laissant place à une détermination féroce. Elle reste calme et polie tout en montrant qu'il est hors de question qu'elle sorte.

— Je comprends votre point de vue, docteur Campbell, et j'espère que vous comprendrez le mien. Je vais rester avec Rory et lui tenir la main pendant que vous faites la réduction. Ni M. Becker ni moi-même ne dirons quoi que ce soit. Mais je refuse de laisser Rory seul. Nous irons dans un autre hôpital, si besoin.

Le médecin réfléchit un moment, puis il cède.

— Ce ne sera pas nécessaire.

Chelsea s'assoit sur la chaise à côté de Rory et elle lui prend la main. Elle le regarde avec tant d'amour et de tendresse que ma poitrine se serre. Le médecin allonge Rory sur le dos, puis il me montre comment poser mes mains sur ses épaules pour le tenir immobile. Ils lui ont donné des antidouleurs, mais je sais que ça ne va pas l'empêcher de souffrir.

— Respire tranquillement, Rory, dit le médecin.

Comme si ça allait changer quoi que ce soit.

George prend le poignet de Rory dans une main et son coude dans l'autre, puis il commence.

— Aaaïïe ! crie Rory d'une voix aiguë et choquée

qui me tord le bide. Aaaaaah ! hurle-t-il échouant à serrer les dents.

Chelsea resserre son étreinte et lui dit en un seul regard qu'elle est là pour lui et qu'elle partage sa douleur, même si elle ne peut pas la lui éviter.

— Tu t'en sors super bien, gamin. C'est presque fini.

— Aaaaah...

— On y est presque, Rory... C'est bientôt fini...

◆◆◆

— Ce plâtre est trop stylé ! s'exclame Rory en admirant le plâtre à motifs de camouflage militaire qui recouvre désormais son avant-bras.

Je ricane en me disant qu'il s'est remis sacrément vite de ses émotions.

— Hé, Jake, est-ce que tu pourrais dessiner un tatouage dessus ? Comme le tien ? me demande-t-il en désignant l'encre qui dépasse de mon tee-shirt.

— Bien sûr, je réponds.

— Je me demande pourquoi ils mettent si longtemps à nous autoriser à sortir, dit Chelsea en regardant autour de nous. Oh, salut Janet ! lance-t-elle à la femme souriante qui vient vers nous.

Elle est noire, elle doit avoir la trentaine, et ses cheveux sont coupés au carré. Elle est vêtue d'un tailleur beige et d'une chemise blanche.

— Salut, Chelsea. Salut, Rory, on m'a dit que tu avais eu un accident ?

Rory hausse les épaules et la regarde d'un air suspect.

Janet dirige son attention sur moi et je remarque que ses yeux s'arrêtent un instant sur mes tatouages.

— Jake, je te présente Janet Morrison, dit Chelsea. C'est l'assistante sociale qui s'occupe de nous, elle travaille pour les services de protection de l'enfance. Janet, je te présente Jake, mon...

— Avocat, je complète en tendant la main à Janet. Je travaille chez Adams & Williamson.

Janet hoche la tête.

— Ah oui, c'est vous qui vous êtes chargé du vol de voiture de Rory.

Peut-être est-ce à cause de mon travail, mais je ne suis pas fan des organisations d'État et de leurs employés. Il y a trop de gens qui ont trop de pouvoir, et trop d'erreurs peuvent être commises sans que qui que ce soit n'en soit tenu pour responsable. Je ne leur ai jamais fait confiance.

— Alors, Janet, vous étiez dans le coin par hasard ? je demande.

— Non, répond-elle en regardant le dossier dans ses mains. Lorsqu'un enfant dans nos fichiers a un accident à l'école, qu'il est à l'hôpital ou qu'il a affaire à la police, nous sommes prévenus automatiquement. Ça vous gêne si je vous pose mes questions avant que vous ne partiez ?

— Non, pas du tout, répond Chelsea.

— Super. Le médecin a dit que Rory était tombé d'un arbre. Vous l'avez vu tomber, Chelsea ?

J'ai soudain un très mauvais pressentiment, mais Chelsea ne semble pas partager mon inquiétude.

— Non. Je n'étais pas à la maison.

Janet semble surprise.

— Où étiez-vous ?

— J'étais... avec Jake, répond Chelsea en me regardant du coin de l'œil.

— Votre avocat ?

— C'était plus ou moins un petit déjeuner d'affaires, j'explique calmement.

— Je vois, dit-elle en notant quelque chose dans le dossier. Alors avec qui étaient les enfants pendant que vous étiez en réunion ?

— La mère de Jake.

— Vous pouvez me donner le nom et l'adresse de votre mère, s'il vous plaît, Jake ?

— Bien sûr. Elle s'appelle Giovanna Becker.

Je lui transmets ensuite son adresse et son numéro de téléphone et je dis à Janet de l'appeler dès qu'elle le souhaitera.

— C'est tout ce dont j'ai besoin pour le moment, Chelsea. Est-ce que je pourrais parler à Rory seul à seul, un instant ?

— Il est mineur, je réponds.

— Dans ce genre de cas, il est tout à fait normal de parler aux enfants en tête à tête, monsieur Becker.

— *Ce genre de cas* ? je répète. De quel genre de cas parlons-nous, au juste ?

Janet n'est pas du genre à battre en retraite, apparemment.

— Lorsqu'il y a eu une blessure et qu'il faut éliminer tout risque d'abus.

— D'abus ? je ricane en m'étouffant à moitié. Vous pensez que c'est *elle* qui a fait ça ? je demande en désignant Chelsea.

— Non, monsieur Becker, je ne le pense pas. Seulement, si c'était le cas, Rory serait sans doute moins enclin à nous le dire si Chelsea et vous étiez à côté de lui, vous ne pensez pas ?

Je vois ce qu'elle veut dire, mais ça ne me plaît pas pour autant.

— Tu t'en sens capable, gamin ? C'est toi qui choisis, je dis en regardant Rory.

Rory est intelligent et il devine que c'est une question qu'il vaut mieux régler tout de suite.

— Ouais, je vais lui parler, Jake. Pas de souci.

— On t'attend dehors, je réponds en lui serrant l'épaule.

◆◆◆

Je mène Chelsea dans le couloir, où Janet ne peut pas nous entendre.

— Qu'est-ce qui te prend ? s'exclame-t-elle lorsque nous nous arrêtons. Pourquoi tu agresses Janet ?

— Je ne l'agresse pas, mais il est important qu'elle sache que tu connais tes droits.

Elle secoue la tête, confuse.

— Janet est la femme la plus sympa que j'aie rencontrée aux services de protection de l'enfance. C'est mon assistante sociale. C'est son boulot de m'aider !

— Non, Chelsea, ça ne l'est pas. Son job, c'est de s'assurer que tu es une gardienne stable pour les enfants.

Pour la première fois, Chelsea prend conscience de la différence et elle en reste bouche bée.

— Tu crois... je veux dire... je pourrais avoir des ennuis ? Ils vont me tenir pour responsable du bras cassé de Rory ? Parce que j'étais avec toi hier soir ?

Je pose mes mains sur ses épaules pour la rassurer.

— Non, ça va, ne t'en fais pas. Tu n'as rien fait de mal et ils ne vont pas te causer d'ennuis. Mais, dorénavant, je veux que tu réfléchisses à ta façon de formuler les choses. Parfois, ce qui est écrit dans un rapport n'est pas représentatif de la situation.

Je le vois souvent dans les affaires que je défends. Des termes comme «menaces terroristes» sont attribués à un enfant de six ans qui a mimé un pistolet avec sa main et a crié à ses camarades qu'ils étaient morts. Ou encore, l'expression « possession avec intention de recel » fait penser à une affaire de cartel de drogue alors que c'est juste un abruti qui a eu la chance de mettre la main sur un gros pactole.

Les mots sont importants et parfois le contexte peut faire toute la différence.

— Lorsque tu parles à Janet, tu ne dois pas seulement penser à la vérité, mais à la *manière* dont cette vérité sera perçue une fois couchée sur le papier, OK ?

Elle hoche la tête et je la prends dans mes bras pour l'embrasser sur le front.

— Ne t'en fais pas, tout va bien se passer.

Elle me serre contre elle en hochant la tête.

Nous nous séparons tandis que Janet sort, poussant Rory dans le fauteuil roulant fourni par l'hôpital. Une fois dehors, il se lève en disant qu'il peut marcher jusqu'à la voiture.

— Je passerai à la maison, cette semaine, d'accord Chelsea ? demande Janet en protégeant ses yeux du soleil.

— Pas de souci, répond Chelsea. Je serai là.

— Ravi de vous avoir rencontrée, Janet, je dis, histoire d'être poli.

— Moi de même, monsieur Becker.

Rory marche entre Chelsea et moi tandis que nous allons à la voiture. Elle a passé son bras dans son dos et j'ai posé ma main sur son épaule, au cas où il tomberait. Je n'ai pas besoin de me retourner pour savoir que Janet ne nous quitte pas des yeux tant que nous ne sommes pas tous les trois hors de sa vue.

◆◆◆

Durant les semaines qui suivent, Chelsea et moi adoptons une étrange routine familiale. Je vais chez elle après le travail pour l'aider à s'occuper des enfants et passer du temps avec elle. Ensuite, une fois que les petits sont couchés, Chelsea et moi traînons ensemble, souvent sans vêtements.

Le sexe est... intense. Silencieux, pour ne pas réveiller les monstres qui sont toujours ravis de nous interrompre, mais ça ne gâche pas le plaisir, loin de là. La situation est nouvelle pour moi, mais bizarrement confortable. Je n'ai pas pris le temps d'y penser, nous n'en avons pas discuté et nous n'avons pas collé d'étiquette au couple que nous formons.

Pour l'instant, ça suffit.

Pour ce qui est des enfants, ils sont géniaux. Je me suis habitué à leurs personnalités marrantes, adorables, et parfois agaçantes. Une fois, après le travail, Chelsea m'a demandé d'emmener Rosaleen à sa leçon de piano. C'est ce que j'ai fait mais... ça ne s'est pas bien passé.

— Il faut ajouter « chercher un prof de piano » à la liste, dit Rosaleen à sa tante lorsque nous entrons dans la cuisine.

La télé est à fond dans le salon, où Raymond et Rory s'affrontent sur Mortal Kombat, *le jeu vidéo, mais il semblerait qu'ils soient sur le point de se battre pour de vrai. Ronan se balance calmement dans sa balançoire et Regan s'amuse à taper avec une cuillère en bois sur diverses casseroles qui sont éparpillées au sol. Une grosse marmite bout sur la gazinière, répandant dans la cuisine un délicieux arôme de bœuf.*

Chelsea lève la tête alors qu'elle coupe des carottes.

— Comment ça ? Tu as déjà *un prof de piano.*

— Plus maintenant, répond la fillette de sept ans.

Chelsea me regarde d'un œil suspect, mais je ne ressens pas la moindre culpabilité.

— Ce mec ne devrait pas enseigner quoi que ce soit à des enfants – enfoiré de sadique.

Chelsea pose le couteau à côté des carottes, et elle inspire lentement, essayant de ne pas s'énerver.

— M. Jacques La Rue est le meilleur prof de piano de la ville. Rachel a attendu deux mois avant qu'il accepte de prendre Rosaleen comme élève. Qu'est-ce qu'il s'est passé ?

Je vole un bout de carotte et le mâche avant de répondre.

— Quel genre de mec oblige ses élèves à l'appeler monsieur[1] *? Je parie qu'il n'est même pas français. Je suis sûr que son vrai nom c'est Joey Lawrence et qu'il vient du Bronx.*

Rosaleen monte sur le tabouret en face de sa tante et elle raconte joyeusement l'histoire.

— Il a frappé mes phalanges avec une règle en bois parce que je me suis trompée.

— Quel genre de tordu pourrait la taper ? je dis en désignant son adorable visage. Rory, je ne dis pas, mais elle *? C'est hors de question.*

Rosaleen poursuit.

---

1. En français dans le texte original.

— Alors Jake est parti dans sa voiture et il est revenu avec une batte de baseball. M. La Rue lui a demandé ce qu'il faisait et Jake a répondu : « Si tu la tapes de nouveau avec la règle, je vais te frapper avec ça. »

Chelsea se tourne vers moi, tête penchée, bouche bée.

Je reste silencieux.

— Donc... il nous a virés, conclut Rosaleen.

Je lui mets un petit coup de coude et je lui offre une carotte.

— Non, c'est nous qui l'avons viré.

Elle met la rondelle dans sa bouche et la mâche en souriant.

Chelsea nous observe et son visage s'adoucit.

— OK. Nouveau prof de piano. Je le mets sur la liste.

Une autre fois, les quatre aînés avaient rendez-vous chez le dentiste au moment où Regan et Ronan avaient leur après-midi de jeux. Je vous ai déjà dit que je détestais les médecins, et les dentistes sont des docteurs pour dents. Donc, j'ai choisi d'emmener les petits à leur session de jeux. Après tout, ce sont des bébés, ça ne peut pas être bien compliqué, si ?

Il y a des enfants partout, de toutes les tailles et de toutes les couleurs. Certains grimpent, d'autres tombent, d'autres, comme Ronan, se traînent par terre tandis qu'ils apprennent à ramper. Quant aux parents... ils sont tous affreusement coincés et ils passent leur temps à faire des gazouillis à leurs gamins. La salle de jeu est horriblement colorée – le tapis est aux couleurs de l'arc-en-ciel, le toboggan est vert et rose fluo et les coussins sont de couleurs si vives que j'ai mal aux yeux si je les regarde trop longtemps. Une musique atrocement joyeuse jaillit des enceintes et une ado avec un tee-shirt fuchsia et un sourire figé gère ce cirque.

Et je ne vous parle pas des clowns. Ils sont peints sur les murs, il y a des marionnettes sur les étagères et des peluches dans tous les coins, tous avec des sourires flippants. Comme s'ils attendaient qu'un gamin passe devant eux pour lui mordre la tête.

Cela fait dix minutes que nous sommes arrivés et je regarde Regan jouer sur le parcours d'obstacles. À côté de moi, un père gueulard encourage son fils à avancer comme s'il s'agissait d'un match du Super Bowl.

— C'est le plus rapide, ici, me dit-il en désignant son fils. Il termine le parcours en quarante-cinq secondes.

Tant mieux pour toi, mon pote.

— Lequel est le vôtre ?

Je désigne Regan, en salopette orange, resplendissante sous la lumière blanche des néons, qui monte en haut du toboggan en chantant « Coucou, coucou, coucou, coucou, coucou » comme un des sept nains allant à la mine.

— Elle a un problème ? demande ce connard.

— Non, elle n'a aucun problème. Elle est... concentrée, je réponds en le fusillant du regard. Et je suis sûr qu'elle peut faire le parcours en moins de quarante-cinq secondes, j'ajoute histoire de m'amuser un peu.

— J'en doute fortement, répond-il.

— Vous voulez parier ?

— OK, je vous parie cinquante dollars que mon fiston la bat, déclare-t-il en se passant la main dans les cheveux.

— Ça roule.

Je lui serre la main avant d'aller chercher Regan pour la ramener au début du parcours.

— Tu gères, Regan. Ne le laisse pas te distraire. Fais gaffe à sa droite et regarde droit devant, je dis, comme si j'étais Mickey en train d'encourager Rocky Balboa.

Elle me pince le nez, et je décide de lui parler dans sa langue.

— Si tu gagnes, je te coucou-rai pour toujours.

Elle répond par un sourire.

Nous les posons côte à côte, par terre.

— À vos marques, prêts, partez !

Ils démarrent. L'enfoiré et moi les encourageons, comme deux parieurs dans les tribunes d'un hippodrome.

— Allez, bébé, vas-y !

— C'est ça ! Éloigne-toi du peloton ! Prends les devants !

Ils sont au coude à coude... jusqu'à ce que le garçon se laisse distraire par une énorme crotte de nez qui pend sur sa lèvre. Il s'arrête pour l'enlever, et Regan remporte la course.

— Yes ! Génial ! je crie fièrement en la soulevant à bout de bras, la faisant hurler de rire.

Dans ma tête, Freddie Mercury chante « We are the champions... ».

Le père vient de me filer ses cinquante balles lorsque l'ado nous découvre.

— Qu'est-ce qu'il se passe ? C'est un lieu de bonheur, ici ! Les paris ne sont pas acceptés !

— Ah, très bien. Eh ben, on partait, de toute façon.

Je récupère Ronan et je pars, lui sous un bras, Regan sous l'autre.

— On garde ça entre nous, OK ? je dis à la petite.

Elle me regarde droit dans les yeux et chuchote « Coucou » en hochant la tête.

Je passe tous mes samedis avec Chelsea et les enfants. J'apporte du boulot avec moi et je bosse un peu dès que j'en ai l'occasion. La plupart du temps, s'il n'y a pas trop de choses à faire, je peux m'amuser et me détendre. Cependant... eh bien, il y a six enfants. D'un point de vue statistique, les chances que les choses dérapent sont assez élevées.

Un matin, je suis à peine sorti de ma voiture que je devine que la journée va être mauvaise. Ce n'est pas un sixième sens qui me le dit, ce sont les cris :

J'ouvre la porte d'entrée et les hurlements hyper-aigus, que seul un enfant de deux ans peut produire, me frappent comme un courant d'air chaud. Regan est assise par terre dans le hall d'entrée, devant l'armoire, en pleurs, battant des pieds, entourée de chaussures de toutes les sortes. Chelsea est accroupie devant elle, une sandale à paillettes à la main.

— Celle-ci ? demande-t-elle d'une voix à la fois pleine d'espoir et d'agacement.

Regan prend la sandale et la jette en secouant la tête en hurlant.

Apparemment ce n'était pas la bonne.

Chelsea remarque mon arrivée et je hausse les sourcils, faisant de mon mieux pour ne pas sourire.

— Tout va bien ?

— Non. Rien ne va, dit-elle en repoussant une mèche de cheveux.

Son tee-shirt est maculé de taches, on dirait des petits pois, et ses joues sont rouges.

C'est alors que je remarque que ce n'est pas seulement Regan qui fait un boucan monstre. Il y a une véritable chorale de cris provenant du salon et, quelque part à l'étage, les pleurs de Ronan se joignent aux chœurs. Il n'a pas l'air content.

Après un autre refus, Chelsea se lève et jette la sandale à travers la pièce.

— Laquelle, Regan ? Laquelle veux-tu ?! s'exclame-t-elle.

Regan continue de pleurer en désignant le tas de chaussures.

Je n'ai pas le temps de dire quoi que ce soit parce que les jumeaux déboulent dans le hall en se tenant par le cou. Ils s'effondrent par terre pour mieux se battre, grognant et roulant au sol comme deux animaux qui convoitent le même territoire.

— Tu savais que je le gardais pour plus tard ! hurle Rory.

— Il était dans le placard ! C'est pour tout le monde ! grogne Raymond.

— Arrêtez ! crie Chelsea. Ça suffit, vous deux !

Cependant, ils ne semblent pas l'entendre.

— T'es qu'un enfoiré ! aboie l'un d'entre eux.

— Et toi, t'es qu'un con ! répond l'autre.

— Stop ! hurle Chelsea en empoignant celui du dessus, Rory, par les cheveux à la base de sa nuque.

J'ai mal rien que de le regarder, et Rory hurle en posant ses deux mains sur sa nuque.

— Aïe ! Je vais être chauve, maintenant ! grogne-t-il.

— Ne te bats pas avec ton frère !

— Il a mangé le dernier cookie aux pépites de chocolat ! rétorque-t-il. Il savait que je le gardais et il l'a mangé quand même.

— Et c'était troooop bon, le charrie Raymond.

Rory se jette sur lui et je me ressaisis à temps pour m'interposer, les séparant en les empoignant fermement par le bras.

— Ça suffit, maintenant.

C'est alors que Rosaleen arrive en courant, poursuivie par une Riley furax.

Bien évidemment.

— Rends-le-moi !

— Non ! C'est le mien !

— C'est pas le tien, c'est le mien !

— Non, c'est pas vrai !

Instinctivement, Chelsea tend les bras lorsque Rosaleen se planque derrière elle.

— Qu'est-ce qu'il se passe ? demande-t-elle à la plus grande d'une voix exaspérée.

— Elle a pris mon stylo ! crie Riley.

— Un stylo ? s'écrie Chelsea. Vous vous moquez de moi ? Vous vous battez pour un putain de stylo ?

— Sympa, le langage, rétorque Riley de cette voix typiquement narquoise des adolescents.

— Fous-moi la paix, Riley, aboie Chelsea.

— Non, t'es censée être l'adulte, ici. Regarde-nous ! Tu m'étonnes que ce soit une maison de fous !

— Et c'est ma faute si vous n'êtes qu'une bande de petits diables égoïstes ?

— Oui ! C'est ta faute ! répond Riley.

Chelsea jette ses bras en l'air.

— Ça suffit ! J'en ai assez ! Allez tous dans vos chambres !

— Mais j'ai rien fait ! chouine Rosaleen d'une voix indignée.

— J'ai dit « dans vos chambres » ! Tout de suite ! répète Chelsea en se tournant vers la petite blonde.

Rosaleen lui fait une grimace et la fusille du regard.

— T'es méchante ! Je t'aime pas !

Chelsea saisit la petite par le bras et la pousse vers l'escalier.

— Eh bien, tu n'as qu'à ne pas m'aimer dans ta chambre !

Rosaleen monte les escaliers en courant et en pleurant, suivie de Riley qui les gravit lentement, le dos droit. Rory met un dernier coup de coude à son frère avant de monter dans sa chambre, et lorsque son frère va pour le suivre, Chelsea l'arrête.

— Raymond, toi, tu vas dans la chambre d'amis. Je ne vous veux pas dans la même pièce.

— Ça craint !

— À qui le dis-tu ! répond-elle d'une voix sarcastique.

Une fois que les quatre grands sont montés, un silence étrange s'abat sur la maison, comme une ville qui vient d'être traversée par une tornade. Ronan ne pleure plus, sans doute a-t-il succombé à la fatigue. Regan choisit deux claquettes rose fluo de la pile de chaussures abandonnées, les chausse, puis elle quitte le hall d'entrée en reniflant.

Chelsea respire lentement et je m'approche précautionneusement d'elle.

— Ça va ? je demande doucement.

Elle me regarde quelques secondes dans les yeux, puis elle fond en larmes. Elle est si mignonne, même lorsque ses nerfs lâchent, que je meurs d'envie de rire, mais je me retiens car je sens qu'elle est capable de m'étrangler. Je lui frotte l'épaule et je la guide vers la cuisine.

— C'est fini, ne t'en fais pas. Chut, ne pleure pas, ça va.

Elle secoue la tête en s'asseyant sur le tabouret de bar.

— Non, ça ne va pas. Ils sont diaboliques. Ce sont de petits monstres ingrats.

Soudain, j'ai l'envie pressante d'appeler ma mère et de m'excuser auprès d'elle... pour les premières quinze années de ma vie.

Je prends la bouteille d'alcool dans le congélateur et je lui sers un verre. Elle continue de pleurer en cachant son visage dans ses mains, alors je lui en sers un peu plus.

— Qu'est-ce qu'il s'est passé ? je demande.

— Rien ! s'exclame-t-elle. Absolument rien ! Ils se sont réveillés comme ça !

Elle essuie ses joues avec sa manche et elle boit une gorgée. Elle s'accoude au plan de travail et prend sa tête dans ses mains.

— Mon Dieu. Je n'arrive pas à croire que j'ai tiré les cheveux de Rory, dit-elle d'une voix pleine de culpabilité. Rachel n'aurait jamais fait ça. Elle et Robbie étaient contre les châtiments corporels.

— Ça explique beaucoup de choses.

Non pas que je sois particulièrement pour *les gifles aux enfants, mais il y a des moments où une bonne fessée est tout à fait méritée.*

— Rosaleen a raison. Je suis méchante ! s'exclame-t-elle en fondant à nouveau en larmes.

Je ne peux plus contenir mon rire.

— Chérie, tu es loin d'être méchante, crois-moi. Je sais de quoi je parle.

Elle vide son verre.

— Je ne peux pas te dire comment les élever, mais je sais que les enfants ont besoin de discipline. Ils en veulent, même s'ils ne le savent pas. Tu devrais dresser une liste de punitions. Par exemple, s'ils disent un gros mot, ils sont privés de leur téléphone pendant un jour. S'ils se battent, ils doivent ramasser les crottes du chien. Le code pénal des McQuaid.

— Ce n'est pas une mauvaise idée, dit-elle en essuyant ses larmes.

Je me rapproche d'elle, écartant ses jambes pour m'y blottir.

— Tu te sens mieux ? je demande en caressant sa joue.

— Non, soupire-t-elle.

— Alors voyons comment nous pouvons y remédier.

Ses lèvres chaudes fondent sur les miennes, s'ouvrant pour accueillir ma langue alors qu'elle retient son souffle avec un cri aigu. Ce n'est qu'un baiser, ça ne mènera à rien d'autre, mais si elle y prend autant de plaisir que moi, alors mon travail est fait.

— Tu te sens mieux, maintenant ? je demande en reculant.

— Presque, répond-elle en souriant.

— Alors continuons, je dis, en l'embrassant encore.

Il y a des jours où je bande immédiatement, rien qu'en la regardant, sa façon de bouger, de sourire... de se baisser pour ramasser des jouets. Lorsque j'ai de la chance, nous avons même l'occasion de profiter de mon érection, cependant, nous devons être discrets.

Un soir, Ronan s'est endormi tôt. Riley lisait dans le salon, et Rosaleen et Regan regardaient Rory et Raymond jouer à la Xbox.

Je saisis Chelsea par le bras et je l'attire vers l'escalier.

— Les garçons, surveillez vos sœurs, je dis.

Quelques secondes plus tard, Chelsea et moi sommes enfermés dans la salle de bains de la chambre d'amis, à l'étage. Je fais couler l'eau de la douche ainsi que celle du lavabo, par mesure de précaution, et je me colle contre son dos, promenant mon nez dans son cou, respirant son doux parfum et son désir pour moi. Elle tourne la tête, m'embrasse goulûment, et elle agrippe si fort le lavabo que ses phalanges sont blanches.

— Est-ce bien raisonnable ? demande-t-elle d'une voix pantelante.

— Je ferai vite, promis.

Je m'agenouille derrière elle pour soulever sa jupe et baisser sa culotte en dentelle blanche. Ma bouche plonge entre ses cuisses, dévorant sa chatte, la léchant comme si j'étais affamé. Lorsque j'aurai plus de temps, je promets d'accorder à son cul l'attention qu'il mérite.

Je palpe ses fesses et ses cuisses puis je plonge deux doigts en elle pour la faire mouiller encore plus. Elle gémit au-dessus de moi et elle se penche en avant, délicieusement prête et excitée.

Je me lève, je défais ma ceinture et je la pénètre en un coup de bassin.

— Mon Dieu, je grogne. Rien ne devrait être aussi bon.

Chelsea pousse un petit cri tandis que mes hanches font des allers-retours, et elle tend les bras derrière elle pour me caresser partout où elle le peut, se cambrant, rendant sa chatte encore plus serrée.

Je pose une main sur sa hanche et je prends sa joue dans l'autre, lui tournant la tête pour pouvoir l'embrasser. Nos lèvres se cherchent et se mordillent alors que nos gémissements se mêlent. J'accélère mes coups de reins et je passe mon bras sur sa poitrine pour la coller contre moi. Sa main disparaît entre ses jambes, où elle se touche, dessinant des cercles autour de son clitoris tandis que je continue de la pénétrer par-derrière.

— Oh, putain...

Je suis en train de perdre la tête lorsque Chelsea pousse un petit cri aigu, presque torturé. Ses genoux fléchissent mais je ne la lâche pas. Mes allers-retours perdent leur rythme et deviennent saccadés tandis que je jouis en elle.

Quelques secondes plus tard, nous nous rhabillons en nous embrassant.

— Waouh, chuchote-t-elle en souriant. J'aime quand c'est rapide, en fait !

Et moi, je me demande bien si je ne l'aime pas, tout court.

17

Bien que je passe la plupart de mes nuits dans le lit de Chelsea, je ne dors pas vraiment chez elle, car je prends soin de toujours rentrer chez moi avant que les enfants ne se réveillent. Nous en avons discuté et Chelsea ne veut ni les perturber ni leur montrer un mauvais exemple.

Alors que je suis de retour chez moi après mon footing et ma douche, il est encore tôt lorsque le numéro de Chelsea apparaît sur l'écran de mon téléphone.

— Laisse-moi deviner, tu as trouvé une nounou qui fait honte à Mary Poppins et qui a accepté de prendre les enfants pendant toute une semaine, donc tu veux que ma bite et moi on se ramène chez toi dès que possible ?

Elle éclate de rire.

— C'est un rêve merveilleux, mais ça restera un rêve, hélas.

— Je m'en doutais.

— Je t'appelle pour tout autre chose, quelque chose d'encore plus beau. Tu es assis ?

Curieux, je baisse le couvercle des toilettes et je m'assois dessus.

— Maintenant, oui. Qu'est-ce qu'il se passe ?

— Écoute ça.

J'entends un bruissement tandis que Chelsea change le téléphone de position. Sa voix me parvient de plus loin, à présent.

— Regan, est-ce que tu viens d'apprendre un autre mot ?

La petite voix de Regan me vient clairement.

— Non.

— Tu es sûre ? demande Chelsea.

— Non.

— Regan, dis non.

— Non, non, non !

Le temps que Chelsea reprenne le téléphone, je suis mort de rire et je suis choqué par l'immense fierté que je ressens.

— Alors, tu en penses quoi ? demande Chelsea d'une voix ravie.

— J'ai toujours pensé que cette gamine était le génie de la famille.

◆◆◆

Début avril, Chelsea a rendez-vous avec Janet au bureau du service de protection de l'enfance. Elle emmène les deux petits, et je pars plus tôt du boulot pour être à la maison lorsque les grands rentreront de l'école. Je suis assis sur le patio devant la maison lorsque Rory et Raymond remontent l'allée. Ils sont encore à une dizaine de mètres de moi lorsque je remarque une grosse bosse rouge sur la pommette de Raymond. Elle est encore fraîche, mais le bleu commence déjà à apparaître.

— Qu'est-il arrivé à ton visage ?

Raymond regarde son frère du coin de l'œil avant de me répondre.

— Je suis tombé en montant les escaliers à l'école. Je me suis cogné à la rampe en métal.

— Assieds-toi, je dis en désignant la chaise à côté de la mienne.

Je pars dans le jardin à la recherche d'un gros caillou, puis je reviens et je tapote ses genoux avec, regardant ses pieds se lever par réflexe.

— Qu'est-ce que tu fais ? demande-t-il en ajustant ses lunettes.

— Je vérifie que tes réflexes sont bons.

— Pourquoi ?

— Parce que tu as neuf ans, Raymond. Et vois-tu, à moins qu'une personne ne soit très vieille ou très malade, la réaction automatique du corps, lorsqu'on tombe en avant, c'est de protéger son visage et ses organes vitaux en mettant les mains en avant. Donc... avant que je ne t'accuse de me raconter des bobards, je veux m'assurer que tu n'as pas une tumeur au cerveau.

Je le tapote une dernière fois et je pose le caillou sur la table en métal.

— Tout semble normal. Alors, qui t'a mis un coup de poing, Raymond ?

Il soupire d'un air résigné et Rory part sur la pelouse.

— Il ne faut rien dire à tante Chelsea.

— Pourquoi ?

— Parce qu'elle appellera le directeur de l'école, qu'elle voudra convoquer une réunion, et que ce sera...

— Pire, je réponds en hochant la tête.

— Ouais.

Je me penche et je pose mes coudes sur mes genoux.

— Je ne dirai rien à ta tante, mais tu vas tout me raconter. Tout de suite.

— Il s'appelle Jeremy Sheridan, et il me déteste.

— C'est un sportif ? Il passe son temps à t'embêter pour montrer à ses amis que c'est un gros dur ?

— Non, il est dans tous mes cours optionnels. Et il est dans la National Honor Society[1], aussi. Il ne fait pas de sport.

Une brute intello ? C'est nouveau, ça, les temps ont changé depuis que j'étais à l'école.

— Mais j'ai une meilleure moyenne que lui. J'ai toujours de meilleures notes que lui aux contrôles, alors il me déteste, explique Raymond d'une voix dépitée.

— Ça a commencé quand ?

— Hum... en janvier. Au début, c'était de petites choses : il trifouillait mon casier, il me poussait pour faire tomber mes livres, il me faisait trébucher... ce genre de trucs. Mais ces derniers temps, les choses ont empiré.

Je hoche lentement la tête tandis qu'une vague de colère s'abat sur moi.

— Et comment tu réagis quand Jeremy fait ces conneries ?

Il hausse les épaules et rougit.

— Je fais de mon mieux pour ne pas le croiser. J'ai envisagé de faire exprès d'avoir de moins bonnes notes que lui. Je ne voulais pas en arriver là, mais peut-être qu'il me laissera tranquille s'il devient premier de la classe.

---

1. Organisme qui regroupe les meilleurs élèves de collège et de lycée qui ont des résultats scolaires plus qu'excellents.

C'est alors que je remarque Rory se baisser sur la pelouse, un sac en plastique à la main.

— Hé, Rory, tu fais quoi ? je crie.

— Je ramasse les crottes de Machin !

— Pourquoi ?

— Pour mettre le sac dans le casier de Jeremy Sheridan et y foutre le feu !

Eh bien... c'est *une* façon de régler le problème, en effet.

— Tes intentions sont bonnes, mais je ne pense pas que ce soit une bonne idée. Viens ici.

J'ai une autre stratégie en tête.

— Tu es maigre... faible, je dis à Raymond sur un ton solennel.

— Ouais, soupire-t-il. Je sais.

— Mais... si tu es rapide, si tu sais où frapper... ça n'a pas d'importance.

— Tu veux que je frappe Jeremy ?

— La prochaine fois qu'il t'emmerde ? Je veux que tu lui casses le nez. Je te promets qu'il ne t'approchera plus, après ça.

Raymond regarde ses pieds en réfléchissant à ce que je viens de dire.

— Mon père disait toujours que la violence ne résout rien.

— C'est vrai. Mais ce n'est pas de la violence lorsqu'on se défend, il y a une différence. Ton père aurait voulu que tu te défendes, Raymond.

Il semble être d'accord avec mon raisonnement.

— Mais... je ne saurais pas mettre de coups de poing.

Je pose ma main sur son épaule et je le regarde en souriant.

— Moi, si.

◆◆◆

Lorsque Chelsea rentre à la maison, j'emmène les garçons à ma salle de muscu où nous passons deux heures à frapper dans le sac. Je montre à Raymond comment viser, comment mettre tout son poids dans un coup de poing, comment toucher sa cible sans se casser le pouce. Lorsque nous remontons en voiture pour rentrer à la maison, il a l'air de bien meilleure humeur.

C'est alors que mon téléphone sonne.

C'est l'entreprise de surveillance.

— Ce putain de Milton, je crache. Où est-il ? j'aboie au téléphone.

Ils me donnent l'adresse et je fais demi-tour.

— Accrochez-vous, les garçons, il faut qu'on fasse un détour rapide.

Un quart d'heure plus tard, je me gare devant une énorme maison de maître. Il y a des groupes de jeunes qui doivent avoir la vingtaine, voire moins, un peu partout sur la pelouse, tenant des gobelets en plastique rouge dans la main, fumant des cigarettes. Des voitures sont garées n'importe comment dans l'allée, et la musique fait vibrer tous les murs de la maison. Rory et Raymond marchent derrière moi jusqu'à la porte d'entrée.

— Restez près de moi, les garçons.

Ils écarquillent les yeux tandis que nous passons devant des pièces bondées de femmes, ou plutôt de filles, à moitié à poil. Ils tournent la tête pour voir des mecs avec des casquettes de baseball et des jeans à trois cents dollars sniffer de la poudre blanche sur des tables en verre. Dans le couloir, une jolie blonde en minishort en jean et en soutif dévisage Rory.

— T'es *tellement* mignon ! dit-elle en tendant le bras pour lui caresser les cheveux.

Cependant, je suis plus rapide qu'elle et je saisis son poignet avant qu'elle n'ait pu poser la main sur lui.

— Milton Bradley ? je grogne.

— Il est dans la salle de poker, au fond.

Je lâche sa main et je pars à grandes enjambées vers l'arrière de la maison, en m'assurant que les jumeaux sont derrière moi. Je repère l'abruti en question, assis à une table ronde, ses cheveux blonds sur le front, une pinte de bière et une pile de jetons noirs devant lui.

Il lève la tête et me voit.

— Merde.

Il se lève brusquement, prêt à fuir par la porte vitrée derrière lui.

— N'y pense même pas ! Si tu cours, ça va juste m'énerver davantage, et ce sera mille fois pire pour toi quand je te rattraperai. Et crois-moi, je te *rattraperai*.

Rory essaie de m'aider.

— Pour un vieux, il est super rapide, mec.

Les épaules de Milton retombent.

— La fête est finie, je dis en lui faisant signe de me suivre. On s'en va.

Rory et Raymond s'attachent sur la banquette arrière tandis que le débile s'assoit sur le siège passager.

— Je peux tout expliquer, dit-il dès que nous passons le portail de la demeure.

— Sans doute, mais je me fiche de ton explication.

Cependant, ça ne l'empêche pas de poursuivre.

— Je faisais la fête ! J'ai des raisons d'être heureux, je ne suis plus accusé de détention d'héroïne.

— Sans rire ! C'est *moi* qui ai convaincu le procureur de laisser tomber ! Mais attends, je ne suis pas sûr de bien comprendre : tu as pensé que ce serait une bonne idée de fêter l'annulation de l'accusation de détention de drogue en allant dans un endroit où il y a de la drogue partout ? Tu ne vois vraiment pas où est le problème ?

Il hausse les épaules.

Vingt minutes – de silence, Dieu merci – plus tard, je me gare devant la villa de Milton.

— Où sont tes parents ? je demande.

— Je ne sais pas. En France, je crois. Mère a dit qu'elle avait besoin de vacances.

Sans doute pour se débarrasser de son fils débile pendant quelques jours. Cela dit... ses parents ne méritent sans doute pas la médaille des « meilleurs parents de l'année ».

— Alors... vous voulez rentrer ? Traîner avec moi ? demande Milton.

— Non, Milton, je réponds en me frottant les yeux. Je ne veux pas traîner avec toi. Allez, rentre, ferme la porte à clé, et va te coucher. Peut-être que tu seras moins bête demain matin.

— OK, répond-il en faisant la moue.

J'attends qu'il ait refermé la porte derrière lui avant de repartir.

— Il a l'air seul, dit Raymond au bout de quelques minutes.

— C'est un raté, je dis froidement.

— C'est un raté qui est seul, alors, corrige-t-il.

À ses côtés, Rory est étrangement silencieux, et je me demande ce qu'il pense des choses qu'il a vues ce soir. Sa famille n'a pas autant d'argent que les Bradley, mais presque. Sans m'en rendre compte, je me mets soudain à parler comme le Juge.

— Vous savez pourquoi c'est un raté, les garçons ?

— Parce qu'il boit de l'alcool et qu'il se drogue ? essaie Raymond. Il n'y a que les losers qui se droguent.

Il y a quelque chose d'adorablement charmant dans sa réponse, il est encore si innocent.

— C'est vrai, je réponds en remontant la rue de Chelsea. Mais ce n'est pas la seule raison. Milton m'avait promis qu'il allait rester à la maison. Et il a rompu sa promesse. Lorsqu'on enlève tout le reste – l'argent, les vêtements, les belles bagnoles, les grandes maisons –, tout ce qu'il reste à un homme, c'est sa parole. Le fait qu'il dit ce qu'il pense, et qu'il fait ce qu'il dit. Sans ça, ce n'est pas un homme.

Ils digèrent mes paroles pendant quelques secondes, puis Rory lève la tête.

— C'est ton père qui t'a appris ça ? C'est lui qui t'a montré comment... être un homme ?

Il y a une touche d'inquiétude dans sa voix et je me demande s'il se fait du souci pour lui, son frère et ses sœurs, parce qu'ils vont grandir sans leur père, sans exemple à suivre. Ma réponse devrait le rassurer, d'autant qu'elle est vraie.

— Non, Rory. Mon père était... le genre d'homme que je ne voulais pas devenir. Mais il y a eu quelqu'un d'autre, un ami, le meilleur des amis, qui n'a pas supporté mes conneries. C'est lui qui m'a appris tout ce que j'avais besoin de savoir.

◆◆◆

Plus tard, lorsque les enfants sont couchés, Chelsea et moi faisons tendrement l'amour. Ses longs bras sont tendus au-dessus de sa tête et j'embrasse son cou, vénérant sa peau douce en avançant mon bassin. Je la pénètre par des coups profonds et réguliers, et bientôt les muscles de mon dos se contractent sous le plaisir. Elle suce le lobe de mon oreille, murmurant à quel point c'est bon, et mes allers-retours accélèrent sans que je n'y pense. Mon corps prend le dessus et je ne veux jamais voir la fin.

Or, quel final spectaculaire !

Chelsea plante ses ongles dans mes fesses pour que j'aille plus profondément en elle tout en soulevant son bassin pour m'accueillir. Nous jouissons en même temps, nous raidissant tous deux alors que je me déverse en elle.

Lorsque nos souffles s'apaisent, je m'allonge sur le côté et je l'attire contre moi, dos contre mon torse. Elle rit sans raison avant d'embrasser mes mains. Je respire son odeur en m'endormant, le nez enfoui dans le creux de son cou.

Mais une petite voix apeurée rompt le silence.

— Noooon, noooon...

Elle vient du babyphone de Regan. Chelsea sursaute, ouvre les yeux et commence à sortir du lit.

— Rendors-toi, j'y vais, je dis sans y penser en l'embrassant sur la tempe.

J'enfile un jogging et un tee-shirt et je monte les escaliers sans faire de bruit.

Regan est assise dans son petit lit, les yeux endormis, les cheveux en bataille, le visage illuminé par sa petite veilleuse Cendrillon. Elle lève les bras dès qu'elle me voit.

Soudain, les mots que me disait ma mère, il y a toutes ces années, sortent de ma bouche.

— C'est quoi l'bazar, mon lézard ?

Je la prends dans mes bras et lui caresse le dos et la tête. Sa petite lèvre tremble tandis qu'elle désigne le rideau dans la partie sombre de sa chambre.

— Nooon.

— Tu as fait un mauvais rêve ?

Je déplace le rideau pour lui montrer qu'il n'y a rien derrière et qu'elle n'a pas à avoir peur, et elle s'accroche à mes épaules avant de poser sa tête contre mon torse. Je m'assois dans le fauteuil à bascule à côté de son lit et je lui tapote doucement le dos.

— Il n'y a pas de monstres, Regan.

Dans la vie réelle, il y en a, bien sûr, mais pas dans cette maison. Pas tant que je serai là. Je l'embrasse sur la tête, la balançant dans mes bras jusqu'à ce qu'elle se détende et qu'elle sombre de nouveau dans un sommeil profond et paisible.

18

Quelques jours plus tard, alors que je travaille tard au bureau, Rosaleen fait perdre dix ans de vie à Chelsea lorsqu'elle disparaît. Chelsea aide Riley à faire ses devoirs et les autres enfants sont dispersés un peu partout dans la maison, vaquant à leurs occupations. Lorsqu'il est l'heure de se préparer à aller au lit, Chelsea remarque que la petite blondinette n'est pas là. Ils l'appellent, ils fouillent les chambres, les placards, la cabane dans le jardin, la piscine et le jardin immense. Chelsea appelle les voisins, qui cherchent également chez eux.

Lorsqu'elle arrête ses recherches pour m'appeler, elle est déjà en train de paniquer pour de bon, prête à appeler la police et le maire de la ville. Je suis en route pour aller chez elle lorsque je lui demande si elle a pensé à vérifier la chambre de Robert et Rachel.

Chelsea s'exclame que non, et elle court à l'étage en montant les marches deux par deux. Là, roulée en boule au milieu du dressing de sa mère, enveloppée dans sa robe de chambre, se trouve Rosaleen, qui dort à poings fermés. J'arrive à la maison quelques minutes après sa découverte, alors que Chelsea tremble encore de peur, les larmes aux yeux. Rosaleen se sent coupable, mais elle dit qu'elle aime aller dans le placard de sa maman, parfois, pour se souvenir de son odeur.

Son explication fait pleurer Chelsea de plus belle, ce qui me fend le cœur.

Après que Chelsea a consacré presque une demi-heure à Rosaleen, j'aborde le sujet délicat de *la* chambre. Cela fait des mois que Robert et Rachel sont décédés, et la pièce est restée intacte.

Je ne m'y connais pas beaucoup en matière de deuil, et encore moins en matière d'enfants, mais ça ne me semble pas... *sain.* Toutefois, Chelsea est sans équivoque : les enfants ne sont pas prêts à voir les affaires de leurs parents rangées dans des cartons, ou pis, données à des œuvres de charité.

Cependant, à mon avis, ce ne sont pas les enfants qui ne sont pas prêts. C'est elle.

Elle met vite le sujet de côté et refuse d'en parler davantage. Lorsque son regard devient glacial, je bats en retraite. Après tout, ce ne sont pas mes affaires. La dispute n'en vaut pas la peine.

◆◆◆

Le mercredi suivant la disparition de Rosaleen, Chelsea m'appelle au bureau vers dix-sept heures trente.

— Tu es libre ?

— Ça dépend, qu'est-ce que tu as en tête ? je demande d'une voix pleine de sous-entendus.

— Ne te fais pas d'illusions, soupire-t-elle. Je suis en route pour aller chercher Raymond à l'école.

— Il ne devrait pas déjà être rentré à la maison ?

— Si, mais ils l'ont gardé. Apparemment, il s'est battu.

— Il a gagné ? je demande immédiatement en souriant.

— C'est quoi, cette question ?

— Euh... c'est *la seule chose* qui compte, en fait.

Elle rit doucement.

— Je ne sais pas s'il a gagné. M. Janovich, le directeur, veut me voir dans son bureau. Tu peux m'y rejoindre ? J'ai comme l'impression que tes talents d'avocat vont être utiles.

Et j'ai comme l'impression qu'elle a raison.

— Je te retrouve là-bas.

Le temps que j'arrive au collège privé de Raymond, l'entretien a déjà commencé. Une secrétaire me dirige dans une grande pièce où un homme grisonnant à la carrure présidentielle est assis derrière un énorme bureau en chêne massif. Tout autour de lui sur les murs, des diplômes font état de tous ses talents, et des étagères couvertes de gros livres reliés de cuir montrent à quel point il est cultivé.

Chelsea est assise en face de lui, séparée d'un couple, à l'air riche et sacrément agacé, par une chaise vide. La femme est blonde, vêtue d'un tailleur bleu roi, avec des ongles rouge vif et un collier de perles. Son mari est plus petit qu'elle et il a l'air plus calme.

— Vous êtes ? demande M. Janovich.

Je lui tends ma carte de visite.

— Je suis l'avocat de la famille.

La blonde hausse les sourcils.

— Je suis avocate, moi aussi, prévient-elle.

— Je m'en étais douté, je rétorque.

Je m'assois à côté de Chelsea, qui a l'air nerveuse, les mains jointes sur ses cuisses.

— Où en étions-nous ? je demande.

— Ils veulent virer Raymond du collège.

— C'est intéressant, ça, je dis en reculant sur ma chaise.

Janovich se racle la gorge, gêné.

— Nous appliquons une tolérance zéro en matière de violence et de harcèlement en tout genre. Raymond a gravement blessé son camarade.

— Est-ce qu'il lui a cassé le nez ? je demande, l'air de rien.

Le directeur semble surpris par ma question.

— Non...

Dommage. Il fera mieux la prochaine fois.

— ... mais son camarade a beaucoup saigné. C'était une expérience effrayante pour tous ceux qui étaient impliqués.

Incapable de rester silencieuse plus longtemps, la blonde se lève.

— Je ne paie pas trente mille dollars par an pour que mon fils se fasse agresser dans les couloirs. J'exige que ce... délinquant soit puni !

— Regardons les vidéos, je propose.

— Les vidéos ? répète Janovich comme s'il ne savait pas de quoi je parle.

— Les vidéos, je réponds en hochant la tête. Je suis passé devant au moins neuf caméras de surveillance avant d'arriver ici. Il doit bien y avoir une vidéo de l'altercation. Et comme ça s'est passé il n'y a que quelques heures, la bande n'a pas encore pu être effacée.

Le directeur écarquille les yeux mais je ne lui laisse pas le temps de parler.

— À moins que vous n'ayez *déjà* regardé la vidéo ? Ah, dans ce cas, je pense avoir compris ce qu'il se passe.

Et ça me dégoûte.

— Que pensez-vous comprendre, monsieur Becker ? demande-t-il.

— Vous êtes des donateurs, n'est-ce pas ? je demande à la blonde. Vous donnez de l'argent à cette école, en plus des trente mille dollars de frais d'inscription, pour contribuer aux fonds de la bibliothèque, à de nouvelles salles de cours, des choses comme ça ?

Le père trouve enfin sa voix.

— Je ne vois pas le rapport.

— Eh bien, voyez-vous, ça a tout à voir, monsieur, je dis en fusillant le proviseur du regard, car M. Janovich a pensé qu'il serait plus facile de faire endosser à Raymond, dont la tutrice ne serait peut-être pas apte à se battre, toute la responsabilité de l'altercation plutôt que de vexer de généreux donateurs. Ai-je bien compris la situation ?

— Absolument pas ! aboie-t-il. Et je n'apprécie pas ce que vous sous-entendez !

— Ça, je n'en doute pas.

— J'ai regardé la vidéo dont parle M. Becker. Même si aucun des deux garçons n'a eu un comportement exemplaire, je pense qu'étant donné la violence de l'agression de Raymond, il mérite une punition plus lourde.

— Vous allez être plus sévère avec Raymond parce qu'il sait mieux se battre ? je demande en riant.

Il ouvre la bouche pour parler mais je lui coupe la parole.

— Revenons d'abord à votre tolérance zéro. Où était-elle lorsque Raymond se faisait harceler, depuis le mois de *janvier* ?

Chelsea tourne brusquement la tête vers moi.

— Quoi ?

Je ne quitte pas le proviseur des yeux.

— Je sais que Jeremy a frappé, poussé, fait trébucher Raymond et s'est moqué de lui à plusieurs reprises. Donc, soit vous avez choisi d'ignorer ces agressions, soit vous ne savez pas ce qu'il se passe au sein de votre établissement, monsieur Janovich. Quoi qu'il en soit, ce n'est pas de bon augure pour vous.

Son visage et son cou rougissent, mais je ne lâche pas l'affaire.

— Que l'on soit bien clairs : si jamais Raymond McQuaid est encore harcelé, je porterai plainte contre cette école, et contre vous, plus particulièrement, je dis en m'avançant vers lui. Lorsque j'en aurai fini avec vous, elle sera propriétaire de toute l'école *et* de votre maison, je dis en désignant Chelsea. Je ne fais pas souvent de menaces, monsieur Janovich, mais lorsque j'en fais... elles ne sont jamais en l'air.

Je tourne la tête vers la blonde.

— Il en va de même pour vous et votre fils.

— Attendez une minute ! Mon fils est la *victime* ! Il était...

— Ma petite dame, je regrette de vous l'apprendre, mais votre fils est un petit merdeux fondamentalement méchant qui prend plaisir à se défouler sur les plus faibles et les plus intelligents que lui. J'exige que cela cesse *aujourd'hui*.

— Jeremy ne ferait jamais de telles choses ! dit-elle en se levant à nouveau.

Mon Dieu, c'est une de ces femmes, celles qui choisissent d'être aveugles dès qu'il s'agit des défauts de leur petit ange. J'en vois tous les jours dans mon métier.

— Et si Raymond McQuaid a dit ça, alors ce n'est qu'un vilain petit menteur !

Chelsea bondit debout à son tour.

— Je ne vais pas vous laisser traiter mon neveu de menteur ! C'est un garçon gentil et altruiste, et si votre fils lui a fait mal...

— Peut-être que si votre frère avait été un meilleur père, son fils ne se comporterait pas comme un animal ! crache la blonde.

Chelsea retient son souffle avec un cri aigu et pâlit brusquement.

— Qu'est-ce que vous venez de dire ?

— Vous m'avez très bien entendue ! Au lieu d'aller faire la fête et de se faire écraser sur le périphérique, peut-être qu'il aurait mieux fait de rester à la maison pour...

J'ai lu quelque part que les hommes meurent pour leurs enfants, mais que les femmes *tuent* pour eux. Cependant, je n'avais jamais vraiment compris ce que cela signifiait, jusqu'à présent. L'adorable jeune femme souriante que je pense si bien connaître disparaît pour laisser la place à une folle en furie qui est prête à sauter sur tout ce qui bouge.

C'est *super* sexy.

— Va te faire foutre, espèce de connasse ! hurle-t-elle.

— Chelsea ! je m'écrie, sous le choc.

Je me lève et je saisis son bras alors qu'elle s'apprête à mettre une droite à la vipère blonde. Elle se débat tandis que je la pousse derrière moi.

— Je vais te faire bouffer tes perles, espèce de garce mal baisée !

Mais la garce mal baisée n'a pas l'intention de se laisser faire.

— C'est *toi* qui vas te faire foutre, espèce de traînée !

Alors que son mari fait de son mieux pour la retenir, Chelsea plonge sur elle avec tant de force qu'elle réussit presque à m'échapper.

— Je vais te casser la gueule ! Ça te ferait bien chier, hein, après avoir payé des milliards pour refaire ta sale tronche !

OK, les choses ont vraiment dérapé, maintenant. Je soulève Chelsea en sac à patates et je me tourne vers le proviseur.

— Nous accepterons une suspension d'un jour, je lui dis. Du moment que Jeremy a la même punition.

— Vendu, dit Janovich, clairement ravi de nous voir partir.

Je me dirige vers la porte en m'assurant de garder Chelsea hors de portée de la sorcière.

— Bonne chance, je dis au mari. Vous allez en avoir besoin.

Devant le bureau du proviseur, dans leurs chaises respectives, Raymond et – à en croire son nez ensanglanté – Jeremy sont assis calmement.

— Jolie gueule, je dis à la petite brute. Viens, Raymond, on y va.

Il regarde sa tante en écarquillant les yeux.

— Qu'est-ce qui est arrivé à tante Chelsea ?

— Ah..., je dis en faisant comme si ce n'était pas grand-chose, elle est devenue un peu folle, c'est tout.

◆◆◆

Le temps que nous arrivions au parking, Chelsea s'est un peu calmée, *légèrement*.

— Pose-moi, Jake ! Tout de suite ! Je ne plaisante pas !

Je lui obéis, et elle se dépêche de me contourner pour repartir vers l'entrée du bâtiment.

— Alors, premièrement, j'ai déjà passé beaucoup trop d'heures non facturées à m'assurer que les membres de ta famille ne finissent pas en prison, je dis en me campant devant elle, et deuxièmement, les services de protection de la famille ne seront pas ravis d'entendre que tu as agressé la mère d'un camarade de classe de ton neveu, j'ajoute lorsqu'elle cherche toujours à me contourner.

Mon dernier argument l'arrête pour de bon. Elle lève la tête vers moi, le regard brûlant de rage et de douleur.

— Cette femme était une garce sans cœur !

— Je suis entièrement d'accord avec toi, je réponds calmement en allant vers elle. Mais tu n'y peux strictement rien. Il faut que tu t'y fasses. Ça va aller ? je lui demande en lui caressant l'épaule.

Son souffle s'apaise et elle semble redevenir elle-même.

— Ouais. Ça va.

Elle se tourne et marche à grandes enjambées vers la voiture, où Raymond attend tranquillement.

— Tu aurais dû me le dire, Raymond ! l'accuse-t-elle en le pointant du doigt.

— Je ne voulais pas aggraver la situation.

— Je t'aime ! C'est à moi de te protéger, et je ne peux pas le faire si tu ne me le dis pas lorsque quelqu'un te fait du mal !

— Je l'ai dit à Jake, crie-t-il, et il m'a aidé. Tout ira mieux, maintenant.

Chelsea me fusille du regard, et je comprends que les choses n'iront absolument pas mieux *pour moi*.

— OK. On doit aller chercher les autres enfants. On en reparlera à la maison, dit-elle simplement.

Le trajet du retour se fait en silence. Dès que j'ai coupé le moteur, Chelsea part chez les voisins et les remercie d'avoir gardé les enfants.

— Jake, je dois te parler dans la cuisine, dit-elle alors que les enfants disparaissent chacun de leur côté dans la maison.

Nous avons à peine franchi la porte qu'elle se tourne brusquement vers moi.

— Comment as-tu pu ne pas me dire ce qu'il se passait avec Raymond ?

Je ne comprends pas vraiment pourquoi elle en fait tout un plat.

— Parce qu'il m'a demandé de ne rien dire.

— Il y a deux jours, Rosaleen m'a demandé de teindre ses cheveux de trois couleurs différentes ! On n'est pas toujours obligés de faire ce qu'ils demandent ! Je pensais que je pouvais compter sur toi, on est censés former une équipe, Jake !

Je ne sais si c'est parce qu'elle crie ou parce que je ne reconnais plus ce qu'est devenue ma vie, mais la situation commence à sérieusement m'agacer.

— Comment ça ?

— Comment ça, *comment ça* ? C'est nous contre eux ! Je suis déjà en minorité ; tu es censé être de mon côté.

Elle plonge son regard dans le mien et soudain ses yeux se remplissent de doutes et d'incertitudes.

— Non ?

Les sentiments de responsabilité que j'ai pour chacun de ces enfants pèsent sur mes épaules comme une énorme montagne d'obligations – tout ce que je me suis toujours juré d'éviter. Et maintenant elle s'y met, elle aussi ? Qu'est-ce qu'elle attend de moi, bon sang ? Ça ne suffit pas que je pense à elle, à eux, tout le temps ? Que je sois complètement distrait ? Que j'arrive au boulot en retard et que je m'en aille n'importe quand, dès qu'il y a le moindre problème, ou juste pour les voir plus tôt ?

Putain c'est... terrifiant.

— Tu sais, le seul côté qui compte, pour moi, c'est *moi*, je rétorque en plantant mon index dans mon torse. Qu'on soit d'accord, j'aime passer du temps avec toi, et les gamins sont géniaux, mais je ne suis pas ton partenaire, Chelsea. Ce n'est pas ma vie. J'ai des priorités et des projets qui n'ont rien à voir avec ceux qui vivent sous ce toit.

Ma respiration est lourde et saccadée et Chelsea est... silencieuse. Elle ne bouge pas pendant plusieurs secondes, puis sans me regarder, elle chuchote :

— Pardon, apparemment je n'avais pas compris, merci d'avoir clarifié la situation.

Elle tourne les talons et commence à sortir des légumes du frigo. Le silence devient lourd et je repense à ce que je viens de lui dire. C'était... dur.

— Chelsea, écoute, je...

— Hé, Jake, tu veux jouer à la Xbox ? demande Rory.

Chelsea lève enfin la tête et je vois ses yeux, son regard plein de peine, et ma poitrine se resserre.

— Jake n'a pas le temps de jouer, Rory. Il doit repartir vers son côté de terrain.

— Je suis censé comprendre ce que ça veut dire ? demande Rory en fronçant les sourcils.

Elle parlait peut-être à Rory, mais c'est à moi qu'elle s'adressait.

— Rory, va dans le salon, je lui dis sans quitter sa tante des yeux.

Par miracle, il obéit.

— Tu vas vraiment t'amuser à les mettre au milieu ? À te servir d'eux pour m'atteindre ? C'est vraiment tordu, Chelsea, je dis, dès que Rory a quitté la pièce.

Elle fait deux pas vers moi et plonge son regard noir dans mes yeux.

— Je ne les mettrai *jamais* entre nous. De toute façon, pour ça, il faudrait qu'il y ait un *nous*, et selon toi, il n'y en a pas ! Quant au fait que je ne veux pas que tu sois avec Rory maintenant, ça n'a rien à voir avec cette conversation et tout à voir avec le fait que tu te comportes comme un con !

La voix de Rosaleen nous parvient depuis la pièce d'à côté.

— Ooooh, tante Chelsea a dit un gros mot !

— Abruti ? demande la voix de Rory.

— Non.

— Débile ?

— Non.

— Enfoiré ?

— C'est quoi un enfoiré ?

— Rory ! hurlons-nous Chelsea et moi au même moment.

Nos regards se croisent, mais aucun de nous deux n'est prêt à céder.

— Peut-être que je ferais mieux d'y aller.

Ce n'est pas une question, mais Chelsea répond néanmoins.

— Je pense que ce serait mieux.

C'est moi qui l'ai proposé, donc sa réponse ne devrait pas me blesser autant, mais pourtant c'est le cas. Sans dire un mot, je tourne les talons et je sors de la maison.

19

La journée du jeudi démarre de travers et les choses vont de mal en pis. Il pleut, et mon footing matinal était nase parce que j'ai très mal dormi. J'ai eu beau mettre des coups de poing dans mon oreiller pour en changer la forme, je n'ai pas réussi à trouver une position confortable. J'arrive en retard au bureau parce qu'un abruti qui ne sait pas conduire sous la pluie s'est pris un poteau électrique, causant des embouteillages à n'en plus finir. Une heure après m'être enfin installé à mon bureau pour m'attaquer à une pile de dossiers plus grande que moi, je verse une tasse de café brûlant sur ma chemise préférée.

— Putain de bordel de merde !

Stanton tourne son fauteuil vers moi et me regarde d'un air amusé.

— Il y a un problème ?

Je frotte la tache avec une serviette, fou de rage.

— J'ai renversé mon café.

Il hausse les sourcils.

— Est-ce que quelqu'un avait pissé dedans avant ? Tu es d'humeur affreuse depuis ce matin. Tu as même agressé Mme Higgens, et cette femme est une sainte.

— C'est juste une mauvaise journée, je réponds en secouant la tête.

— Et elle ne fait que commencer, dit-il en se concentrant à nouveau sur son dossier.

◆◆◆

Je n'ai pas de nouvelles de Chelsea de la matinée et je ne m'attends pas à en avoir. D'ailleurs je ne pense pas à elle. Ni à la colère qui était figée sur son visage, ni à la douleur dans ses yeux la dernière fois que je l'ai vue. Ni à ses lèvres douces et charnues qui sourient si facilement et qui éclatent d'un rire enchanteur. Je ne pense pas non plus aux enfants – au regard perspicace de Riley, aux questions délicates de Raymond, à l'arrogance ironique de Rory ou au rire de Rosaleen. Je ne pense pas non plus à la petite voix de Regan et aux gazouillis de Ronan.

Je refuse de penser à eux. Point barre.

◆◆◆

Après avoir déjeuné avec Stanton et Sofia – Brent était coincé au tribunal –, je me rassois à mon bureau et je passe les deux heures qui suivent à étudier mes dossiers, jusqu'à ce que j'entende un raffut devant ma porte. J'entends Mme Higgens dire qu'elle ne peut pas me déranger sans rendez-vous, et pendant une seconde, j'imagine que Chelsea a peut-être décidé de venir avec les enfants.

Ce n'est pas le cas.

— Mme Holten.

Elle est debout à la porte de mon bureau. Elle est vêtue d'une chemise blanche, à peine plus foncée que le teint de sa peau, et d'une jupe bleu marine. Ses mains délicates sont manucurées, et elle porte toujours son alliance.

Mme Holten est la femme du sénateur William Holten. C'est elle qu'il est accusé d'avoir battue à plusieurs reprises, c'est contre elle que je le défends. Or elle se trouve dans mon bureau.

— Il faut que je vous parle, monsieur Becker.

— Je lui ai déjà dit que vous ne pouviez pas la voir, Jake. J'ai...

— Ne vous en faites pas, madame Higgens. Je vais m'en occuper, je rassure ma secrétaire.

Mme Holten pousse un soupir de soulagement et fait un pas vers mon bureau.

— Est-ce que c'est vrai ?

— Madame Holten...

— Je reviens du bureau du procureur. Il m'a dit qu'au procès de mon mari, certaines... indiscrétions... de mon passé pourraient être rendues publiques. Que *vous* alliez les rendre publiques. Est-ce que c'est vrai ?

Je me lève et je parle d'une voix calme et ferme.

— Je ne peux pas vous parler. Vous êtes le témoin principal dans une affaire de droit pénal à l'encontre de votre mari.

— Il faut que je sache !

— On pourrait m'accuser de vouloir influencer votre témoignage. Vous ne pouvez pas être ici, madame Holten.

Elle grince des dents, sur le point de fondre en larmes, mains tremblantes, mais surtout, elle semble *terrifiée*.

— J'ai épousé William quand j'avais dix-huit ans, monsieur Becker. Je n'ai jamais eu de carrière.

Mon seul métier était d'être sa femme, la mère de nos enfants et mannequin pendant ses campagnes. Il est capable de faire traîner notre divorce pendant des années. Il connaît tous les juges. Quand ce sera fini, tout ce qu'il me restera c'est la générosité de certains de ses amis importants et le respect de mes enfants. Si vous savez ce que je pense que vous savez, et si c'est rendu public au procès de William, ils ne me regarderont plus jamais de la même manière. Je vous en supplie, monsieur Becker, je dois m'y préparer.

Je me passe la main dans les cheveux et je lui fais signe de s'asseoir. Elle accepte, mais elle reste raide comme une planche.

— Vous voulez un verre d'eau ?

— Je veux bien, merci.

Je lui sers un verre et je le pose devant elle, puis je me rassois. Lorsque je parle, je choisis mes mots avec précaution, faisant de mon mieux pour déformer les règles sans les enfreindre, et ruiner ma carrière au passage.

— D'un point de vue parfaitement hypothétique, sans parler de cette affaire en particulier, ce cabinet et moi-même avons l'habitude d'engager des détectives privés qui enquêtent sur les témoins d'une affaire. Ils fouillent dans leur passé et dans leurs relations afin de découvrir des informations qui pourraient servir à détériorer leur crédibilité.

— Détériorer leur crédibilité ? répète-t-elle. Alors il suffit qu'on mente une fois pour être étiqueté menteur à vie ?

— Selon les circonstances... oui, je réponds en la regardant dans les yeux.

Mme Holten boit une gorgée d'eau.

— Donc, reprend-elle, si un témoin potentiel a eu

une liaison et a menti à son mari, ses enfants et ses amis... S'il a développé une accoutumance aux anti-douleurs et qu'il a dû passer un certain temps dans un centre de désintoxication... vous pourriez révéler ces informations pour détériorer la crédibilité de ce témoin, monsieur Becker ?

D'après le dossier qui est rangé dans mon tiroir, elle est coupable de toutes ces choses. Mon estomac se noue, mais je ne vais pas lui mentir.

— Dans la mesure de ce qu'accepte le juge... oui. Je pourrais révéler ces faits durant le procès.

— Mais c'est du chantage !

— C'est la loi, madame.

Son souffle devient saccadé et elle pose sa main sur sa gorge.

— Est-ce que je peux vous apporter quelque chose, madame ? demande Stanton en venant vers elle.

Elle ferme les yeux et s'oblige à calmer sa respiration.

— Non, ça ira. C'est juste que... j'ai été bête de penser...

Elle tapote son impeccable chignon et se tourne à nouveau vers moi.

— Dites à William que je vais tout arranger. Et que je vais rentrer à la maison. Dites-lui...

— Je ne peux pas faire ça. Je ne peux pas lui transmettre de messages de votre part. Je...

— Il est important qu'il sache que je suis prête à rentrer à la maison, insiste-elle. Et que je vais tout remettre en ordre. Je sais que j'ai semé la panique, dit-elle en se levant. Je vais trouver la sortie, messieurs. Merci, monsieur Becker, pour votre... honnêteté.

Son regard devient brusquement vide, comme un prisonnier qui sait qu'il va passer sa vie derrière les barreaux. Elle sort sans un bruit et je passe plusieurs secondes à regarder la porte fermée... à me souvenir...

— Ça va, Jake ? demande Stanton.

Je cligne des yeux et secoue la tête pour remettre mes idées en place, puis je me rapproche du bureau pour me concentrer sur mon travail.

— Ouais, ça va, je réponds. Ça fait partie du job, c'est tout.

◆◆◆

Quelques heures plus tard, alors qu'il fait nuit dehors, un nouveau raffut éclate devant ma porte. Celle-ci s'ouvre, et Tom Caldwell, le jeune procureur, débarque.

— Ce doit être la journée des visites surprises, je dis à Stanton. Quelle chance !

Je fais signe à Mme Higgens de partir alors que Tom se rue dans mon bureau.

— Qu'est-ce que tu lui as dit ?

Je recule dans mon fauteuil et je joins les mains.

— Je ne suis pas certain de savoir de quoi tu parles, Tom.

— Ne fais pas l'idiot, tu sais très bien de quoi je parle ! Sabrina Holten est venue me voir pour retirer ses accusations contre son mari. Elle a dit qu'elle ne pouvait pas risquer que des indiscrétions la concernant soient rendues publiques.

— Les témoins instables sont *tellement* pénibles.

— Je sais qu'elle était ici ! aboie-t-il en me fusillant du regard.

— Elle est passée, ouais. Elle avait l'air assez stressée.

Il appuie ses mains sur mon bureau.

— Vous avez parlé de l'affaire ?

— Bien sûr que non, sauf pour dire que, justement, je ne pouvais pas parler de l'affaire avec elle. Nous avons parlé de choses hypothétiques, puis elle est partie. Stanton était là pendant toute la durée de sa visite.

— Hypothétiques..., crache-t-il comme si c'était un gros mot, mon œil, ouais.

— Tu accuses mon collègue de quelque chose, Caldwell ? demande Stanton, de l'autre côté de la pièce.

— Oui, répond-il en me regardant droit dans les yeux. Je l'accuse d'être un enfoiré.

— Je n'aime vraiment pas ce que tu insinues, Tom. La journée a été longue, mieux vaut ne pas me pousser, je réplique d'un ton lugubre.

— Je lui ai dit que j'allais poursuivre le procès quand même, dit-il en se calmant légèrement. Que j'allais soumettre son témoignage à l'écrit.

— Mais je ne te laisserai jamais faire ça, parce que je ne peux pas contre-interroger un témoignage écrit.

— Elle était morte de peur, Becker ! Ça ne te gêne pas ? Même pas un peu ?

Je ne réponds pas, parce que, parfois, il n'y a simplement rien à dire.

— Elle a même dit qu'elle témoignerait *en faveur* de son mari si je ne laissais pas tomber les charges contre lui, poursuit Caldwell. Qu'elle dirait qu'elle était perturbée et que ça faisait partie d'une chasse aux sorcières politique contre lui. J'ai dit que je pouvais l'accuser de parjure.

Stanton éclate de rire.

— Waouh, tu vas poursuivre en justice tes propres témoins ? Ça va te rendre sacrément populaire, Tom, dit-il.

— Je n'allais pas vraiment le faire, répond le procureur. Je voulais juste voir si elle changerait d'avis. Et ce n'est pas le cas. Tu as jeté un œil à son dossier médical ? Sabrina n'est pas sa femme, c'est son sac de frappe !

Je me frotte les yeux. Soudain, je me sens... fatigué. De tout ça.

— Qu'est-ce que tu attends de moi, Caldwell ? Je ne comprends pas, qu'est-ce que tu veux que je fasse ?

Son regard se promène sur mon visage avec une expression de dégoût.

— J'aimerais savoir comment tu arrives à vivre en sachant ce que tu fais, dit-il enfin.

Je ne prends pas la peine de répondre et un lourd silence s'installe dans la pièce.

— Laisse tomber. Peu importe, je n'ai pas de temps à perdre avec toi.

Il tourne les talons et claque la porte derrière lui. Je décide d'en faire de même et je me lève pour ranger mes dossiers dans mon attaché-case.

— Je m'en vais, je dis à Stanton.

— Tu veux dîner à la maison ce soir ? Avec Sofia et moi ?

— Pas ce soir, mec. Plus vite je dormirai, plus vite cette foutue journée sera finie.

◆◆◆

Cependant, je ne rentre pas chez moi. Je vais plutôt dans un petit bar de quartier un peu miteux avec des serveurs désagréables, une clientèle presque inexistante, et un whisky délicieux. Au lieu d'avoir à gérer les barmans aimables à la recherche de pourboires et des clientes à la recherche d'un plan cul, ici, je sais qu'on me laissera tranquille. Et c'est justement ce dont j'ai besoin.

Je m'assois sur le tabouret de bar, face à un barman bâti comme un bœuf qui me sert un double whisky, sec.

Je jette quelques billets sur le bar en bois moisi, bien plus qu'il ne faut.

— Laisse-moi la bouteille entière, je lui dis.

20

Quelques heures plus tard, je gravis en titubant les marches de la porte d'entrée de Chelsea, sans me rappeler comment je suis arrivé là. Je regarde derrière moi : ma voiture est garée n'importe comment sur la pelouse.

Les lumières de la maison sont éteintes, et tout est calme dans la demeure des McQuaid. Je calcule qu'il est trop tard pour me pointer ici, et surtout pour frapper à la porte. C'est alors que je me souviens de la clé sous le paillasson – je suis un génie. *Yes*, elle est là. Je déverrouille la porte et j'entre sur la pointe des pieds, autant que mes cent kilos le permettent, en tout cas. La boule de poils vient vers moi, ses petits ongles cliquetant sur le carrelage, reniflant mes pieds.

— Salut Sammy[1], où est Scooby ? je dis en riant alors que ce n'est pas drôle.

J'entre dans la cuisine et je prends une bouteille d'eau fraîche dans le réfrigérateur. Je l'ai vidée à moitié lorsque Chelsea saute dans la pièce, une batte de baseball dans les mains, prête à frapper. Son air paniqué

1. Personnage du dessin animé *Scooby-Doo* dont les cheveux lui tombent sur le visage.

disparaît lorsqu'elle me voit, et elle prend une mine agacée. Au moins, elle abaisse la batte.

— Jake ? Tu m'as foutu la trouille de ma vie !

— Combien de fois je t'ai dit de bouger cette clé ? je bafouille. C'est le premier endroit où regarderont les cambrioleurs. J'en suis la preuve, j'ai réussi à rentrer et maintenant tu es coincée avec moi.

Elle penche la tête sur le côté en fronçant les sourcils. C'est adorable. J'ai envie d'embrasser ses sourcils et tout son visage. J'ai envie de la lécher de la tête aux pieds et de me frotter à elle jusqu'à ce qu'elle porte mon odeur. Pour que tout le monde sache qu'elle appartient à quelqu'un.

— Tu es bourré ? chuchote-t-elle.

Elle a vraiment besoin de me le demander ?

— Ouaip ! Ivre mort, je suis.

Merci, Maître Yoda.

— Est-ce que tu es... tout va bien ?

— C'était une rude journée au boulot, bébé. J'ai mérité ma bouteille de whisky.

— Qu'est-ce qu'il s'est passé ?

— Il fallait que je te voie. Pour arranger les choses, je réponds en évitant sa question.

Elle me dévisage quelques secondes, puis elle pose la batte de baseball dans un coin.

— Ne fais pas de bruit, d'accord ? dit-elle en me tendant la main. Ne réveille pas les enfants.

Ce serait affreux. Je verrouille ma bouche avec une clé imaginaire.

Cependant, elle commence à m'emmener en direction de sa chambre lorsque je la tire vers moi, l'obligeant à s'écraser contre moi, parce que je dois lui dire quelque chose qui ne peut pas attendre.

— Chelsea... je ne pensais pas ce que je t'ai dit. Je *suis* de ton côté.

Elle étudie mon visage et elle sourit tendrement, puis elle passe sa main dans mes cheveux.

— Je sais.

Nous arrivons dans sa chambre sans être repérés. Elle ferme la porte tandis que je m'assois sur le lit, tirant sur ma cravate. Elle vient à ma rescousse et la passe au-dessus de ma tête, puis elle s'occupe d'enlever ma chemise et mon pantalon, me laissant en boxer et en tee-shirt.

Je l'observe avec un regard voilé, admirant sa façon de se mouvoir avec tant de grâce, découvrant pour la première fois son sourire réprobateur.

— Tu es tellement belle.

Elle lève la tête en jetant mes chaussettes par-dessus son épaule.

— Tu es pas mal non plus, tu sais. Vas-y, allonge-toi.

Je fais ce qu'elle me dit, m'allongeant sur le dos, un bras replié derrière ma tête. Chelsea se blottit contre moi et pose sa tête sur mon torse.

— Qu'est-ce qu'il se passe, Jake ?

Quelque part au fond de moi se cache la vérité, sous d'innombrables couches de déception et de honte. Cependant, elle veut se montrer un peu comme un animal blessé montre son ventre lorsqu'il sait qu'il a perdu la bagarre, pour accélérer l'inévitable.

— Je ne suis pas quelqu'un de bien, je chuchote.

Chelsea lève la tête et je sens son menton dans mes côtes.

— Tu es l'un des meilleurs hommes que je connaisse,

sur tous les plans, dit-elle d'une voix incrédule et amusée, comme si elle pensait que je plaisantais.

Je ne la contredis pas, après tout elle l'apprendra tôt ou tard. *La vérité vous affranchira*[1], non ? Quelle blague. La vérité est moche et elle vous emprisonne. Quand elle voit enfin le jour, tout s'écroule autour de vous.

— Je t'ai déjà parlé de mon père ?

— Tu as dit qu'il était parti quand tu avais huit ans.

— Oui, il est parti, ça c'est clair, je ricane.

Je secoue la tête en me replongeant dans les souvenirs sombres que j'aurais mieux fait d'oublier.

— Ce type était vraiment un enfoiré, même dans ses meilleurs jours. Quand il buvait... il devenait vraiment dangereux. Je me souviens que ma mère... était toujours parfaitement immobile. J'avais l'habitude de regarder sa poitrine, juste pour m'assurer qu'elle respirait encore. C'était comme si elle essayait de se fondre dans le papier peint, pour qu'il n'ait aucune raison de...

Toutefois, les hommes comme mon père n'ont pas besoin de raisons en particulier pour frapper.

— La dernière fois... c'était parce qu'elle avait éternué.

Je revois encore la scène. Le coup qu'il a mis dans le plateau, faisant valser son assiette sur la télé et sur les murs, y laissant des marques de purée graisseuses. La façon dont il l'a empoignée.

— Tu le crois, toi ? Parce qu'elle a éternué, bon sang.

J'ose enfin tourner la tête vers Chelsea, qui me regarde avec sympathie et tristesse, mais sans pitié.

---

1. Parole de Jésus, Jean 8, 32.

— Et elle était si petite, Chelsea. Même quand j'étais gosse, je voyais qu'elle était minuscule à côté de lui, je dis en déglutissant pour réussir à prononcer la suite. Il l'a jetée dans les escaliers, et je me souviens avoir pensé qu'il n'allait pas s'arrêter, cette fois-ci. Il lui avait dit qu'il le ferait, un jour. Et que quand ça arriverait, il l'enterrerait là où personne ne pourrait la trouver. Il lui avait dit qu'elle ne manquerait à personne, je dis, alors que les larmes emplissent mes yeux. Personne sauf moi, j'ajoute d'une voix rauque. Alors j'ai ouvert la boîte qu'il gardait sous le lit – cet abruti ne le déchargeait pas – et j'ai marché avec dans le salon, où j'ai visé mon père. Le pistolet n'était pas lourd et mes mains ne tremblaient pas. Mais quand je l'ai armé, le bruit m'a semblé assourdissant. Il s'est arrêté tout de suite. Il s'est figé sur place. Il savait parfaitement d'où venait ce bruit. Il s'est tourné, lentement, et j'ai continué à viser sa poitrine. Je lui ai dit de partir, de nous ficher la paix... que sinon je le tuerais. Et je l'aurais fait.

Je ne sais quand, Chelsea s'est mise à caresser mon torse et mon ventre, mais je le constate seulement maintenant, et ça m'encourage à finir.

— Je suppose que ce qu'on dit est vrai. Les lâches ne s'attaquent qu'aux cibles faciles, à celles qui ne se défendront pas. Parce qu'il est parti, et il n'est jamais revenu.

Pendant un moment, le seul bruit ambiant est celui de nos souffles.

— C'est pour ça que tu fais ce métier, dit enfin Chelsea d'une voix pleine d'admiration.

— Qu'est-ce que tu veux dire ?

— Tu défends les autres. Comme tu as défendu ta mère... et Rory. Tu leur offres une chance de repartir de zéro.

— La plupart des gens ne voient pas les choses ainsi, Chelsea, je dis en fermant les yeux.

— Eh bien, *moi*, je le vois comme ça, répond-elle en posant sa main sur ma joue.

Son expression est tout ce dont je rêve, tendre, affectueuse, comme si j'étais le héros de l'histoire. Et mon Dieu, qu'est-ce que j'aimerais être égoïste et finir d'arracher nos vêtements pour éviter qu'elle me voie autrement qu'en cet instant. J'aimerais *tellement* la garder pour moi.

Cependant, l'horrible vérité finit toujours par sortir, et Chelsea mérite de l'entendre de ma bouche.

— Aujourd'hui, j'ai défendu un homme qui est exactement comme mon père.

Ses caresses deviennent hésitantes, puis elles s'arrêtent.

— Sa femme... est avec lui depuis trente ans, elle a encaissé tous ses coups, et elle a enfin eu le courage de le quitter. De lui dire d'aller se faire foutre. Et je lui ai enlevé cette chance. Il lui fait du mal, je le sais, et à cause de moi, elle va continuer à souffrir.

Je regarde Chelsea dans les yeux, espérant que j'y trouverai une réponse que je peux supporter.

— C'est un monstre, Chelsea. Et je l'ai défendu. Qu'est-ce que ça fait de moi ?

Son rythme cardiaque accélère, comme un oiseau qui vient tout juste de comprendre qu'il est en cage. Elle étudie mon visage... cherchant quoi répondre.

— Jake... parfois, dans la vie, on doit faire des choix difficiles...

— Mais *justement*, je dis en saisissant ses bras et en la tirant contre moi, si j'étais un homme bien, le choix ne serait pas difficile, il serait évident.

Quelque chose en moi s'effondre sous le poids de tout ce que je désire. Je veux Chelsea, cette femme courageuse et magnifique, et je veux les enfants. Ces gosses parfaits, affreux et géniaux, qu'elle aime de tout son cœur et de toute son âme. Je veux qu'ils soient à moi, pour pouvoir les protéger, leur apprendre ce que je sais. Pour partager leurs joies, leurs rires, leur amour. Je veux vivre ici et me noyer dedans, être la raison de leur bonheur.

Cependant, et c'est le plus important, je veux les mériter.

Aujourd'hui, j'ai justement eu la preuve du contraire.

— Je ne devrais même pas être ici, je dis. Tu mérites un homme qui sait ce qui est bien et qui agit en conséquence. Je veux... bon sang, Chelsea... je *veux* être cet homme pour toi.

Sans dire un mot, Chelsea se soulève et remonte sur le lit, puis elle blottit ma tête contre sa poitrine. Elle est douce, chaude, et son parfum est divin. Elle chuchote des mots doux, caresse mes cheveux, ma nuque. Il n'y a nulle part sur terre où je préférerais être.

— Ne t'en fais pas, Jake. Endors-toi. Chuuut... tout va bien.

21

— Je crois qu'il est mort.
— Il n'est pas mort, puisqu'il respire encore.
— On peut respirer, même si on est mort ?
— Non. Enfin peut-être. Mais il faudrait un respirateur artificiel.
Sniff, sniff.
— Il sent le mort.
Je sens une pression sur ma paupière, puis elle est ouverte de force, révélant le visage flou de Rosaleen.
— Est-ce que t'es mort ? crie-t-elle.
Apparemment, elle croit aussi que je suis sourd.
— Oui, je suis mort, je dis en roulant sur le côté. Laissez-moi reposer en paix.
Cependant, la douleur lancinante dans ma tête ne va pas me laisser me rendormir. C'est comme si des parasites avec de longues griffes s'étaient frayés un chemin dans mon cerveau et qu'ils essayaient d'ouvrir mon crâne depuis l'intérieur. Mon ventre ne cesse de tourner, comme le chargement d'un lave-linge, et même si ça fait presque dix ans que je n'ai pas vomi à cause d'une gueule de bois, il se pourrait bien que cela se produise à nouveau aujourd'hui.
— Je pourrais te guérir, tu sais.

C'est la voix de Raymond. Je roule de nouveau sur le dos et j'ouvre les yeux. Ils sont tous les quatre, Raymond, Rory, Riley et Rosaleen, en train de me dévisager, prêts pour l'école, l'air dégoûtés.

— Comment ?

— Notre mère était à fond dans l'homéopathie. Je pourrais te préparer un cocktail.

— OK.

Ça montre à quel point je suis désespéré, n'est-ce pas ? J'écoute un gamin de neuf ans, bon sang. Je m'appuie aux murs en me rendant dans la cuisine. Chelsea est là, vêtue d'un legging noir et d'un tee-shirt Berkeley super sexy. Si seulement je me sentais suffisamment bien pour lui montrer à quel point je la trouve belle.

Elle est en train de fourrer une compote verte dans la bouche de Ronan, et je suis à deux doigts de vomir. Cependant, le petit a l'air d'apprécier son petit déjeuner.

— Ah, tu es debout, dit-elle d'une voix joyeuse. Mon Dieu, tu as une mine horrible.

— Ça semble logique, je me *sens* horrible.

Je m'assois sur un tabouret pendant que Raymond sort le mixeur et commence à y verser des jus de fruits, des capsules et des gélules. Il allume la machine, et ma tête explose. Au bout de deux longues minutes, il verse la mixture marron et épaisse dans un verre qu'il pose devant moi. Ils me regardent tous, même le bébé.

— Ça va vraiment marcher ? je demande.

— Eh ben... soit ça marche, soit tu vomis. Dans tous les cas, tu te sentiras mieux.

Il n'a pas tort. Je l'avale en faisant de mon mieux pour ne pas respirer. Je rote bruyamment et mon estomac gargouille, puis je pose mon front sur le plan de travail.

— Achevez-moi, je vous en supplie.

— Bon, les enfants, c'est l'heure d'aller à l'école, annonce Chelsea en leur distribuant leurs paniers repas et leurs sacs à dos. Je les entends marcher dans le couloir, puis la porte d'entrée claque. Je crois que je m'endors quelques minutes, parce que quand je me réveille, il n'y a plus que Chelsea et moi dans la cuisine.

Elle me sert un grand verre d'eau en me regardant.

— Merci.

Je ne me souviens pas de tout ce qu'il s'est passé hier soir, seulement de quelques paroles et de quelques images, mais je me sens quand même obligé de m'excuser.

— Je suis désolé pour hier soir.

— Pourquoi ? demande-t-elle en empilant la vaisselle dans l'évier. Ce n'est pas comme si tu m'avais sauté dessus.

— Non, ça, je m'en souviendrais, c'est sûr.

Elle me regarde avec un sourire timide.

— Chelsea..., je commence d'une voix désespérée. Je suis désolé pour ce que je t'ai dit l'autre jour, aussi. Je ne fais pas que passer du bon temps avec toi, tu le sais, non ? Il faut que tu saches que tu es... beaucoup plus que ça. C'est juste que je ne gère pas très bien le... *beaucoup plus*.

Son visage s'adoucit et son regard se remplit de tendresse. Elle humecte ses lèvres et semble chercher ses mots.

— Tu m'as manqué. Je sais que ça n'a duré qu'un jour, et que ça va sans doute te foutre la trouille... Mais j'aime que tu sois là. On n'est pas obligés de... d'aller de l'avant si ça te met mal à l'aise. On peut garder les choses ainsi, ça me va aussi. Je trouve la situation plutôt... géniale.

Je prends une de ses mains dans les miennes, la regardant disparaître, si petite, si belle.

— Je la trouve plutôt géniale, moi aussi.

— Tant mieux, dit-elle alors que son sourire s'étend.

Je bâille et je m'étire... et... waouh. Je crois que je commence à me sentir mieux. Raymond tient peut-être quelque chose, j'espère qu'il a noté la recette quelque part.

— Il faut que j'aille au boulot, mais avant de passer chez moi pour me changer, j'aimerais vraiment prendre une douche.

Chelsea passe sa main dans mes cheveux, massant mon crâne.

— Il y a cinq douches dans cette maison, choisis celle que tu veux.

— Moi, j'aime bien celle de ta chambre, je réponds en souriant.

Deux minutes plus tard, l'eau presque brûlante détend mes muscles courbatus. Je penche la tête en arrière sous le pommeau de douche, laissant l'eau couler sur mon visage et la journée d'hier avec. Mes conversations avec Mme Holten, puis Tom Caldwell, ainsi que les sentiments qu'elles ont fait resurgir, disparaissent dans le siphon.

Je retourne dans la chambre de Chelsea avec une serviette autour de la taille. Elle est là, en train de ranger des petits bouts de dentelle dans son tiroir. Elle me regarde et ses yeux suivent les gouttes d'eau qui dévalent sur mon torse. Ma queue se réveille sous son regard brûlant, et elle ne manque pas de le remarquer.

— *On* se sent mieux ?

— Beaucoup mieux, je dis en me léchant les lèvres.
Soudain, la serviette tombe à mes pieds.

◆◆◆

Les jours qui suivent, Chelsea et moi retrouvons notre routine, dans la chambre comme à l'extérieur. Ma vie redevient normale, une normalité étrange et différente qui inclut Chelsea et les enfants. Un jour, Chelsea nous rejoint, Brent, Sofia, Stanton et moi, pour déjeuner, et Sofia tient Ronan sur ses genoux pendant tout le repas. J'emmène Rory aux épreuves de sélection de l'équipe de baseball du coin, et nous fêtons sa réussite en mangeant des pizzas sur la terrasse. Rosaleen commence des cours de piano avec un nouveau professeur qui vient à la maison – j'assiste à l'heure entière pour m'assurer qu'il n'a pas apporté de règle en bois. Riley découvre 5 Seconds of Summer, et One Direction est déclassé – même si, selon moi, ils se ressemblent tous. Ronan commence à faire ses nuits, ce qui est un énorme bonus, et Raymond profite de ses journées d'école sans encombre. Quant à Regan, elle fait usage de son nouveau pouvoir en nous disant « non » à tous, dès qu'elle en a l'occasion.

C'est plutôt génial.

Cependant... un jour... tout change. Pour le pire.

◆◆◆

Après que Mme Holten a eu retiré son témoignage et refusé d'aider le procureur, Tom Caldwell n'a eu d'autre choix que de laisser tomber les charges contre le sénateur. C'est donc une victoire pour mon cabinet, et c'est potentiellement une avancée énorme pour ma carrière. Je suis désormais le chouchou de Jonas Adams et la personne préférée du sénateur Holten, un homme à l'influence considérable, à Washington. En fin d'après-midi, un vendredi, le sénateur libère de la place dans son agenda chargé pour venir au cabinet, dans le bureau de Jonas afin de me rencontrer. Pour parler de mon avenir et discuter de tous les accords que cet homme diabolique veut conclure.

Nous sommes assis sur le canapé en cuir du bureau de Jonas, savourant un délicieux whisky. Holten parle d'un « bon ami » qu'on tente d'accuser de blanchiment d'argent. Ses yeux sont noirs, vides, sans âme, et ça me fout les jetons.

Le sénateur parle toujours lorsque mon téléphone vibre dans ma poche. Je le regarde discrètement, c'est Chelsea. Je rejette l'appel. Cependant, quelques minutes plus tard, les poils de mon bras se hérissent lorsqu'elle rappelle.

J'hésite à décrocher, mais je renvoie de nouveau l'appel sur ma messagerie. Cette réunion pourrait être la plus importante de ma carrière, ce n'est pas le moment pour entendre sur combien de mètres Ronan a rampé aujourd'hui.

Nous vidons nos verres et le sujet vire sur mes affaires récentes, et sur ma victoire pour Holten. C'est alors que Veronica, la secrétaire de M. Adams, entre dans la pièce, gênée de nous déranger.

— Excusez-moi de vous interrompre, messieurs. Monsieur Becker, Mme Higgens est sur la ligne une avec un appel urgent pour vous.

Je pense immédiatement aux enfants– que Rory a encore eu des ennuis ou que Regan a eu un accident.

Rien de grave, bien sûr, une fracture ou une coupure qu'il faut recoudre. Toutefois, je masque mon inquiétude en haussant les épaules.

— Je suis désolé, messieurs, c'est ce qui arrive lorsqu'on est très demandé.

— Servez-vous de mon téléphone, Becker, dit Adams en hochant la tête.

Je reste debout à son bureau tandis qu'ils reprennent leur conversation, et j'appuie sur le bouton qui clignote. Il y a un clic, une pause, puis la connexion se fait.

— Jake ?

Dans cette seule syllabe, je sais que quelque chose de grave est arrivé. Chelsea respire fort, comme lorsque vous vous faites mal et que vous haletez pour mieux supporter la douleur.

— Qu'est-ce qu'il se passe ?

— Janet est là. Avec... des policiers. Ils ont... un mandat pour...

Mon cœur se met à battre la chamade.

— Ils me prennent les enfants, Jake.

J'ai l'impression de tomber dans un puits sans fond.

— Je pars tout de suite. Dis-leur... dis-leur que j'arrive.

— Dépêche-toi, supplie-t-elle avant de raccrocher.

Je repose le combiné et il me faut tout mon self-control pour ne pas sortir du bureau en courant.

— Je suis désolé, mais je dois partir, je dis en empoignant mon attaché-case et en me dirigeant vers la porte.

— Becker, le sénateur Holten n'est libre *que* cet après-midi.

J'ai déjà la poignée de la porte en main, mais je m'oblige à m'arrêter et à me tourner.

— Je sais, je suis vraiment navré que nous n'ayons pas pu parler plus longtemps, monsieur le sénateur. Mais... c'est une urgence familiale, je lâche instinctivement.

22

Je pousse la porte d'un coup de pied, fou de rage, faisant de mon mieux pour ne pas perdre le contrôle. Les émotions nous rendent brouillon et c'est ainsi que l'on commet des erreurs. Or je ne peux pas me permettre de merder.

Le hall d'entrée est vide, alors je me précipite dans le salon. La première que je vois, c'est Riley avec un sac à dos bleu à ses pieds, caressant le dos de sa petite sœur qui enfouit son visage dans son ventre. L'adolescente de quatorze ans me regarde, les yeux remplis de larmes qu'elle refuse de laisser couler.

— Ça va, dit-elle en faisant de son mieux pour rester courageuse. Je vais bien.

Je remarque un policier en uniforme dans un coin ; il a l'air jeune, je parie qu'il sort tout juste de l'école. Je me demande si, quand il a signé son contrat, il s'attendait à arracher des enfants morts de peur à leur seule maison. Il prend une photo de famille sur la table basse et la regarde.

— Ne touchez pas à ça, j'aboie.

Il repose le cadre et lève les mains en signe de capitulation. Je passe devant lui pour retrouver Chelsea. Dans ses bras, Regan a l'air perdue et, à ses pieds,

Ronan observe la situation depuis sa nacelle. Les yeux de Chelsea paraissent sauvages et terrifiés et elle ne cesse de se triturer les mains. Elle soupire, soulagée de me voir.

— Qu'est-ce qu'il se passe, Janet ? je crache à l'assistante sociale qui est debout à ses côtés.

— Ce n'est pas ma décision. Ça vient de plus haut, dit-elle en secouant la tête.

— C'est qui, « plus haut » ?

À qui je dois arracher les yeux ?

— Le directeur des services de protection de l'enfance a revu le dossier et a décidé de retirer les enfants du foyer. Il s'appelle Dexter Smeed.

Je prends l'arrêté du tribunal des mains de Chelsea.

— « Négligence et mise en danger des enfants. » C'est une blague ?

Janet pince ses lèvres, l'air désolée.

— Je ne sais pas quoi vous dire.

Je relis de nouveau le papier, vérifiant la date, la formulation, les signatures. Cherchant n'importe quoi pour l'invalider.

— Tu vas pouvoir faire quelque chose, n'est-ce pas ? demande Chelsea en m'implorant du regard. Un droit de réponse, un délai ? Pour qu'ils restent ?

Sa voix est pleine d'espoir et de confiance, c'est affreux.

— On les récupérera, je dis en lui prenant le bras. Je te le promets, Chelsea. On les récupérera.

Elle me dévisage un moment sans cligner des yeux, comme si elle ne comprenait pas ce que je lui dis. Puis, soudain, je vois qu'elle encaisse. Elle ferme les yeux et elle inspire lentement par le nez. Lorsqu'elle rouvre les paupières, elle a érigé un mur autour de ses émotions, pour rester forte, pour les enfants. Jusqu'à... plus tard.

Chelsea hoche la tête et s'oblige à sourire, puis elle va vers Riley et Rosaleen, caressant leurs cheveux en leur disant qu'elles vont rester chez des amis de Janet pendant quelque temps, que ce sera super et qu'ils s'amuseront comme des fous.

Quant à moi, je prie pour qu'ils n'entendent pas sa voix trembler.

— Où les emmenez-vous ? je demande à Janet.

J'ai lu un article au Juge, le mois dernier, qui parlait des centres d'accueil pleins à craquer et du manque de familles d'accueil à Washington. J'imagine alors trois voitures différentes, chacune avec deux enfants, partant dans des directions opposées.

— Je ne peux pas vous le dire.

— Alors dites-moi qu'ils vont rester ensemble, Janet, je grogne.

Cependant, loin d'être agressive, ma voix est surtout désespérée.

— Il y a une famille avec laquelle on a déjà travaillé. Des gens bien. Ils sont d'accord pour prendre les six... pour le week-end.

— Le week-end ? C'est tout ? je demande en paniquant.

— Après ça, ça dépendra de ce qui est disponible, dit-elle avant de reprendre un ton professionnel. Tout est dans le dossier que j'ai donné à Chelsea, ses droits, ses options. Elle peut demander une audience en urgence.

— Bon sang !

J'entends des pas dans l'escalier et Raymond apparaît avec un visage stoïque, mais ses yeux rouges et ses reniflements le trahissent. Il lâche son sac et court dans les bras de Chelsea.

De mon côté, j'essaie de trouver quelque chose à dire, des mots qui pourraient atténuer ce cauchemar. Cependant, j'ai à peine ouvert la bouche que Rory arrive à son tour, les yeux écarquillés, sous le choc. Je m'attends à ce qu'il rejoigne ses frères et sœurs dans les bras de Chelsea, mais ce n'est pas le cas.

Il court vers moi. Son petit corps s'écrase contre le mien, m'entourant avec ses bras, s'accrochant aussi fort que possible. Sa voix est étouffée par ses vêtements, mais j'entends tout ce qu'il dit.

— Je suis désolé. Je suis tellement désolé. Je vais être sage. Je te promets d'être sage.

J'ai les larmes aux yeux et le cœur brisé d'entendre ce pauvre gosse paumé déverser tout ce qu'il a sur le cœur...

Je m'agenouille devant lui et je le recule pour le regarder dans les yeux.

— Ce n'est pas ta faute, Rory. Rien de ce que tu as fait n'a provoqué cette situation.

— Mais...

— Ce n'est *pas* ta faute, petit.

— Ne les... laisse... pas... nous... prendre..., bégaie-t-il.

— Je vais vous ramener à la maison. Je vais tous vous ramener à la maison, je déclare d'une voix sans équivoque.

Il plonge son regard dans le mien, cherchant à vérifier ma sincérité.

— Quand ?

— Lundi, je dis en maugréant intérieurement contre l'heure qu'il est et le manque d'audiences durant le week-end. Je vous ramènerai à la maison *lundi*. Tu te souviens de ce que je t'ai dit à propos d'un homme et de sa parole ?

Il hoche la tête.

— Tout ce qui compte c'est la parole d'un homme, qu'il dise ce qu'il pense et qu'il fasse ce qu'il dit.

Je lui souris tristement.

— Exactement. Je t'ai donné ma parole, Rory. Je vais vous ramener lundi.

Je lève la tête et je regarde tous les enfants autour d'elle qui m'observent et m'écoutent.

— Mais d'ici là, je dis à Rory, tu dois être fort, d'accord ? Il faut que vous preniez soin les uns des autres. Ne vous disputez pas. Aidez-vous.

Rory encaisse mes paroles et il hoche lentement la tête en contractant la mâchoire, puis il essuie sa joue. Il est prêt.

◆◆◆

Nous installons les six enfants dans le van. Chelsea les prend un par un dans ses bras et les embrasse avant qu'ils ne montent dans le véhicule, et elle semble se déchirer un peu plus chaque fois qu'elle en lâche un. Le visage de Rosaleen est rouge et trempé de larmes.

— Je veux rester ici, pleure-t-elle.

— Je sais, ma puce, je dis en caressant sa joue du revers de la main. Ce ne sera pas long. Ça passera super vite.

La lèvre de Regan tremble, même si je ne suis pas certain qu'elle comprenne ce qu'il se passe.

— Noooon...

Je n'ai pas la force de lui répondre. Tout ce que je peux faire, c'est l'embrasser sur le front.

Chelsea et moi reculons tandis que Janet ferme la portière coulissante du minibus qui résonne comme une porte de prison, puis elle s'installe au volant. Chelsea leur fait au revoir de la main et continue de leur parler, même s'ils ne l'entendent plus.

— Je vous aime ! Soyez sages ! On se voit très très vite. Tout va bien se passer. Ne vous inquiétez pas. Je vous prom...

Sa voix craque.

— ... promets que tout ira bien.

Sa main est encore en l'air lorsque le minibus descend l'allée, suivi par la voiture de police, et qu'il passe le portail avant de disparaître. Il est à peine hors de vue que Chelsea s'effondre. Un sifflement aigu s'échappe de sa gorge et elle cache son visage dans ses mains. Je pose mes mains sur ses épaules pour qu'elle sache que je suis là, et elle pousse un hurlement horrible. Un sanglot strident que je n'oublierai jamais, une douleur si vive et si profonde qu'elle ne peut que pleurer, oubliant presque de respirer.

Ses genoux cèdent et je la rattrape. Elle se cramponne à ma chemise et elle y cache sa figure, pleurant si fort que le tissu est trempé lorsque nous arrivons dans la maison.

— Ils avaient tellement peur, Jake. Mon Dieu, ils étaient terrorisés !

C'est affreux. Chacun de ses mots me fait l'effet d'un coup de fouet tranchant. Je l'emmène directement dans sa chambre car les enfants ont laissé leurs marques partout dans cette maison. Je m'assois sur le lit, tenant Chelsea contre moi, caressant ses cheveux, l'embrassant sur le front, lui chuchotant des mots vides de sens pour la rassurer.

Elle sanglote, longtemps, et je sais que ce n'est pas seulement pour les enfants. Elle est en train de libérer toute la tristesse causée par la mort de son frère et de sa belle-sœur, toute sa solitude, toute l'angoisse qu'elle ne s'est jamais autorisée à ressentir.

— Mon frère était un bon frère, sanglote-t-elle.

— Je sais.

— Je l'aimais.

— Je sais que tu l'aimais, je dis d'une voix douce.

— Et il est parti. Il me manque... tellement...

— Je sais, ma puce, je répète en la serrant plus fort dans mes bras.

— Je n'avais qu'une seule chose à faire. Une seule... et j'ai échoué ! Je les ai perdus...

— Chut... ça va aller.

— Ils sont partis... Mon Dieu... ils sont partis...

— On va les récupérer, je te le promets.

Chelsea, épuisée, finit par sombrer dans un profond sommeil. Je reste éveillé toute la nuit à la tenir contre moi, à lui chuchoter des promesses lorsqu'elle gémit dans son sommeil, lorsqu'elle fronce les sourcils et qu'elle panique. Je pense aux enfants, à chacun d'entre eux, je les visualise dans ma tête. Le son de leur voix, leurs petites mains, leur odeur lorsqu'ils ont joué dehors, un mélange de terre, de soleil et de bonheur. J'essaie de me convaincre qu'ils seront en sécurité, d'une façon ou d'une autre, si je continue de penser à eux.

Cependant, l'imagination est une chose sacrément tordue, car en parallèle, je pense aussi à tout ce que j'ai vu. À tout ce que j'ai lu ou entendu de la bouche de clients et de collègues. Je me demande si les enfants appellent Chelsea, ou même leurs parents, s'ils sont cachés sous leur couverture pour pleurer, parce qu'ils sont entourés d'étrangers et qu'ils ne savent pas ce qui les attend demain.

C'est la nuit la plus longue de ma vie.

23

Lorsque le matin arrive, je dépose délicatement Chelsea sur le lit et je file à la cuisine. Je mets la cafetière en marche, je fais sortir le chien, et je remplis son bol de croquettes. Il regarde son repas d'un air triste, puis il le rejette et se roule en boule sur le canapé en soupirant.

— Je sais ce que tu ressens, mon pote, je dis en lui caressant la tête.

Ouaf !

J'apporte une tasse de café à Chelsea, je la dépose sur la table de nuit, et je m'assois sur le lit. Lorsque je mets ma main sur sa hanche, elle ouvre grand les yeux en retenant son souffle avec un cri aigu, comme si je la réveillais d'un mauvais rêve. Elle regarde autour d'elle et son visage s'assombrit lorsqu'elle réalise que son cauchemar est réalité. Elle retombe sur l'oreiller en soupirant et elle me regarde dans les yeux.

— Merci pour hier soir. Merci d'être resté avec moi.

— Ne me remercie pas, c'est normal, je dis en caressant ses cheveux en arrière. Il faut que j'aille au bureau pour préparer l'audience de lundi.

— D'accord, merci, répond-elle d'une voix lugubre. Je peux venir avec toi ?

— Bien sûr.

◆◆◆

J'appelle Stanton, Sofia, puis Brent, pendant que Chelsea s'habille. Je leur raconte ce qu'il s'est passé hier et je leur demande de me retrouver au bureau. Les procédures en droit de la famille sont légèrement différentes de celles que j'ai l'habitude de traiter et je vais devoir me familiariser avec, mais dans le fond, ça reste une audience. Il va me falloir des preuves, ainsi qu'une tonne de jurisprudence pour étayer mon argument et prouver que les enfants ont leur place avec Chelsea, et que la protection de l'enfance a franchi la ligne en lui en retirant la garde.

Chelsea entre dans la pièce en sirotant son café, vêtue d'un jean et d'un chemisier ample en soie rouge. Ses cheveux flamboyants, relevés en queue-de-cheval, brillent de mille feux dans la lumière du soleil qui inonde la pièce. Elle a l'air d'aller mieux mais... je ne dirais pas qu'elle a l'air *en forme*. Elle me fait penser à une assiette en porcelaine qu'on aurait recollée en sachant que la moindre secousse pourrait la briser à nouveau.

Nous nous arrêtons pour acheter des bagels en allant chez moi, où je me change, puis nous allons aux bureaux d'Adams & Williamson. Il n'est pas habituel de travailler le samedi, ici, donc il y a quelques avocats en tenue décontractée. J'emmène Chelsea dans mon bureau, où nous retrouvons Stanton, Sofia et Brent.

Chacun leur tour, ils prennent Chelsea dans les bras, puis tout le monde s'assoit autour de mon bureau.

— Ils ont tout, je dis en feuilletant le rapport qui accompagne la convocation à l'audience.

Et sur papier, ce n'est pas bon.

— L'arrestation de Rory et son bras cassé, celle de Riley après la fête, l'altercation entre Raymond et Jeremy Sheridan. Ils parlent même de la disparition de Rosaleen. Ils ont posé des micros dans la maison ou quoi ?

— Ils ont probablement interrogé les voisins, suppose Sofia, ou des parents d'amis. Chelsea, le rapport dit que Regan ne parle toujours pas et que tu ne t'en es pas occupée.

— Elle n'a pas de problème, répond Chelsea en secouant la tête. Tous les enfants ont parlé tard. Rachel a flippé, au début, mais le pédiatre lui a toujours dit que c'était parfaitement normal.

— Il nous faut une déclaration écrite du pédiatre, je dis à Sofia, et du psy de Rory, et des profs de tous les gamins disant qu'ils sont intelligents et qu'ils ont de bonnes notes à l'école. Ça jouera en notre faveur.

Stanton hoche la tête.

— Je vais essayer d'en savoir plus sur ce Dexter Smeed et sur les services de protection de l'enfance, histoire de voir quelles sont leurs dernières statistiques.

Chacun part s'occuper de sa tâche, mais Brent s'occupe d'abord d'installer Chelsea sur le canapé en cuir près de la fenêtre. Il lui donne une tasse de thé puis il sort une petite fiole de sa poche et il en verse une bonne dose.

— Un petit remontant le matin, ça fait du bien. Ça favorise la circulation sanguine.

— Merci, Brent.

— Tu n'as pas à t'inquiéter, Chelsea. Ils ont réveillé un géant endormi, et Jake est le géant le plus flippant de la ville.

◆◆◆

Quelques heures plus tard, je me trouve dans la bibliothèque du cabinet en train de chercher plusieurs gros volumes sur les étagères bondées. Je sens le regard de Stanton sur moi tandis qu'il sort lui-même un bouquin d'une rangée du bas.

— Comment ça va, mec ?

— À ton avis ? je réponds sans lever les yeux.

— Je crois que tu es super en colère et que tu n'arrives pas à décider qui tu veux tuer en premier. En tout cas, c'est ce que je ressentirais s'il s'agissait de Presley.

Il marque une pause, attendant ma réponse. Je sors un livre et je le feuillette rapidement.

— Je veux juste que tu saches que je suis là pour toi, Jake. N'hésite pas.

Je referme le livre avec un clac et je le fusille du regard, pas parce que je lui en veux, mais juste parce qu'il est là.

— La maison d'un gosse, c'est comme sa forteresse. Elle le protège des monstres qui sortent de l'ombre la nuit. Et ils sont venus *dans* leur maison pour les prendre, Stanton. Tu sais ce que ça fait à un gamin, ça ?

— Ouais, je sais, répond-il en hochant la tête.

En fait, je n'ai vraiment pas envie d'en parler. J'ai les nerfs trop à vif.

— Tu veux m'aider à me sentir mieux ? Trouve-moi quelque chose qui pourra me servir à épingler cet enfoiré de Dexter Smeed, lundi.

Encore quelques heures plus tard, je suis assis à mon bureau, en train de préparer ma réponse aux services de protection de l'enfance. Chelsea a rapproché son fauteuil, sur laquelle elle est roulée en boule comme un chaton, en train de me regarder.

— Qu'est-ce que c'est, ça ? demande-t-elle, en désignant un énorme livre ouvert sur mon bureau.

— Ce sont des textes de loi sur les gardes d'enfants.

Elle appuie sa tête dans sa main.

— Pourquoi ils sont écrits comme ça ?

— Eh bien, la réponse classique serait de te dire que c'est pour qu'il n'y ait aucune place à l'interprétation. Pour que personne ne puisse avancer que ça veut dire autre chose que ce qui est écrit. Mais moi, je pense que les lois sont écrites comme ça pour que les avocats gagnent des montagnes de fric en expliquant aux autres ce qu'ils veulent dire.

Ma réponse la fait sourire tendrement.

— Et ça, c'est quoi ?

— Ça, c'est la jurisprudence en lien avec notre affaire. Ce sont des décisions prises par d'autres juges dans des procès similaires au tien. Je vais m'en servir pour étayer mon propos. Les juges aiment suivre la meute.

Elle sourit de nouveau, clignant lentement des yeux, épuisée.

— Repose-toi, Chelsea. Dors un peu, je dis en caressant ses cheveux.

Elle n'a même pas la force de me contredire.

◆◆◆

Il fait nuit lorsque Chelsea et moi montons dans ma voiture. J'ai pris des dossiers que j'étudierai plus tard, mais je crois qu'elle n'en pouvait plus d'être enfermée dans ce bureau. Alors qu'elle paraissait épuisée tout à l'heure, elle semble désormais pleine d'énergie et un peu à cran.

— On peut aller chercher le chien et dormir chez toi, ce soir ? demande-t-elle en tapant du pied par terre.

Je n'ai pas besoin de lui demander pourquoi, je sais que, sans les enfants, cette grande maison lui apparaît comme une tombe.

— Bien sûr.

Elle hoche la tête.

— Oh, arrête-toi ici une minute, dit-elle en désignant une supérette avec un néon vert.

Je me gare devant et Chelsea sort de la voiture, revenant quelques minutes plus tard avec un sac en papier. Lorsque nous arrivons chez elle, elle reste dans la voiture pendant que je vais chercher Cousin Machin, puis nous filons chez moi.

Chelsea pose le chien par terre dans le salon et elle va dans la cuisine pour prendre deux verres à shot dans le placard. Elle les remplit de la vodka qu'elle a achetée, et je remarque que ses gestes sont agités, pleins de colère. Elle boit son verre cul sec et s'en sert un deuxième qu'elle finit aussitôt, puis elle plonge son regard dans le mien.

Elle prend un des verres et vient vers moi, renversant un peu de vodka par terre. Son visage est sérieux et ses yeux bleus brillent d'une lueur prédatrice. Son énergie et sa détermination m'excitent à n'en plus finir et ma queue durcit immédiatement. Je prends le verre qu'elle m'offre et, sans la quitter des yeux, je le vide cul sec.

Elle se lèche les lèvres et nous fait reculer, puis elle défait lentement les boutons de son chemisier, comme si elle me défiait. Quelques secondes plus tard, son jean rejoint sa chemise sur le sol.

— Je n'arrive pas à éteindre mon cerveau, dit-elle d'une voix rauque avant de se servir un autre verre, qu'elle ne boit pas tout de suite. Ça me rend dingue. Je ne veux pas réfléchir. Tu crois que tu peux m'aider ?

Je la prends par surprise en empoignant brusquement sa nuque pour l'attirer à moi.

— Ouvre la bouche, je dis en prenant le shot de vodka.

Elle m'obéit et je porte le verre à sa bouche pour y verser le liquide. Elle l'a à peine avalé que mes lèvres s'emparent des siennes. Lorsque je recule le visage, elle est pantelante. Ma main se promène sur son ventre pour finir sur son sein et son téton durcit.

— Ouais, je crois que je peux t'aider.

Ni elle ni moi ne pensons plus à quoi que ce soit de la nuit.

◆◆◆

Dimanche matin, Chelsea se réveille avant moi. Je la sens bouger dans la chambre, ramassant ses vêtements pour s'habiller et s'occuper du chien. Quand elle revient, elle s'assoit au bord du lit, attendant que j'ouvre les yeux. Elle a l'air d'aller mieux qu'hier, elle semble plus déterminée. Le nœud qui noue mon estomac depuis deux jours se desserre un peu.

— J'aimerais aller à l'église aujourd'hui, déclare-t-elle en souriant. Rachel et Robbie y emmenaient les enfants chaque semaine, mais je n'ai pas encore réussi à y aller. C'est tellement compliqué de faire en sorte qu'ils soient tous prêts en même temps, dit-elle en souriant tandis qu'elle repense aux enfants. Mais j'aimerais y aller, aujourd'hui. Tu veux venir avec moi ?

Je suis le plus grand des cyniques lorsqu'il s'agit de religion. En dehors des enterrements, des mariages et des messes avec ma mère quand j'étais petit, je ne vais jamais à l'église. Étrangement, cela ne me traverse pas l'esprit lorsque je réponds à Chelsea.

— Ouais, je viens avec toi.

Nous déposons Cousin Machin chez Chelsea, qui se change pour enfiler une robe jaune à manches courtes et des talons aiguilles assortis. Au cours de la messe, je suis les autres, m'asseyant et me levant avec eux, mais je passe surtout mon temps à regarder Chelsea, la façon dont elle porte ses mains à sa bouche lorsqu'elle baisse la tête pour prier, son expression sereine lorsque le prêtre donne la bénédiction finale.

Nous sommes à côté de ma voiture dans le parking de l'église.

— Je ne sais pas comment m'occuper, dit Chelsea en riant sèchement. Pendant tous ces mois, je n'avais jamais assez de temps pour faire ce que je voulais, et maintenant que je l'ai... je n'en veux pas. Tu as ton truc du dimanche à faire, n'est-ce pas ?

Elle a remarqué que je disparaissais tous les dimanches, mais elle ne m'a jamais demandé où j'allais. Je me demande si elle attendait que je le lui dise moi-même.

— Ouais.

Elle hoche la tête et elle semble se résigner à passer la journée toute seule.

— Tu veux venir avec moi ?

— Euh... seulement si ça ne te dérange pas...

— Pas du tout, j'aimerais te présenter quelqu'un.

◆◆◆

Je tiens la main de Chelsea tandis que nous parcourons les couloirs de la maison de retraite. Marietta est en train de sortir de la chambre du Juge lorsque nous y arrivons.

— Salut, Jake, dit-elle en souriant jusqu'aux oreilles.

— Bonjour, Marietta. Comment va-t-il aujourd'hui ?

— Oh, mon chéri, c'est une très bonne journée.

Je soupire, soulagé. La dernière chose que je veux, c'est déprimer davantage Chelsea en lui faisant rencontrer le Juge lorsqu'il est sur une autre planète.

Je hoche la tête et j'entre dans la chambre, suivi de Chelsea. Le Juge est en train de lire dans son fauteuil en cuir près de la fenêtre, vêtu d'un pull bleu marine et d'un pantalon beige.

— Bonjour, mon vieux.

Son visage s'illumine et je vois qu'il me reconnaît instantanément.

— Jake !

Il referme son livre, se lève et me prend dans ses bras.

— Ça me fait plaisir de te voir, fiston. Comment tu vas ?

— Je vais bien.

Il voit Chelsea et il sourit de plus belle.

— Je comprends pourquoi, dit-il en lui tendant la main. Bonjour ma chère, je suis Atticus Faulkner.

Chelsea lui serre la main en souriant jusqu'aux oreilles.

— Je suis Chelsea McQuaid... Je suis ravie de vous rencontrer. Jake m'a beaucoup parlé de vous.

— Que des mensonges, j'imagine ! s'exclame-t-il en me lançant un clin d'œil. Asseyez-vous, je vous en prie. Je vais vous servir un thé, Marietta vient de m'apporter la théière.

Il s'affaire à nous servir et nous sommes bientôt tous les trois assis, une tasse de thé fumant devant nous.

— Vous êtes magnifique, ma chère, dit le Juge à Chelsea.

— Merci, répond-elle en rougissant.

— Je dois vous demander de m'excuser d'avance, Chelsea, si je dis ou fais quelque chose qui vous met mal à l'aise. J'ai tendance à oublier les choses... très vite, ces jours-ci.

— Ne vous en faites pas. Si vous oubliez, nous serons là pour vous aider à vous souvenir, dit-elle en souriant.

Soudain, je me demande comment sa boîte aux lettres ne déborde pas de fleurs et de cartes couvertes de cœurs. Je la regarde parler avec le Juge, et je me demande *qui* pourrait la rencontrer sans tomber éperdument amoureux d'elle.

◆◆◆

Plus tard, en début de soirée, Chelsea et moi sommes en train de barboter dans l'énorme baignoire de sa salle de bains. Elle est assise dos à moi, les cheveux relevés, et quelques mèches mouillées me chatouillent le visage. Elle est silencieuse depuis quelques minutes, maintenant. Il n'y a que le clapotis de l'eau autour de nous pour rompre le silence.

— Et si on perd, demain ?

— On ne perdra pas, je réponds en embrassant son épaule.

— Mais imaginons que ce soit le cas. Est-ce que... est-ce qu'ils me laisseront les voir ? demande-t-elle d'une voix tremblante. J'aurai des droits de visite ?

Elle tourne la tête pour me voir et je choisis mes mots avec précaution.

— Je connais des gens... qui pourront savoir où sont les enfants. Et j'en connais d'autres qui font de faux passeports. Donc... si on perd, je les appellerai. Tu retireras tout l'argent que tu peux et... tu partiras.

— Où ça ? Au Mexique ?

Je ris doucement.

— Non, la peau blanche des McQuaid grillerait dès le premier jour, au Mexique. Peut-être... au Canada ? Je me demande si Regan apprendrait le français plus vite.

Chelsea me dévisage et ses yeux semblent s'assombrir.

— Tu ferais ça pour nous ?

— Je crois qu'il n'y a *rien* que je ne ferais pas pour vous, je déclare en caressant sa joue.

Et cette pensée me fiche carrément la trouille.

L'eau déborde sur le carrelage tandis qu'elle se tourne pour être face à moi et me chevaucher. Nous nous embrassons pendant quelques minutes qui me paraissent durer des heures. Sa main plonge sous l'eau pour caresser ma queue déjà dure, puis elle se soulève pour aligner son sexe avec le mien et elle se rassoit lentement, délicatement. Je passe mes mains dans son dos pour la serrer contre moi et j'embrasse ses seins, titillant ses tétons avec ma langue. Son bassin monte et redescend et je m'enfonce en elle avec un rythme lent et délicieux.

Lorsqu'elle se contracte sur ma verge avec un gémissement plein de tendresse, lorsque je pulse en elle en me déversant avec un grognement, j'ai l'impression qu'il est en train de se passer quelque chose d'important. Jamais je n'ai atteint une telle extase avec qui que ce soit.

La tête de Chelsea repose sur mon épaule longtemps après que l'eau commence à refroidir. Nous finissons par sortir de la baignoire, nous nous séchons, et nous nous endormons dans son lit, dans les bras l'un de l'autre.

24

À dix heures, le lendemain matin, Chelsea et moi passons la porte de la salle de tribunal 7A. Nous prenons place à notre table tandis que Stanton, Sofia et Brent s'asseyent derrière nous, sur le premier banc réservé au public. Chelsea est nerveuse, mais elle fait de son mieux pour garder son calme. Quant à moi, je suis prêt pour ma victoire. C'est ce que je ressens toujours, pas de stress, j'ai juste hâte de commencer.

L'avocate représentant les services de protection de l'enfance s'assoit de l'autre côté de l'allée, à notre gauche, lissant la jupe de son tailleur noir. Elle est rousse, elle doit avoir la quarantaine, et elle a l'air presque aussi confiante que moi.

L'huissier annonce que le procès est ouvert et nous nous levons lorsque le juge, une vieille femme aux cheveux gris avec des lunettes, entre dans la salle. Elle annonce les noms des avocats et des deux parties opposées, et elle me demande de commencer.

— J'appelle Dexter Smeed, le directeur des services de protection de l'enfance, Votre Honneur.

Dexter Smeed est exactement comme on imaginerait quelqu'un portant ce nom. Il a des lunettes rondes, peu de cheveux, une chemise blanche bien repassée, un costume en tweed marron et un nœud papillon vert clair. Il prête serment et il s'assoit à la barre des témoins.

— Monsieur Smeed, aviez-vous vu Mme Chelsea McQuaid avant aujourd'hui ?

— Non.

— Vous n'étiez jamais allé chez elle ?

— Non.

— Lui aviez-vous envoyé un e-mail ?

Smeed se racle la gorge.

— Non.

Je hoche la tête.

— Est-ce que vous avez interrogé un des enfants McQuaid ?

— Non.

Je fais le tour de la table et je m'y adosse.

— Cependant, vous avez considéré que vous étiez en mesure d'outrepasser les recommandations de l'assistante sociale de cette famille, Janet Morrison, qui a vu, rendu visite et interrogé Mme McQuaid et les enfants, pour décider de lui retirer la garde ?

— Oui.

— Comment êtes-vous parvenu à cette décision, monsieur Smeed ?

— Je relis régulièrement les dossiers des assistants sociaux de mon agence. Celui-ci contenait toutes les informations dont j'avais besoin. C'est mon rôle d'être critique, de déterminer qui est apte à être tuteur et qui ne l'est *pas*, répond-il en regardant Chelsea.

Ce mec est cuit. Tellement cuit que même un chien affamé n'en voudrait pas.

Je fais un pas vers la droite pour qu'il ne puisse plus voir Chelsea.

— Votre femme a bien de la chance, je dis en secouant

la tête, parce que vous devez avoir une sacrée paire de couilles pour...

— Votre Honneur ! s'exclame l'avocate de Smeed.

La juge me fusille du regard.

— Ce commentaire vous coûtera cinq cents dollars, monsieur Becker. Vous resterez poli dans ma salle d'audience, sinon votre cliente devra se trouver un autre avocat. Je ne le dirai pas deux fois, est-ce que c'est clair ?

La plupart des juges n'ont vraiment pas d'humour.

— Très clair. Toutes mes excuses.

Je me concentre à nouveau sur M. Smeed.

— Nous y reviendrons plus tard. D'abord, pouvez-vous me dire si le nom de Carrie Morgan vous dit quelque chose ?

Il réfléchit un moment puis il secoue la tête.

— Non.

Je prends un dossier sur la table et j'y jette un coup d'œil.

— Il y a trois ans, Carrie, sept ans, a été retirée à la garde de sa mère par votre agence lorsque cette dernière a été arrêtée en possession de drogue. Vous l'avez placée dans une famille d'accueil, sous la supervision de votre agence. Six mois plus tard, elle a été retrouvée morte à la suite d'un traumatisme crânien. L'autopsie a révélé des preuves de violence régulière, je lance en le fusillant du regard. Ça ne vous parle toujours pas ?

— Je ne connais pas les détails de cette affaire, non.

— Hmm. D'accord, je dis en prenant un autre dossier. Et Michael Tillings, quatorze ans ? Vous connaissez l'affaire ?

— Oui, répond-il en gigotant, visiblement mal à l'aise.

— Très bien. Veuillez expliquer à la cour, monsieur Smeed, ce qui est arrivé à Michael Tillings.

— Il est décédé.

— Décédé ? C'est une façon édulcorée de dire qu'il a été assassiné, n'est-ce pas ? Pendant qu'il était dans un centre d'accueil géré par votre agence ? Il a été tabassé à mort par d'autres garçons de ce centre, n'est-ce pas ?

— Oui, nous pensons que c'était une affaire de gang, répond Smeed à contrecœur.

— Que ce soit une affaire de gang ou non, ce garçon est mort. Alors qu'il était sous la responsabilité de votre agence.

— C'est exact, avoue-t-il.

— Et Matilda Weiss, quatre ans ? je demande en prenant un troisième dossier.

L'avocate de Smeed se lève brusquement.

— Quel est le rapport de ces affaires avec les compétences de Chelsea McQuaid en tant que tutrice ?

— Je vais y venir, madame le Juge.

— Alors venez-y plus vite, monsieur Becker.

— Parlez-moi du dossier Weiss, monsieur Smeed. Votre signature est dessus.

Il frotte ses mains sur ses cuisses, renifle, et finit par répondre.

— Il y avait des accusations de maltraitance de la part de la famille Weiss.

— Et vous avez mené votre enquête ? Vous êtes allé chez elle ? Vous avez interrogé les parents ?

— Oui.

— Qu'avez-vous trouvé ?

Il marque une pause, comme s'il ne voulait vraiment pas répondre. Hélas pour lui, il n'a pas le choix.

— Qu'il n'y avait pas suffisamment de preuves pour intervenir.

— Alors vous avez refermé le dossier ?

— Oui.

— Et deux mois plus tard, que s'est-il passé ?

— Une voisine a surpris Matilda... en train de faire les poubelles pour trouver de la nourriture.

— Parce que ses parents ne la nourrissaient pas, je complète, alors que mon estomac se noue.

— Oui.

— Ils la maltraitaient, alors que vous aviez jugé qu'il n'y avait aucune preuve de maltraitance.

Pour la première fois, il me regarde dans les yeux avec un air stressé et coupable. Hanté par les fantômes de tous les enfants perdus, par tous ces noms dont il n'a jamais vu les visages.

— Où voulez-vous en venir, monsieur Becker ?

Je me rapproche de lui.

— Vous avez dit que votre rôle était d'être critique et de déterminer qui est apte à être tuteur et qui ne l'est pas. Là où je veux en venir, *Dexter*, c'est que parfois, vous et votre agence vous fourrez le doigt dans l'œil.

Je laisse le poids de mes mots peser dans la salle d'audience, puis je retourne à ma table.

— Vous n'êtes pas d'accord ? je demande.

— Non.

— Ah non ? je lance en prenant un carton par terre pour le poser sur ma table. Cette boîte est pleine d'exemples tragiques qui expriment le contraire. Nous pouvons faire ça toute la journée.

— Chaque cas... est différent..., bégaie-t-il. Ce n'est pas parce que... certaines choses sont oubliées dans un cas... qu'elles le seront dans un autre. Vous parlez de ces enfants, monsieur Becker, en donnant leur âge, parce que pour vous ce ne sont que des noms. Pour moi... chacun compte.

Il ne pourrait pas se tromper davantage. Ce ne sont pas que des noms, ce sont des visages. Celui de Riley, de Rory, de Rosaleen – j'ai vu chacun d'entre eux dans chaque page de ces horribles rapports.

— Je ferai tout ce qui est en mon pouvoir pour protéger les enfants qui sont sous notre protection, dit Smeed en tapant du doigt sur la rambarde de la barre des témoins. C'est précisément pour cela que les enfants McQuaid doivent rester sous notre aile. Il y a eu des signaux d'alerte...

Je frappe ma main sur la table.

— Des signaux d'alerte, je suis ravi que vous abordiez le sujet. Parlons-en, justement, je dis en faisant les cent pas devant lui. Vous avez déclaré dans votre rapport que c'était la somme des événements qui vous avait poussé à retirer les enfants McQuaid de la garde de Chelsea ?

— C'est exact.

— Un de ces événements est le fait que Riley ait été emmenée au commissariat après avoir été récupérée d'une soirée où il y avait de l'alcool.

— Oui. La consommation d'alcool par un mineur est le signe d'un manque de surveillance parentale.

Je hausse les sourcils.

— Êtes-vous au courant que cinquante et un pour cent des adolescents goûtent à l'alcool avant l'âge de quinze ans ?

— Je ne peux ni confirmer ni réfuter ces chiffres. Je ne connais pas les statistiques précises.

— Mais si c'est vrai, cinquante et un pour cent, ce serait... la moitié des jeunes, non ?

— Ça ne rend pas cela permissible...

— Non, Dexter, c'est vrai. Ça rend simplement ça *normal*.

Je tourne la page du dossier.

— Le problème suivant, c'est que Rory s'est cassé le bras ?

— Oui. Des blessures graves, des fractures, ce sont toujours des raisons de s'inquiéter.

— Même si plus de sept millions de personnes se sont cassé un os aux États-Unis l'an dernier ? je l'informe. Même si n'importe quel adulte moyen se casse deux os au cours de sa vie ? Rory est un enfant de neuf ans qui est actif et en bonne santé. D'après ces statistiques, ce serait étonnant qu'il ne se casse *pas* le bras durant sa vie.

Il soupire et se frotte les yeux, parce que je le fatigue. *Tant mieux*.

— Quel autre signal d'alerte y a-t-il eu ?

— L'arrestation de Rory McQuaid, et l'altercation d'un des autres mineurs avec son camarade d'école.

— L'autre mineur s'appelle Raymond, et je vous rappellerai que des querelles de cour de récréation n'ont rien d'anormal pour un garçon de son âge.

— Non, contre Smeed en remontant ses lunettes, mais en plus des autres problèmes, c'est...

— Êtes-vous au courant que ces enfants ont perdu leurs deux parents de façon violente et soudaine ?

— Oui, mais...

— Est-ce qu'il vous a traversé l'esprit qu'ils extériorisaient simplement leur souffrance ? Qu'ils font du mieux qu'ils peuvent pour gérer le traumatisme émotionnel qu'ils ont subi ?

— Cependant...

Je me rapproche de lui et je hausse le ton. Ce type n'a pas pris le temps ni la peine de les rencontrer. Tout ça parce qu'il a cru être mieux placé pour juger ce que traversaient les enfants.

— Est-ce qu'il vous est venu à l'esprit qu'il y a eu autant « d'événements » parce qu'il y a *six* enfants ? Des enfants parfaitement normaux qui franchissent des étapes chaque jour, et qu'ils le font tous en même temps ?

— Non. Vous ne savez pas...

— Je vais vous dire ce que je sais, Dexter. Je sais que vous avez arraché ces enfants à la seule famille qu'il leur reste. Vous les avez retirés de la seule maison qu'ils connaissent, où ils sont désirés, aimés, et surtout, où ils sont en sécurité !

— Ils n'étaient pas en sécurité ! crie-t-il en désignant Chelsea. Elle n'est pas capable...

— Vous ne sauriez identifier quelqu'un de capable s'il était sous votre...

La juge frappe avec son marteau et nous rappelle à l'ordre.

J'inspire profondément et je me calme.

— J'ai juste une ou deux questions de plus, Votre Honneur.

— Procédez, répond-elle d'un air mécontent.

— Si Robert et Rachel McQuaid avaient survécu et qu'il y avait quand même eu tous ces signaux d'alerte, comme vous dites, est-ce que vous leur auriez retiré la garde des enfants ?

C'est *la* grande question.

— Je me base sur des faits, monsieur Becker. Des vérités. Je ne vais pas jouer à votre petit jeu hypothétique, ricane-t-il.

— En fait, intervient la juge, j'aimerais entendre votre réponse, monsieur Smeed. Si les enfants avaient été sous la responsabilité de leurs parents biologiques, est-ce que la situation aurait été assez grave pour justifier de leur retirer la garde ?

Smeed cligne plusieurs fois des yeux et déglutit, puis il gigote sur sa chaise. Heureusement, il n'est pas assez bête pour mentir à la juge.

— Si les parents biologiques avaient été là... non, je ne leur aurais sans doute pas retiré la garde des enfants.

— Auraient-ils été inspectés par vos services ? je demande. Un bras cassé, une bagarre à l'école, une soirée d'adolescents, auriez-vous entendu parler des McQuaid ?

Il baisse la tête.

— Probablement pas, non.

— Je n'ai plus de questions, Votre Honneur.

◆◆◆

Après que le directeur régional des services de protection de l'enfance interroge Smeed, en renforçant ses allégations absurdes sur l'environnement dangereux dans lequel vivent les enfants avec Chelsea, il est excusé de la barre. Je serre le genou de Chelsea, sous la table, et je me lève pour l'appeler comme témoin. Elle prête serment et elle s'assoit à la barre, l'air timide, elle semble minuscule.

Je plonge mon regard dans le sien et je souris pour la rassurer.

— Êtes-vous nerveuse, Chelsea ?

— Un peu, oui.

— Ne le soyez pas. C'est juste une discussion entre vous et moi.

Elle hoche la tête et je commence.

— Parlez-moi des enfants.

Elle rayonne tandis qu'elle parle de la femme forte et déterminée qu'est en train de devenir Riley, de l'énergie précoce de Rory qui l'aidera un jour à accomplir de belles choses. Elle sourit en évoquant la nature douce de Raymond et en expliquant comment il est impossible d'être dans la même pièce que Rosaleen sans sourire. Elle perd sa voix lorsqu'elle raconte comment Regan apprend de ses frères et sœurs, et elle dit combien elle veut être là pour voir Ronan grandir et devenir le gamin génial qu'il est sûr de devenir.

— Vous avez vingt-six ans, je dis. Vous aviez toute votre vie en Californie, des amis, un appartement, la fac. Et vous avez tout mis de côté pour vous occuper de vos nièces et de vos neveux. Est-ce que vous avez envisagé un moment de ne *pas* les élever ? De laisser les services de protection de l'enfance leur trouver une nouvelle famille ?

— Jamais. Pas une seule seconde.

— Pourquoi ?

— Parce que je les aime. Ils sont à moi. Leur éducation est la chose la plus importante que je ferai de toute ma vie, dit-elle en regardant la juge avec des larmes aux yeux. Il y a des jours où c'est difficile, Votre Honneur... mais même ces jours-là, je ressens une joie immense. Ils sont tout pour moi.

Je hoche la tête pour signifier à Chelsea qu'elle a bien répondu, puis je me rassois et je laisse l'avocate adverse l'interroger.

— Mademoiselle McQuaid, quelle est la nature de votre relation avec votre avocat, Jake Becker ?

— Votre Honneur, je m'exclame en me levant. À moins que mon adversaire insinue que je représente un danger pour les enfants, cette question est hors sujet.

— Je suis d'accord, répond la juge. Passez à autre chose.

C'est ce qu'elle fait, essayant de faire croire que les incidents des enfants sont dus à une négligence de la part de Chelsea, mais aucun dégât n'est fait. S'il n'y a pas de fumée, c'est qu'il n'y a pas de feu.

Chelsea retourne s'asseoir et je donne au juge les déclarations du pédiatre attestant de la bonne santé des enfants et qu'ils sont à jour dans leurs bilans. Je lui donne aussi les déclarations de Sofia, Stanton et Brent corroborant que Chelsea est tout à fait capable de s'occuper des enfants et montrant qu'elle est bien entourée. Les services de protection de l'enfance ne font que répéter ce qu'ils ont déjà dit, et la juge annonce qu'il est temps pour elle de délibérer et qu'elle reviendra avec son jugement aussi vite que possible, puis le procès est ajourné.

— Qu'est-ce qu'il se passe, maintenant ? demande Chelsea lorsque la juge quitte la salle.

— Maintenant... on attend.

25

Nous déjeunons dans un restaurant à deux pas du tribunal mais, en dépit des efforts de Brent, Chelsea ne touche pas à son assiette. Deux heures plus tard, le procès reprend. Chelsea tient ma main sous la table, la serrant si fort que j'en ai presque mal. La juge se racle la gorge avant de donner son verdict.

— Étant née dans une famille de neuf enfants, je me sens particulièrement apte à juger cette affaire. Comme l'a dit Mlle McQuaid, poursuit-elle en regardant Chelsea, élever six enfants n'est pas facile, surtout quand ils ont entre six mois et quatorze ans. Cependant, qu'il y en ait un ou dix, il est de la responsabilité du tribunal de s'assurer qu'ils grandissent sous la responsabilité d'un tuteur qui s'occupera d'eux et leur procurera un environnement sans risque. Après avoir relu toutes les preuves qui m'ont été apportées, je pense que Chelsea McQuaid est parfaitement capable d'être la tutrice des six enfants McQuaid...

Je crie victoire dans ma tête tandis que Chelsea fond en larmes.

— ... J'ordonne donc que la responsabilité légale et physique des six enfants soit rendue à Mlle McQuaid, et ce immédiatement, dit-elle avant de diriger son attention sur les membres du service de protection de l'enfant. Votre organisme est non seulement chargé de juger les performances des parents mais également de les aider. Notre rôle n'est pas de déchirer des familles en déclarant que c'est le mieux, mais de trouver un moyen pour qu'elles restent ensemble. Vos services rendront des rapports mensuels à la cour sur cette affaire, et j'attends que vous vous impliquiez davantage auprès de Chelsea McQuaid pour l'aider dans sa tâche. Bonne chance, mademoiselle McQuaid, le tribunal a rendu son verdict.

Chelsea se jette dans mes bras tandis que Brent, Sofia et Stanton sourient jusqu'aux oreilles.

— On peut aller les chercher ? me demande Chelsea.

— Oui.

— Tout de suite ?

— Tout de suite, je réponds en riant.

◆◆◆

Nous allons chez Chelsea chercher le van de son frère, puis nous partons à une heure au nord de la ville pour récupérer les monstres. Chelsea parle et sourit pendant tout le trajet, l'air plus heureuse que jamais. Janet a prévenu la famille d'accueil que nous étions en route, donc ils ne sont pas surpris lorsque nous arrivons chez eux. C'est une belle et grande maison d'une rue calme. La jolie blonde qui nous ouvre indique à Chelsea que les enfants sont dans le jardin. Nous ouvrons la baie vitrée et ils se précipitent sur elle comme s'ils n'avaient pas vu Chelsea depuis deux ans, et non deux jours. Ils se jettent dans ses bras en hurlant, s'agglutinant à elle comme s'ils prévoyaient de ne plus jamais la lâcher.

— T’es là ! crie Rosaleen tandis que sa tante essaie de leur faire un câlin en même temps. Je savais que tu viendrais ! Je le savais !

— On peut rentrer à la maison ? demande Rory.

— Oui, on rentre à la maison.

Lorsque Regan trébuche et tombe sur les fesses, je la ramasse, la tenant en l’air quelques secondes avant de la serrer dans mes bras. Elle pose ses petites mains sur mes joues et elle crie son troisième mot.

— Jake !

Soudain, tout devient flou autour de moi.

— Bon sang, princesse, tu as un sacré talent avec les mots.

◆◆◆

Il est environ seize heures lorsque nous rentrons à la maison. Les enfants défont leurs valises aussi vite que possible et ils sont tous si contents qu’ils parviennent à convaincre Chelsea d’organiser une petite fête.

J’ai comme l’impression qu’elle ne va plus jamais leur refuser quoi que ce soit.

Quelques heures plus tard, il y a une pile de boîtes de pizzas sur la table, des ballons partout et des confettis en suspension. Stanton, Sofia, Brent et Janet sont là, en plus des voisins, des amis des enfants et de leurs parents. De mon côté, je reste un peu à l’écart, observant la fête. Je prends du recul. Je garde mes distances. Je sirote mon verre de Coca en regrettant de ne pas pouvoir y verser quelques gouttes du whisky qui est dans le congélateur.

Il fait nuit lorsque je sors sur la terrasse. Des jacinthes bleues et blanches embaument l’air avec un parfum si fort que c'en est nauséabond. Les bruits de la fête débordent dehors, des cris, des éclats de rire, la musique.

Il a beau faire plutôt frais, je me mets à transpirer.

— Tu vas la larguer, c'est ça ?

Je sursaute en me tournant pour voir Riley dissimulée dans l'ombre de la terrasse.

— Je sais ce que tu es en train de faire. Tu l'as évitée toute la soirée. Tu te comportes comme les garçons de mon école juste avant qu'ils larguent leur copine au milieu du self, dit-elle d'une voix à la fois confuse et blessée. Comment tu peux lui faire ça ? Tante Chelsea est la plus belle personne au monde. Et elle t'aime.

— Riley...

— C'est vrai ! Ça se voit. Elle est tellement heureuse avec toi, pourquoi tu veux lui faire du mal ?

Je me frotte la nuque. J'ai développé des arguments devant les meilleurs juges du pays et j'étais parfaitement serein. Or, devant cette gamine de quatorze ans, je perds mes moyens.

— Riley... c'est... compliqué... J'essaie... tu ne peux pas...

Alors je sors la bonne vieille phrase classique.

— Tu comprendras quand tu seras plus vieille.

Tu es pathétique, mon gars.

Elle fait un bruit dégoûté et me fusille du regard.

— C'est la première fois que tu me parles comme si j'étais une gamine débile. Alors que c'est *toi*, le débile ! s'exclame-t-elle en secouant la tête. Tu ne la mérites pas. Tu ne mérites aucun d'entre nous. Tu n'es qu'un enfoiré ! crie-t-elle en tournant les talons et en rejoignant la fête.

— Ouais, je sais, je chuchote.

La porte n'a pas le temps de claquer derrière Riley que Chelsea sort sur la terrasse.

— Te voilà ! Riley n'a pas l'air contente, dit-elle en passant ses bras autour de ma nuque. Tu as déjà des ennuis ? Je pensais qu'on aurait quelques jours de répit, ajoute-t-elle en approchant sa bouche de la mienne.

Je recule la tête, j'empoigne ses bras, et je fais un pas en arrière.

— Chelsea... je ne peux pas faire ça, je marmonne.

Elle semble d'abord confuse, puis son sourire s'efface lentement tandis qu'elle comprend ce que je lui dis.

— Je croyais qu'on le faisait déjà, que ça se passait bien.

C'était le cas. Mais c'est trop. Trop intense, trop rapide, trop... distrayant. Je pense ce que je lui ai dit hier : il n'y a rien que je ne ferais pas pour elle. Pour eux.

— Je tiens à toi, Chelsea. Je tiens à vous tous. Énormément. Mais une famille... ce genre de responsabilités n'a jamais fait partie de mes projets. Mes modèles étaient un alcoolo dont le passe-temps favori était de cogner sa femme et un accro au boulot grincheux et coureur de jupons qui était marié à sa salle d'audience. Je ne sais pas comment faire ça.

J'ai pris plein de risques au cours de ma carrière. Plus le risque est gros, plus la récompense est belle. Cependant, je ne peux pas prendre de risques avec les enfants. Ils sont trop précieux et importants. Je ne peux pas merder et leur faire du mal parce que je ne sais pas ce que je suis censé faire.

Je me lèche les lèvres et je regarde au loin.

— Et maintenant que je sais que les enfants sont en sécurité, que vous allez bien... j'ai besoin de prendre mes distances.

Cette histoire était vouée à se terminer, de toute manière. Que ce soit aujourd'hui, dans un mois, dans six mois... ça n'allait jamais bien finir pour elle. J'aurais dû y mettre fin plus tôt.

Mais elle était tellement... *elle*. J'ai été égoïste.

Chelsea respire lentement, comme lorsqu'elle essaie de calmer les battements de son cœur. Je déteste le fait que je sais ça d'elle. Je déteste le fait que je sais déjà ce qu'elle pense et ce qu'elle va dire.

— Jake, je sais que ça fait peur. Ça me fait peur, à moi aussi. Mais certaines choses en valent la peine. Ensemble, on pourrait...

Fais les choses bien ou ne les fais pas du tout.

Je m'oblige à plonger mon regard dans ses yeux merveilleux et je me force à lui mentir.

— Je ne *veux pas* de ça, Chelsea.

Elle retient son souffle avec un cri aigu, comme si je venais de la gifler.

— Je ne veux pas de cette vie. Je peux être ton ami, leur ami, mais ce qu'il y a entre nous... quoi que ce soit... ça doit s'arrêter, je dis en passant ma main dans mes cheveux. Tu es le genre de femme qui voudra se marier un jour. Tu devrais te concentrer sur la recherche de ce mec, parce que ce n'est pas moi. Tout le temps qu'on passera ensemble sera... du gâchis.

— Je vois, chuchote-t-elle si bas que c'est à peine audible.

J'entends ses larmes dans son murmure. Je ne peux pas lever les yeux, j'en suis incapable, mais je les sens presque couler sur ses joues.

Elle se racle la gorge.

— Les garçons... Tu es leur idole, Jake. Tu es leur idole à tous. S'il te plaît, ne...

— Je te promets que je ne vais pas les abandonner. Je veux continuer à t'aider. Tout ce dont tu auras besoin. Je les emmènerai aux entraînements, je serai là pour leurs matchs, je peux les garder quand tu as besoin ou passer du temps avec eux. Je ne vais pas te laisser tomber, Chelsea.

J'ai enfin les couilles de la regarder dans les yeux, mais je n'aurais pas dû. Elle est pâle comme un linge et une larme coule sur sa joue, laissant une trace sur sa peau de velours.

— Je suis désolé.

Et je le suis. Je suis vraiment, *vraiment*, désolé.

Chelsea lève la tête et se tient plus droite, rassemblant sa force et son courage en essuyant ses larmes.

— Je comprends, Jake. Merci... pour ta sincérité. On tient beaucoup à toi, nous tous. Si tu ne veux que de l'amitié, alors on se débrouillera pour rester amis.

Entendre ces mots sortir de ses lèvres me file la chair de poule, mais je ne laisse rien paraître et je hoche la tête.

Chelsea part vers la baie vitrée de la cuisine tandis que chaque cellule de mon corps me crie de la rattraper, de l'empoigner et de l'embrasser jusqu'à ce qu'elle sourie de nouveau. De m'agenouiller devant elle et de retirer tout ce que j'ai dit durant ces cinq dernières minutes.

Cependant, j'essaie de faire ce qui est juste. Même si c'est plus dur que je ne le pensais.

Chelsea s'éloigne et je ferme les yeux, obligeant mes mains et mes pieds à ne pas bouger... pour la laisser partir.

26

Les jours passent et se transforment en semaines. J'honore mes engagements auprès des enfants. Je suis là lorsqu'ils descendent du bus de l'école, je supervise les leçons de piano de Rosaleen. De temps en temps, j'emmène Regan et Ronan aux après-midi de jeux, ou bien je vais aux matchs de baseball de Rory, où je crie plus fort que n'importe quel père. Entre Chelsea et moi, les relations sont... polies. Je regrette presque qu'elle ne me crie pas dessus ou qu'elle ne me traite pas de connard, ce serait infiniment mieux que les échanges impersonnels et coincés que nous avons. Elle me parle comme me parle le Juge les jours où il ne sait pas qui je suis.

Comme si j'étais un étranger.

Deux semaines après l'audience, Brent entre dans mon bureau.

— Mec, ce soir, toi, moi, Lucy Patterson et son amie, on va manger un morceau après le boulot.

— Je ne pense pas, non, je réponds sans lever la tête.

— Et c'est bien là le problème, Jake. Tu penses trop. Il est temps de remonter en selle, mon grand. Ça fait plusieurs fois que je sors avec Lucy, et elle m'a dit que son amie t'appréciait et qu'elle posait des questions à ton sujet.

Je me frotte les yeux.

— C'était quoi son nom, déjà ?

— Je n'en sais rien, répond-il en haussant les épaules. Mais ce n'est pas grave, tu viens quand même. Je n'accepterai pas que tu dises non.

Quand Brent s'est mis une idée en tête, il peut être aussi tenace que le rottweiler de Sofia, il ne lâche pas. Je décide donc de céder, histoire de pouvoir me remettre au travail.

— OK.

— Cool. On les retrouve à dix-huit heures.

◆◆◆

Le repas avec Brent, Lucy et sa copine au cul ferme, dont je ne me souviens toujours pas du prénom, se passe bien. C'est simple et détendu. Mais ce n'est pas mémorable. Nous les retrouvons dans un bar où nous mangeons des club-sandwichs avant d'aller dans la salle du fond pour faire un billard. La copine flirte avec moi et essaie de me convaincre de lui montrer comment tenir la canne, mais je ne suis pas intéressé. Je dois faire un effort surhumain pour ne pas être impoli.

Après ce qui me semble avoir duré une éternité, mais qui n'était en vérité que deux heures, nous décidons de rentrer chez nous. Nous sortons du bar, nous tournons à droite, et je me retrouve nez à nez avec de grands yeux bleus.

— Jake ! s'exclame Chelsea, aussi surprise que moi.

— Chelsea... salut.

Les enfants sont attroupés autour d'elle : Raymond pousse la poussette de Ronan sur sa gauche, Riley tient la main de Rosaleen sur sa droite, et Regan est dans ses bras.

— Jake ! crie Regan.

— Coucou, ma puce.

Le visage de Chelsea passe d'une expression de surprise à une expression de gêne lorsqu'elle voit Brent, Lucy et la brune à mes côtés. Elle pâlit brusquement, l'air... blessée.

— Salut, Jake ! dit Rosaleen pour ne pas laisser le dernier mot à Regan.

Je lui souris tandis que la brune s'accroupit devant elle.

— Tu es tellement mignonne ! Ma sœur va bientôt avoir un bébé et j'espère qu'elle va te ressembler, dit-elle en tapotant le nez de Rosaleen.

— Tu es qui, toi ? demande Rosaleen en grimaçant.

— Viens, Rosaleen, dit Riley en tirant sa sœur en avant et en me fusillant du regard. Raymond, viens. Tante Chelsea, on t'attend au bout de la rue.

Ils nous contournent alors que je dévisage Chelsea.

— Qu'est-ce que... qu'est-ce que tu fais là ?

— Le psy de Rory a décalé la séance d'une heure et j'ai promis aux autres qu'on irait chercher des glaces en l'attendant. Salut Brent, ajoute-t-elle, ça me fait plaisir de te revoir.

— Moi aussi, Chelsea.

Elle remonte Regan sur sa hanche et elle remet ses cheveux derrière son oreille.

— Eh ben... on va y aller. Passez... une bonne soirée.

Elle me contourne et poursuit sa route.

— Chelsea, je dis d'une voix rauque en la rattrapant. Je peux expliquer, ce n'est pas...

— Jake, tu n'as rien à expliquer, me dit-elle en secouant la tête. Tu ne me dois rien.

Je sais que c'est vrai... alors pourquoi j'ai l'impression qu'on vient de me mettre un coup de pied dans les couilles ?

Nous restons silencieux quelques secondes, puis je tends les bras pour prendre Regan.

— Laisse-moi t'aider avec les glaces.

— Non, ce n'est pas la peine, dit-elle en faisant un pas en arrière. Je peux le faire toute seule, ajoute-t-elle avec un sourire triste.

Elle tourne les talons, me laissant penaud sur le trottoir. Seul.

◆◆◆

Quelques jours plus tard, je suis dans mon bureau et Stanton est assis au sien.

— Vous venez toujours voir le match à la maison, ce soir ? je lui demande.

— Ah... non... changement de programme.

— Qu'est-ce que vous faites ?

Sofia entre justement dans notre bureau.

— On garde les enfants pour Chelsea.

Je recule dans ma chaise en les scrutant des yeux.

— Pourquoi ? Enfin... pourquoi elle ne m'a pas demandé ?

— Sans doute parce qu'elle a un rencard et qu'elle ne voulait pas te mettre mal à l'aise, dit Sofia en donnant un dossier à Stanton.

— Un rencard ?

Je pense d'abord qu'elle doit faire ça pour se venger de moi, parce qu'elle m'a surpris durant ce stupide double rencard. Cependant, Chelsea n'est pas comme ça. Cela veut donc dire qu'elle sort avec un gars parce qu'elle est en train de tourner la page, comme je le lui ai dit.

Merde.

— Est-ce que... vous savez avec qui elle sort ?

Sofia me dévisage sans la moindre compassion.

— Oui. Tom Caldwell.

— Tom Caldwell ?! Tu te moques de moi ? Comment c'est possible ?

— Apparemment, Chelsea l'a croisé quand elle faisait des courses. Ils ont discuté, Tom lui a demandé si elle était libre... et il l'a invitée.

Enfoiré.

— Comment tu sais tout ça ? je demande sèchement.

— Je parle beaucoup avec Chelsea. On est amies. Elle n'en a pas beaucoup, par ici, Jake.

Je sais. Avec six enfants, elle n'a pas le temps de se faire de nouveaux amis. Même si apparemment ça ne l'empêche pas de prendre du temps pour sortir avec Caldwell, je pense amèrement.

— Je vais les garder, je dis d'un ton qui ne laisse pas de place à la discussion, ce qui n'empêche pas Sofia d'essayer.

— Je ne crois pas que ce soit une bonne idée.

— Pourquoi pas ?

Elle désigne mes poings, qui sont fermés. Elle n'a guère besoin d'en dire plus. Je m'oblige à me détendre.

— Ça va aller. Ça va aller, promis. Je veux juste m'assurer qu'il sait qu'il n'a pas intérêt à lui faire du mal.

— Stanton et moi sommes tout à fait capables de lui faire peur, non pas que ce soit nécessaire, Tom est un mec bien.

— Je veux garder les enfants, je dis en la fusillant du regard.

— Je ne...

Heureusement, Stanton me soutient.

— Je pense que Jake devrait les garder, Sof. Si lui et Chelsea veulent être amis, il va devoir s'habituer à ce qu'elle sorte avec d'autres mecs. Laisse-le faire, s'il s'en croit capable.

Il dégaine son plus beau sourire, et Sofia lui cède, comme toujours.

— OK. Mais ne te comporte pas comme un enfoiré, Jake.

— Qui, *moi* ?

◆◆◆

Ce soir-là, je frappe à la porte de Chelsea. Elle est fermée à clé, et elle a enfin enlevé la clé de sous le paillasson. La porte s'ouvre et j'ai une sensation de déjà-vu, comme la première fois que je suis venu ici. Comme cette fois-là, j'ai le souffle coupé en la voyant.

Elle porte une robe vert foncé qui est simple mais qui est canon sur elle. Ses longs bras fins dépassent de petites manchettes et une ceinture dorée met en valeur sa taille fine. Quant à ses jambes, elles paraissent sans fin.

Chelsea écarquille les yeux et je devine que Sofia ne l'a pas prévenue du changement de programme.

— Salut.

— Jake, salut. Qu'est-ce que tu...

— Sofia et Stanton ont eu un empêchement...

Je ne lui dis pas que c'est *moi* l'empêchement.

— ... donc je vais garder les enfants, si ça te convient.

Elle se remet de sa surprise et ouvre davantage la porte pour me laisser passer.

— Bien sûr, entre.

Les enfants sont dans le salon.

— Salut les mioches !

— Cool ! C'est toi qui nous gardes ? s'exclame Rory. Tu me dois une revanche sur la Xbox.

Chelsea m'annonce qu'elle doit finir de préparer les biberons de Ronan et elle part dans la cuisine. Je dis bonjour au reste de la meute et je lui emboîte le pas. Elle est devant le plan de travail, plus concentrée que jamais pour remplir les biberons. Je vais vers elle, m'avançant à quelques centimètres, assez près pour pouvoir la toucher.

— Tu es superbe.

Elle me regarde du coin de l'œil en souriant timidement.

— Ah... merci.

Elle referme le biberon, le pose sur le plan de travail et se tourne pour me regarder.

— C'est bizarre, non ?

— Non, pas du tout.

— C'est *super* bizarre, Jake. Tu sais à quoi je ressemble quand je suis nue...

Bon sang, oui, c'est mon souvenir préféré.

— ... et maintenant tu vas garder les enfants pendant que je sors avec un autre homme. C'est la définition *même* d'une situation bizarre.

— Ça n'est pas obligé de l'être, je dis en souriant.

On est adultes, et on est amis. C'est... ce que font les amis.

Elle plonge son regard dans le mien avec une expression de tendresse qui va au-delà de l'amitié.

Le chien se met à aboyer comme un dingue quand on frappe à la porte. Chelsea me sourit une dernière fois et elle part ouvrir. Je retourne dans le salon au moment où Chelsea y guide Tom pour le présenter aux enfants. Ses dents blanches scintillent tandis qu'il sourit en disant bonjour à chacun d'entre eux.

— Tu es ravissante, chuchote-t-il à Chelsea.

— Merci, répond-elle. Je dois juste prendre mon sac et on peut y aller. Au revoir, les enfants, je ne reviens pas tard, dit-elle en leur soufflant des baisers avant de tourner les talons.

— Caldwell, je dis froidement.

— Becker, répond-il en souriant et en me tendant la main. Je suis surpris de te voir ici.

— Tu ne devrais pas, je réponds en lui serrant la main. Je suis là souvent. Je garde les enfants pour Chelsea.

— C'est sympa de ta part, répond-il.

Ouaip, c'est tout moi, ça, le mec sympa.

Je l'accompagne à la porte d'entrée, voulant m'entretenir seul avec lui.

— Je veux juste que certaines choses soient claires. Si tu traites Chelsea autrement qu'avec respect... si tu envisages de faire quelque chose qui pourrait faire mal aux enfants, d'une façon ou d'une autre... il ne restera rien de toi à enterrer, je lance avec un regard inquiétant.

— Tu me menaces, Jake ?

— Je pensais que c'était clair.

Il ricane en me frappant dans le dos comme si nous étions amis de longue date.

— Message bien reçu. Tu n'as aucune raison de t'inquiéter avec moi.

Chelsea descend les escaliers à la hâte et Caldwell lui ouvre la porte.

— Amuse-toi bien, Becker.

Je reste dans l'entrée après leur départ, fixant des yeux la porte fermée. Rory vient à côté de moi et regarde dans la même direction.

— Il m'a tout l'air d'un blaireau, dit-il.

— Tu es un excellent juge de personnalité, tu le sais, ça ?

Rory hoche la tête et je lui tapote l'épaule.

— Allez, on va jouer à la Xbox. J'ai besoin d'annihiler quelque chose.

◆◆◆

Il est environ vingt-trois heures lorsque Chelsea rentre à la maison, seule, Dieu soit loué. Elle franchit la porte et entre dans le salon où nous l'attendons. Tous.

— Waouh, salut... vous êtes encore debout ?! s'exclame-t-elle en enlevant ses chaussures.

Je suis assis au milieu du canapé avec Regan sur les genoux. Rory et Raymond sont de chaque côté de moi et Riley est assise par terre à nos pieds.

— Les enfants voulaient te parler de quelque chose, je dis.

— Qu'est-ce qui se passe ? demande-t-elle.

— On ne l'aime pas, dit Rory.

Il faut quelques secondes à Chelsea pour comprendre.

— Lui ? dit-elle en pointant son pouce par-dessus son épaule. Tom ?

— C'est un blaireau, confirme Rory.

— Il n'a pas l'air très intelligent, ajoute Raymond.

— Il est ennuyeuuux, râle Rosaleen.

— Il est mignon, dit Riley, mais tu pourrais faire mieux.

Le mot de la fin vient de Regan.

— Non !

Mon Dieu, quelle éloquence.

Chelsea éclate de rire.

— D'accord, merci de m'avoir fait part de vos remarques, je les prends en considération. Maintenant, au lit !

Les enfants se mettent à rouspéter et je soutiens Chelsea.

— Allez, les enfants, ne nous compliquez pas la vie. Rory, aide Regan à se brosser les dents.

— Je viens vous border dans une minute, dit Chelsea tandis qu'ils passent devant elle en file indienne. Je peux te parler dehors ? Maintenant ? demande-t-elle en me fusillant du regard.

Son ton est on ne peut plus sérieux, mais ça ne me gêne pas, parce que je suis ravi d'avoir cette conversation avec elle, moi aussi. Je serais plus que content de me battre avec elle, autant de fois qu'elle le voudra, de préférence nus, en sueur et... *merde* ! Qu'est-ce qu'il m'arrive ?

Je la suis par la porte vitrée de la cuisine en marchant d'un pas aussi déterminé qu'elle. Elle claque la porte derrière moi, puis elle me fait face brusquement.

— C'est injuste ! Tu ne peux pas faire ça !

— Qu'est-ce que tu crois que je fais, au juste ?

— Tu montes les enfants contre le mec avec qui je sors. Ma vie sentimentale n'est pas soumise à un vote !

Comment ça « sa vie sentimentale » ? Elle parle déjà de sentiments ?

— Tu as une vie sentimentale ? je m'exclame d'une voix horrifiée.

— J'ai le droit d'être heureuse ! dit-elle en enfonçant son index dans ma cage thoracique.

Pic.

— Crois-le ou pas, Tom me trouve attirante !

Pic.

— Il aime me parler et passer du temps avec moi !

Pic.

— Il *veut* de moi... contrairement à toi !

Je saisis sa main et je la plaque contre le mur de la maison. Elle me défie du regard en respirant fort, les yeux pleins de colère.

J'ai perdu la raison quand elle a commencé à parler d'autres mecs et j'ai oublié les conséquences de mes actes quand elle a insinué que je ne voulais pas d'elle.

Comme si c'était possible.

Je ne fonctionne plus qu'avec mon instinct, mes émotions, mon désir. Mon besoin d'être la dernière personne qu'elle touchera ce soir. Que mes lèvres lui donnent son baiser d'adieu. Pas celles de Tom.

— Le problème n'a jamais été que je ne voulais pas de toi, Chelsea.

Je me colle à elle, sentant sa poitrine se soulever sous mon torse. Je place mon genou entre ses cuisses, où elle est chaude et délicieuse. Mon visage se rapproche du sien et nous respirons le même air.

— Bien sûr que si ! C'est ce que tu m'as dit ! Que tu ne voulais pas de ça – de *moi* !

Cette affreuse soirée est floue. J'ai un vague souvenir de m'être senti nerveux, plein de remords, et d'avoir dit n'importe quoi. Je ne sais plus vraiment ce que je disais.

— Ah bon ? je réponds en m'appuyant davantage sur elle, la laissant sentir à quel point je la désire. Alors je suis un idiot. Pire que ça, je suis un menteur.

Je la dévore des yeux, me délectant de sa bouche pantelante, de ses joues rouges, des pulsations de son pouls dans sa gorge. Je m'empare de sa bouche et j'avale son gémissement. Je lâche ses poignets pour pouvoir promener mes mains sur elle et elle met ses bras autour de mon cou, m'attirant à elle. Je suce sa lèvre inférieure, puis je plonge ma langue dans sa bouche.

Ça fait longtemps. Beaucoup trop longtemps.

Elle se cambre contre moi et tout ce dont je rêve c'est de la soulever dans mes bras et de la baiser contre le mur.

C'est cette dernière pensée qui me ramène à la réalité.

Merde. Qu'est-ce que je suis en train de faire, bon sang ? Je lui ai dit qu'il fallait arrêter, et maintenant... *bon sang*, je suis un animal.

Délicatement, j'enlève ses bras de mes épaules et je m'oblige à faire un pas en arrière pour nous séparer. Je regarde mes pieds pour ne pas voir son regard.

— Chelsea, je suis... c'était une erreur. Ça ne se reproduira pas. Je suis désolé.

Elle ne répond rien, mais je la sens. Je sens sa confusion, puis sa colère. Lorsque je lève enfin la tête, je découvre que son visage exprime de l'agacement plutôt que de la déception. Elle fronce les sourcils et ses yeux crépitent de colère.

Le pire, c'est que l'enfoiré que je suis trouve ça encore plus excitant.

— Tu sais, Jake, j'ai toujours su que tu étais capable d'être un connard quand tu avais envie de l'être. Mais je n'aurais *jamais* cru que tu serais un lâche.

Elle tourne les talons, ouvre la baie vitrée et disparaît dans la maison.

Je me sens pourri, minuscule. Comme de la poussière coincée sous les griffes de Cousin Machin. C'est moi, ça, de la crasse sous les griffes d'un petit chien.

27

Le lendemain, au travail, je suis en tête sur la liste des victimes de Sofia. Elle déboule dans mon bureau et claque la porte derrière elle, le regard meurtrier. Elle appuie ses mains sur mon bureau et elle se penche au-dessus de moi. Elle peut être sacrément intimidante quand elle le décide et j'ai un tout nouveau respect pour Stanton, soudainement.

— C'est quoi, ton problème ?

— Tu peux préciser ta question, Sofia ?

— Tu joues avec Chelsea, et il faut que ça cesse.

À l'évidence, Chelsea lui a raconté notre petit échange dans le jardin. Je me demande ce qu'elle a dit, comment elle l'a décrit. D'un autre côté, ça ne me gêne pas que Sofia prenne son parti, Chelsea mérite d'avoir quelqu'un dans son camp.

— Ce n'était pas mon intention, je réponds faiblement.

— Elle ne sait plus sur quel pied danser ! crie-t-elle. Alors soit tu es son ami, soit tu es plus que ça, mais tu ne peux pas avoir les deux.

— Je le sais, putain ! je crie à mon tour. Je suis son ami.

Sofia se redresse et croise les bras.

— Dans ce cas, commence par te comporter comme tel !

◆◆◆

L'agression de Sofia me fout d'humeur lugubre pour le reste de la journée. Je n'arrive pas à me concentrer, et je finis par partir plus tôt pour filer chez Chelsea, afin de lui parler et m'assurer que les choses vont bien entre nous.

J'ai vraiment besoin que les choses aillent bien.

Il y a un gros 4 × 4 blanc garé dans l'allée quand j'arrive. La porte d'entrée n'est pas fermée à clé et j'entre. La maison est silencieuse, alors je vais dans la cuisine et je regarde par la baie vitrée. Chelsea est vêtue d'une salopette en jean avec un minuscule tee-shirt blanc et ses cheveux sont attachés. Ronan rampe sur une couverture à côté d'elle. Elle est dans le potager, en train de creuser un trou à la pelle.

Et elle n'est pas seule.

À ses côtés, en train de parler de manière détendue, se trouve Tom Caldwell, et... il a sa place, ici, dans une maison avec un grand jardin, un chien qui ressemble à une serpillière et un garage pour trois voitures. C'est le genre de mec qui va aux réunions parents-profs et qui participe aux tombolas des scouts. Ils vont bien ensemble, lui et Chelsea, même si j'ai envie de vomir en l'admettant. Je repense au portrait de mariage de Robert et de Rachel et j'imagine facilement les visages de Tom et Chelsea les remplacer.

Je tourne les talons et je traverse la cuisine. Je suis devant la porte d'entrée lorsque cinq des monstres passent à l'attaque. Ils me semblent sortis de nulle part, comme des zombies suceurs de cerveaux dans un film d'horreur. Sauf qu'ils sont beaucoup plus mignons.

— Alors tu vas partir ? Comme ça ?

Je les dévisage une minute puis je secoue la tête.

— Tom est là.

— Mais nous, on te veut *toi*, déclare Raymond.

— Tom est un mec sympa, Raymond.

— Mais ce n'est pas *toi*, ajoute Rory. C'est toi qu'on veut.

Ils hochent tous la tête.

— Tu ne nous aimes plus, Jake ? demande Rosaleen, brisant mon cœur en mille morceaux.

Qu'est-ce que je suis censé répondre à ça ? Sans rire !

— Viens ici, je lui dis.

Elle s'exécute et je me racle la gorge pour me débarrasser du nœud qui s'y est logé.

— Bien sûr que je vous aime. De tous les petits monstres du monde, c'est vous que je préfère. Mais j'essaie de faire ce qui est juste, les enfants.

— En nous laissant tomber ? demande Rory, les sourcils froncés.

— Je ne vous laisse pas tomber, je rétorque sèchement. Jamais. Quoi qu'il arrive... entre votre tante et moi, je serai toujours votre ami. Pour le reste de votre vie. Je ne vais nulle part.

J'entends des voix dans la cuisine et le bruit de la baie vitrée qui se referme. Je me lève alors que Tom et Chelsea arrivent dans le hall d'entrée.

— Jake, je ne savais pas que tu étais là.

Elle a une adorable trace de terre sur la joue que je rêve d'essuyer – avant de l'embrasser.

— Ouais, je viens d'arriver. Il fait beau. Je pensais emmener les enfants au parc, si ça ne te gêne pas.

— Bien sûr que non, répond-elle en souriant. Je vais chercher la veste de Regan.

◆◆◆

Une semaine passe. Je n'accepte plus de double rencard avec Brent et, d'ailleurs, je n'accepte aucun rencard. J'arrête même de me branler.

Bon... *arrêter* est peut-être trop fort, mais la fréquence baisse notablement.

Tout semble me brosser à contre-poil. Pire que ça, les choses qui me rendaient impatient et qui me procuraient de la joie, comme une victoire au tribunal, regarder un match avec mes amis, me semblent inutiles. Sans intérêt.

Milton se fait de nouveau arrêter, pour vandalisme et destruction de propriété, et je n'ai même pas la force de lui crier dessus.

Il me demande si mon chien est mort, puis, avant de sortir de mon bureau, il me dit de rester fort. Lorsque Milton Bradley a pitié de vous, c'est que vous avez vraiment touché le fond.

Mais je m'en fiche.

J'ai du mal à me supporter moi-même, et au bout de deux semaines, tout le monde semble en avoir assez aussi. Un jour, en début de soirée, Brent, Sofia et Stanton débarquent dans mon bureau et referment la porte. Brent rabat mon ordinateur portable, comme si j'étais puni.

— Qu'est-ce que vous faites ?

— C'est une intervention, dit Brent.

— Je n'ai pas besoin d'une intervention.

— Tu n'as pas le choix, en fait.

Je soupire et je regarde chacun d'entre eux, assis en face de moi.

— Je vais très bien.

— Nooon, répond Sofia en secouant la tête. Tu es l'opposé de *très bien.*

— Tu es misérable, ajoute Stanton.

Merci mon pote.

— Chelsea est plutôt misérable, aussi, dit Sofia, ce qui ne me soulage pas du tout.

— Et tous les deux, vous nous rendez tous misérables, déclare Brent. Ça fout en l'air ma bonne humeur et il faut que ça cesse.

— Jake, commence Stanton en se levant. On sait tous que tu veux être avec Chelsea, alors pourquoi tu n'arrêtes pas de faire l'autruche ? *Sois* avec elle !

Je retrouve enfin un peu de ma flamme.

— Parce que je ne veux pas lui faire de mal.

— Mais elle souffre *maintenant*, rétorque Sofia.

— Mais de cette manière, je ne la perdrai pas ! je dis en les défiant tous les trois du regard. Je sais me battre, je sais être avocat, et je sais être un ami. Mais je ne sais pas comment être père de famille.

— On s'attendait à ce que tu dises ça, répond Stanton en hochant la tête. Les dames d'abord, ajoute-t-il en regardant Sofia.

Elle se lève et fait les cent pas devant moi comme si elle s'apprêtait à m'interroger.

— Combien de doses de lait prend Ronan ?

— Qu'est-ce que ça a à voir avec...

— Réponds juste à la question, bon sang.

— Six. Sauf à l'heure du coucher où il faut lui en donner deux de plus.

Elle hoche la tête.

— Combien de mots connaît Regan ?

— Trois : *Coucou, non...* et *Jake*, je réponds en souriant. Elle est géniale.

Sofia s'assoit et Brent se lève.

— Quelle est la couleur préférée de Rosaleen ?

— Arc-en-ciel, même si je ne sais pas ce que ça veut dire.

Il hoche la tête.

— De quoi Raymond a-t-il peur ?

Je n'ai même pas besoin de réfléchir.

— Des météorites, des astéroïdes et de tout ce qu'il ne peut pas prédire ou contrôler.

Brent se rassoit et Stanton se lève à son tour, appuyant ses mains sur le dossier de la chaise de Sofia, plongeant son regard dans le mien.

— Que veut devenir Rory quand il sera plus grand ?

— Juge à la Cour suprême, que Dieu nous en garde.

— Quel est le nom du garçon dont Riley est amoureuse, ces jours-ci ?

— Preston Bavelard, je réponds en fronçant les sourcils.

C'est un vrai gamin, pas un personnage de *Harry Potter*.

Stanton vient à mes côtés et me frappe le bras.

— Félicitations, Jake, tu es déjà père de famille.

Je pense à ce qu'il dit, aux questions qu'ils m'ont posées, pendant que Brent et Sofia sourient comme deux abrutis. Je comprends enfin ce qu'ils veulent dire. C'est juste que...

— Je ne sais pas ce que je fais, j'admets.

Stanton se frotte le menton.

— Je vais te révéler un petit secret : aucun de nous ne sait ce qu'il fait. Tu crois que je savais ce que je faisais quand on a mis une petite fille dans mes bras, alors que j'avais dix-sept ans ? Bon sang, mec, j'ai tremblé non-stop pendant trois jours.

— Tu crois que Chelsea savait ce qu'elle faisait quand elle a débarqué ici pour s'occuper des enfants ? demande Sofia.

— La seule chose que tu as à faire, explique Stanton, c'est de les aimer. *Ça,* c'est la priorité. Le reste... viendra naturellement.

— De toute façon, tu crois vraiment qu'il y a quelqu'un d'autre qui fera autant d'efforts pour les rendre heureux ?

C'est la question la plus simple de toutes.

Non.

Dans ce cas... qu'est-ce que je fous ici ? Je me lève sans toucher à mon attaché-case et à tous mes dossiers.

— Faut que j'y aille.

Cependant, alors qu'ils me mettent des tapes dans le dos en me poussant vers la porte, celle-ci s'ouvre et mon boss, Jonas Adams, entre.

— Bonsoir, tout le monde.

Nous le saluons, choqués, parce que M. Jonas Adams, partenaire fondateur du cabinet, ne vient jamais dans nos bureaux. Jamais.

— Il s'est passé quelque chose, monsieur Becker. Mme Holten, la pauvre, est tombée dans les escaliers, déclare-t-il.

L'excitation et la joie que je ressentais viennent de disparaître. Je ferme les yeux et je déglutis alors qu'un lourd silence s'abat sur la pièce.

— Est-elle en vie ? je demande.

Adams enlève ses lunettes et les nettoie avec un mouchoir en tissu portant ses initiales.

— Oui, Sabrina est en vie, elle a juste quelques bleus. La police a arrêté le sénateur Holten, donc j'ai besoin que vous alliez au commissariat pour l'aider avec ses interrogatoires, l'aider à établir sa caution, et...

— Non.

Cette minuscule syllabe me fait un bien fou, presque autant que le prénom de Chelsea. Je sais quel genre d'homme je suis, et ce que je peux faire. Surtout, je sais ce que je *refuse* de faire.

— Je ne le ferai pas, monsieur Adams.

Il ferme légèrement les yeux, comme s'il ne me voyait pas clairement.

— Je peux vous demander pourquoi ?

— Parce qu'il est coupable.

— Est-ce qu'il vous l'a dit ?

— Non. Mais je sais qu'il fait du mal à sa femme.

Les joues d'Adams rougissent et il expire brusquement tout l'air de ses poumons. Je me suis déjà demandé si Jonas était vraiment aveugle ou s'il préférait ne pas savoir.

— William Holten est un client fidèle de ce cabinet, mais surtout, c'est mon ami depuis plus de quarante ans. Il mérite d'être défendu.

— Pas par moi, je réponds en secouant la tête et en le défiant du regard.

— Monsieur Becker, vous devriez réfléchir à vos prochaines paroles, parce qu'elles vont déterminer votre avenir...

— Je démissionne.

— Jake, chuchote Stanton.

— Ma lettre de démission sera sur votre bureau demain matin, monsieur Adams. C'est votre ami, vous n'avez qu'à défendre cette ordure.

— Considérez que votre démission est acceptée, réplique Adams avant de tourner les talons et de partir.

Un poids énorme disparaît soudain de mes épaules. L'autorité n'a jamais été mon truc.

— Jake, qu'est-ce que tu as fait ? demande Sofia en écarquillant les yeux.

Je l'embrasse sur la joue avant de répondre :

— J'ai fait ce qu'il fallait.

Je frappe Brent sur le bras et je serre la main de Stanton en souriant comme un débile.

— Et c'était super facile, j'ajoute. Je vous appelle plus tard. Encore merci, je ne sais pas combien de temps il m'aurait fallu pour me bouger les fesses sans vous trois.

— Allez, fonce, mec, dit Stanton.

Il n'a pas besoin de me le dire deux fois.

◆◆◆

Avant de me rendre chez Chelsea, je m'arrête au bureau du procureur. Je prends l'ascenseur pour l'étage de Tom Caldwell, qui est assis à son bureau. Je m'adosse à la porte, balayant la pièce du regard.

— C'est vraiment un bureau minuscule. On m'avait dit qu'ils étaient petits, mais à ce point... tu serais accusé de cruauté animale si tu y laissais un chien.

— Tu peux m'expliquer ce que tu fais là à comparer nos bureaux, Becker ?

Je hoche la tête.

— Tu as été prévenu pour Holten ?

— Bien sûr, c'est moi qui vais interroger ce fils de pute. Pourquoi tu n'es pas au commissariat pour lui éviter toutes ces méchantes questions ? demande-t-il d'un ton sarcastique.

— J'ai lâché l'affaire.

Il écarquille les yeux.

— Sans rire ? Jonas a dû adorer.

— J'ai démissionné, je réponds en haussant les épaules.

— Tiens donc, fait Caldwell en m'étudiant. Je suppose que tu ne serais pas intéressé par l'idée de venir nous rejoindre du côté lumineux de la force ? On aurait bien besoin de quelqu'un comme toi dans ces bureaux minuscules.

Je ricane.

— Non... ce n'est pas vraiment mon truc d'enfermer les gens. Une femme magnifique m'a dit un jour que j'étais quelqu'un qui défendait les autres.

J'avance vers lui en sortant une carte de visite de ma poche.

— Je voulais juste te déposer ça pour Sabrina Holten. Il y a mon numéro de fixe et mon portable. Dis-lui que j'aimerais l'aider.

— L'aider en quoi ? demande Caldwell en étudiant la carte.

— N'importe quoi, tout ce dont elle aura besoin, je réponds en tournant les talons pour partir.

— Jake...

— Ouais ?

Tom a l'air d'hésiter, puis il se décide.

— Chelsea a eu la fameuse conversation avec moi, l'autre jour. Tu sais, celle où elle me dit qu'elle me voit plus comme un ami, dit-il en haussant les épaules. Je me suis dit que tu serais intéressé de le savoir.

Ma bonne humeur vient de décupler.

— C'est le cas. Merci, Tom.

— À plus, Jake.

Voyez-vous ça, Caldwell est un mec plutôt bien, finalement.

28

Lorsque je me gare devant la maison, les enfants sont sur la pelouse. Riley surveille Regan, Rory est en train de courir après Rosaleen, qui hurle aussi fort que possible, et Raymond s'entraîne à faire des flips avec son skate.

— Mets ton casque, bon sang, Raymond ! je crie.

Il lève les yeux au ciel mais il s'exécute.

— Jaaaaake ! crie Rosaleen. Au secours !

Elle se jette dans mes bras, poursuivie par Rory qui tient une chenille dans sa main.

— Rory a dit qu'il allait mettre la chenille dans mon oreille et qu'elle allait manger mon cerveau et pondre des œufs, et que quand les œufs vont éclore mon cerveau allait exploser !

Je fusille le petit merdeux du regard.

— C'est quoi, ton problème ?

— Quoi ? Il faut qu'elle apprenne à ne pas croire tout ce qu'on lui dit.

— Je vais te sauver, Rosaleen ! crie Riley en tirant deux jets d'eau dans les airs.

— Super ! Des pistolets à eau ! s'exclament Rosaleen et Rory, presque en même temps.

Ils courent tous les deux vers Riley en riant.

— Ne vous approchez pas de la piscine ! je hurle.

Je les regarde pendant une minute, profitant de toute la joie qu'ils m'apportent, puis je vais vers la maison. Chelsea est dans la cuisine, en train d'essuyer le plan de travail. Ses cheveux tombent en vagues dans son dos et je constate que, sur elle, un jean et un tee-shirt sont beaucoup plus sexy que n'importe quelle robe de soirée.

Elle lève la tête lorsque j'entre dans la pièce.

— Salut, je ne savais pas que tu venais, aujourd'hui.

Je ne perds pas une seconde, honnêtement, j'ai déjà attendu beaucoup trop longtemps. J'avance vers elle et je prends son visage dans mes mains. Je l'embrasse tendrement, doucement, jusqu'à ce qu'elle gémisse et qu'elle s'accroche à moi pour ne pas tomber. Ensuite, je caresse ses pommettes avec mes pouces et je plonge mon regard dans le sien.

— Je t'aime, je déclare d'une voix rauque.

Chelsea m'étudie d'abord avec un sourire plein d'espoir. Ensuite, elle se souvient de ce que je lui ai fait, et son sourire disparaît. Elle fait deux pas en arrière et elle croise les bras, feignant l'indifférence.

— Et tu as décidé ça quand ?

Elle peut douter de moi autant qu'elle veut, je ne vais nulle part.

— Je le sais depuis un moment mais... j'ai décidé d'arrêter de me comporter comme un imbécile et de ne plus lutter contre mes sentiments.

Je penche la tête sur le côté, vers la fenêtre, où les cinq enfants crient et rient aux éclats.

— Je les aime, eux aussi, au cas où ça ne serait pas clair. Ils sont affreux et parfaits... et je les aime comme si c'étaient les miens. Comme si c'étaient les tiens.

Elle se mord la lèvre et ses yeux s'emplissent de larmes.

— Je t'en supplie, ne pleure pas, je dis en faisant un pas vers elle. Je t'... Je t'aime, Chelsea, je bégaie alors que j'ai les larmes aux yeux, moi aussi.

Chelsea renifle et recroise les bras, faisant de son mieux pour rester forte.

— Je suis censée oublier ces dernières semaines ? Les choses que tu as dites ?

— J'espérais que t'y arriverais, ouais, je dis en me frottant la nuque.

Elle baisse la tête, et j'avance encore, prenant son menton dans mes mains pour qu'elle lève la tête.

— J'essayais de te protéger, Chelsea. Je voulais ce qu'il y a de mieux pour toi, pour eux. Quelqu'un de bien. Je ne m'en pensais pas capable, je ne pensais pas être celui dont tu as besoin.

— Et maintenant ? demande-t-elle en fouillant mon regard.

— Maintenant, je le peux. Parce que... parce que personne ne pourrait t'aimer ou avoir besoin de toi autant que moi. Tu es *tout* pour moi. Il n'y a que toi qui comptes.

Une larme coule sur sa joue et elle rapproche son visage du mien.

— Ne me refais pas mal.

— Promis.

— Ne prends plus tes distances, comme ça.

— C'est impossible.

Elle se jette dans mes bras, me serrant si fort que je n'arrive plus à respirer, et c'est le sentiment le plus merveilleux au monde. Presque aussi bon que lorsque ses lèvres sont sur les miennes. Elle passe ses jambes autour de ma taille, comme si elle n'était toujours pas assez proche de moi. Elle penche la tête sur le côté pour m'embrasser plus profondément encore. Mes doigts plongent dans la chair de son dos tandis que je sens nos cœurs marteler dans nos poitrines.

Je la pose sur le plan de travail, me collant à elle, soulevant son tee-shirt pour sentir sa peau.

— Les enfants ! s'exclame-t-elle.

J'embrasse son cou et chaque centimètre de son visage.

— On les entendra. Du moment qu'ils crient, on n'a pas à s'inquiéter.

Et on les entend, en effet, à travers la fenêtre, jouant et riant, hurlant joyeusement.

Sa langue caresse la mienne et m'arrache un grognement.

— Mais ils pourraient rentrer à tout moment ! Ils pourraient nous voir.

Elle a raison, bon sang.

Je balaye la pièce du regard, cherchant n'importe quoi. Le garde-manger ! Je l'y emmène et je ferme la porte derrière moi avec mon pied, puis je passe la main dans mon dos pour la fermer à clé.

— Je me suis toujours demandé pourquoi il y avait un verrou dans le garde-manger, dit Chelsea en mordillant mon oreille.

— Les verrous sont merveilleux.

Elle éclate de rire, et je la pose juste assez longtemps pour la déshabiller, puis je la reprends dans mes bras et je la plaque contre le mur. Je la pénètre tout doucement, parce que ça fait un moment et, lorsque je suis complètement enfoui en elle, il n'y a plus un millimètre d'espace entre nous.

— Tu m'as tellement manqué, chuchote Chelsea.

Je commence lentement les allers-retours, et je suis une fois de plus frappé par le sentiment de plénitude qui m'emplit. C'est parfait. Rien n'a jamais été aussi bon.

Elle penche la tête en arrière et je ferme les yeux. Je dévore son cou et je chuchote dans son oreille combien je l'aime. Je lui dis tout ce que je veux lui faire, tout ce qu'elle représente à mes yeux. Elle me serre fort contre elle avec ses jambes en plongeant ses doigts dans mes cheveux.

— Je... je t'aime, bégaie-t-elle d'une voix haletante. Mon Dieu, Jake, je t'aime tellement.

C'est trop. Trop bouleversant, et en même temps ce n'est pas assez.

La pression monte et c'est fantastique. Un plaisir merveilleusement pur tourbillonne dans mon bas-ventre et mes coups de bassin accélèrent. Nous jouissons ensemble, ondulant, pantelant, gémissant, accrochés l'un à l'autre.

J'essaie de calmer mon souffle alors que mon cœur bat toujours la chamade, et je la regarde en caressant ses cheveux en arrière.

— Alors comme ça... tu m'aimes ? je la taquine.

Chelsea sourit tandis que des larmes emplissent ses yeux magnifiques.

— Oui. Je t'aime depuis que tu m'as portée à mon lit, malade comme un chien, et que tu m'as dit que tout irait bien. J'aime tout chez toi, même les facettes de toi que tu avais peur de me montrer. Et même si tu te comportes parfois comme un abruti, je vais t'aimer pour toujours.

— C'est bon à savoir, je réponds en riant et en l'embrassant tendrement.

◆◆◆

Cette nuit-là, après que les enfants se sont lavés et couchés, je reste chez Chelsea. Nous passons la moitié de la nuit à parler et à prévoir la suite, et l'autre moitié à... ne pas parler. En tout cas, nous ne disons rien de cohérent.

Le lendemain, je donne ma lettre de démission à Adams et je commence à préparer mon départ du cabinet. Je n'ai pas le moindre regret.

Chelsea et moi attendons tous les deux les enfants lorsqu'ils rentrent de l'école. Nous les réunissons dans le salon et nous leur annonçons ce que nous avons prévu.

— Je sais que ça peut vous sembler rapide, dit Chelsea tandis que je fais sauter Ronan sur mon genou, mais il y avait un film, dans les années quatre-vingt – vos parents l'adoraient –, qui s'appelait *Quand Harry rencontre Sally*...

— Ça a l'air nase, interrompt Rory.

— *C'était* un peu nase, je dis du coin de la bouche.

— Ce n'était pas nase ! s'exclame Chelsea. C'était parfait ! Bref, il y a une phrase, dans le film, qui dit que quand vous trouvez la personne avec qui vous voulez passer le reste de votre vie, vous voulez que le reste de votre vie commence tout de suite. C'est ce que Jake et moi ressentons l'un pour l'autre, annonce-t-elle en me regardant.

— *Mais*, je dis en observant les enfants un par un, si ça ne vous plaît pas, on veut que vous nous le disiez. Vous avez le droit de dire non, je ne serai pas vexé. Je veux seulement emménager ici si vous le voulez tous.

Ils se regardent et réfléchissent. Ils sont tellement silencieux que c'en est bizarre.

— Vous vous installeriez dans la chambre de Papa et Maman ? demande Riley.

Je fais un clin d'œil à Chelsea, parce que nous en avons déjà parlé.

— En fait, on s'est dit qu'on allait faire quelques travaux dans ma chambre, explique-t-elle. On voudrait qu'elle soit assez grande pour deux, agrandir la salle de bains et les placards. Quant à la chambre de vos parents... Jake et moi avons pensé que ce serait plutôt cool d'en faire une grande pièce familiale. Un endroit où on pourrait passer du temps ensemble. On pourrait acheter un billard, un grand canapé, une nouvelle télévision...

— Un flipper ! s'exclame Rory qui, à l'évidence, aime le projet.

Chelsea hoche la tête.

— Et je pourrais dessiner ce que vous voulez sur les murs. Et on les peindrait ensemble.

— Oooh, ooh, je veux des papillons ! crie Rosaleen. Et des licornes et des arcs-en-ciel.

— Et des gros camions, dit Rory.

— Et des skates, ajoute Raymond.

— Et tout un mur avec les One Direction et 5 Seconds of Summer, conclut Riley.

— Ouais, on peut faire tout ça, dit Chelsea.

— Ça va ressembler à la chambre d'un schizophrène, je murmure.

— Et à propos de Jake qui viendrait vivre ici, vous en dites quoi ?

— Je pourrai emménager avec mon copain, un jour ? demande Riley qui ne perd pas le nord.

— Bien sûr, je réponds. Quand tu auras vingt-six ans

et que tu élèveras six enfants, tu pourras emménager avec ton copain et je ne dirai rien. D'ici là, c'est mort.

Elle lève les yeux au ciel.

— Si tu le dis. Bref, je vote oui. Jake devrait vivre ici.

— C'est clair, dit Rory.

Rosaleen sourit jusqu'aux oreilles et court dans mes bras.

— Oui, oui, oui !

— Ça roule, dit Raymond.

Nous nous tournons tous vers Regan, qui sourit autant que les autres et qui conclut l'affaire en prononçant son quatrième mot.

— Oui !

◆◆◆

Ce soir-là, lorsque les enfants ont fini leurs devoirs et que tout le monde est en pyjama, nous sommes assis dans le salon, devant la télé, lorsque mon téléphone sonne : c'est Brent.

— Salut.

— Salut, comment ça va ?

— Parfaitement bien, je réponds en regardant Chelsea.

— Tant mieux, répond-il en riant. Écoute, es-tu libre à l'heure du déjeuner, demain ? J'aimerais te parler de quelque chose. À Stanton et à Sofia aussi.

— Ouais, je suis libre. Qu'est-ce qu'il se passe ?

— Ben en fait... je suis propriétaire d'un immeuble...

— Tu es proprio d'un immeuble ?

— Ouais, c'est un bel immeuble et...

ÉPILOGUE

Un an plus tard

Le bureau dans lequel je travaille depuis six mois est bien plus grand que l'ancien. Il est situé au dernier étage de l'immeuble, et j'ai une fenêtre d'angle qui m'offre une vue imprenable sur la ville. De surcroît, je ne le partage avec personne. Des codes civils et des précis juridiques tapissent la bibliothèque sur un mur, et des photos de famille recouvrent mon bureau.

Brent, Stanton et Sofia ont chacun un angle du dernier étage. Être partenaire fondateur d'un cabinet offre bien des avantages.

L'immeuble dont Brent nous a parlé, il y a un an, a subi de lourdes rénovations et il est désormais le siège de Becker, Mason, Santos & Shaw. Ça sonne bien, vous ne trouvez pas ? Lorsque j'ai démissionné de chez Adams & Williamson, Brent, Stanton et Sofia ont commencé à envisager de poursuivre leur chemin, eux aussi. Nous avions tous envie de prendre nos propres décisions et de choisir nos affaires. C'était un risque, mais il valait la peine qu'on le prenne.

Mme Higgens a choqué tout le monde en décidant de me suivre, et elle passe justement sa tête par la porte.

— Jake, tu vas être en retard !

— Je ne vais pas être en retard. Je ne suis jamais en retard.

Mon fauteuil en cuir roule en arrière tandis que je me lève. Je vérifie les poches de mon costume noir : clés, portefeuille, téléphone, tout y est.

— Allez, dépêche-toi, insiste Higgens. Je m'occupe de tout éteindre et de tout fermer.

— OK, merci. On se voit là-bas, madame Higgens.

Je marche d'un pas rapide vers la crèche où Regan et Ronan passent une partie de leur journée et qui n'est qu'à un pas du bureau. Je dis bonjour aux assistantes et je signe le registre. La porte s'ouvre quelques minutes plus tard et les poils de mes bras se hérissent lorsque j'entends la chanson de *Bonne Nuit les petits*. On m'apporte mes deux petits monstres qui marchent en se tenant la main. Ronan a un peu plus de dix-huit mois, maintenant. Il a une énorme touffe de cheveux blonds sur la tête, des taches de rousseur sur le nez et un regard vif qui me rappelle celui de son frère. Il marche d'un pas lent et mal assuré, et c'est pour ça que je le soulève avec un bras avant de prendre Regan dans l'autre. Ils disent au revoir et nous filons.

— Aujourd'hui, on a fait des fleurs en papier, et la mienne était la plus grande. Après, Mme Davis a apporté un nounours quand elle a lu une histoire et c'est moi qui l'ai tenu. Il était gris, et il avait deux yeux noirs, deux bras, deux jambes, et un nœud papillon rouge et...

Regan saisit mes joues dans ses petites mains et elle me regarde en fronçant les sourcils.

— Tu m'écoutes ?

— Oui, oui, je t'écoute, je réponds en traversant la rue. Deux bras, deux jambes, un nœud papillon rouge... j'ai hâte de connaître la suite.

Il y a huit mois, Regan a appris plein de mots... et depuis, elle ne cesse de parler.

— Et après on a lu *Le Jardin potager* et dans l'histoire ils cueillaient des légumes pour la soupe. Il y avait des carottes, du chou, des patates...

Ronan rit tandis que je cours, le faisant rebondir dans mes bras, et nous arrivons à l'église avec une minute d'avance. Je pose les enfants par terre, je lisse la chemise de Ronan et je renoue le nœud jaune au dos de la robe de Regan.

— Vous êtes là, j'avais peur que vous soyez en retard, dit Chelsea en descendant les marches de l'église.

Elle est tout simplement canon. Sa robe en soie bleu marine fait ressortir sa peau pâle et elle la moule partout où il faut, tombant juste sous le genou, avec un beau décolleté qui me met l'eau à la bouche. Ses cheveux sont lâches, bouclés, et ils brillent au soleil.

J'y plonge ma main en l'attirant à moi pour l'embrasser.

— Je ne suis jamais en retard. Tu es magnifique. Cette robe est canon.

— Et tu n'as pas vu ce qu'il y a dessous, chuchote-t-elle dans mon oreille.

— Oh, mais j'en ai l'intention, ne t'en fais pas.

Nous nous embrassons longuement, jusqu'à ce que nous soyons interrompus par le reste de la meute.

— Vous savez, plus vous vous embrassez devant nous, plus je dois passer de temps avec mon psy, ricane Rory.

Je le fusille du regard et il sourit d'un air narquois.

Chelsea enlève le rouge qu'elle a mis sur mes lèvres et je vois sa bague de fiançailles scintiller. C'est un diamant de deux carats, serti d'émeraudes, le tout sur une bague en or blanc. Je la lui ai offerte il y a quelques mois, je me suis même mis à genoux. Elle m'a répondu par un *oui* très enthousiaste.

Chelsea a repris les cours cette année et elle est en train de finir sa licence d'histoire de l'art. Elle a même un boulot à mi-temps qui l'attend dans une petite galerie quand elle aura son diplôme.

Elle prend ma main et elle hoche la tête en direction de Riley, qui se tient à côté d'un grand brun tout maigre.

— Riley voudrait te présenter son ami, dit-elle en m'entraînant vers eux.

— Jake, dit Riley en souriant. Voici Parker Elliot.

— C'est un honneur de vous rencontrer, monsieur, dit le gamin en me tendant la main.

Je regarde sa main, puis son visage, m'assurant d'avoir l'air aussi froid que possible, puis mon regard le scrute de la tête aux pieds, et je fais un bruit de crachat avec un air de dégoût. Puis, je pars.

— Ne fais pas attention à lui, il est comme ça avec tout le monde, dit Riley pour rassurer son copain.

Chelsea ricane en me rattrapant.

— C'était pas très sympa, ça.

— Tant mieux. La dernière chose que je souhaite, c'est qu'il pense que je suis sympa.

Je baisse la tête pour l'embrasser, parce qu'elle est ravissante et qu'elle est à moi.

Lorsque nous sommes arrivés à la moitié des marches, je me tourne et je fais signe aux six qui m'accompagnent, sept en comptant ce fichu Parker, d'approcher.

— Allez, on m'écoute, je dis, attendant d'avoir l'attention de tout le monde. C'est un jour très spécial pour Stanton et Sofia et nous voulons que tout se passe bien. Donc, pendant les prochaines quarante-cinq minutes, j'attends que vous vous comportiez comme des êtres civilisés. Ça veut dire qu'on ne bavarde pas, on ne se pince pas, on ne se tire pas les cheveux, on ne se moque pas et on ne se dispute pas, on ne rit pas, on ne se cure pas le nez, on ne s'insulte pas, on ne pleure pas...

Je baisse la tête pour chuchoter à l'oreille de Chelsea.

— J'ai oublié quelque chose ?

— On ne se regarde pas, répond-elle.

— Ah oui, on ne se regarde pas ! j'annonce au groupe.

C'est presque le plus important, en fait.

— Sinon, vous aurez de sévères punitions.

Pour eux, une punition sévère c'est un week-end sans télé ou WiFi.

— Est-ce que tout le monde a compris ?

Ils hochent la tête et je frappe dans mes mains.

— Très bien, alors allons-y.

Chelsea porte Ronan et mène les enfants dans l'église tandis que je reste à l'arrière pour m'assurer qu'on n'oublie personne. Raymond est le dernier à monter les marches, car il a les yeux rivés sur la limousine de la mariée, dont la superbe demoiselle d'honneur est en train de descendre.

— Presley est magnifique, n'est-ce pas ? demande-t-il d'une voix pleine d'admiration.

Il regarde la jolie blonde de treize ans relever la robe de Sofia tandis que cette dernière sort de la limousine.

— Tu sais qu'elle est plus vieille que toi ? je demande.

— Ouais, je sais. C'est pour ça que je vais rester patient. Quand je dirigerai la plus grosse entreprise d'informatique du pays, je ferai le premier pas.

Je le frappe si fort dans le dos que ses lunettes manquent de tomber.

— C'est une super stratégie, Raymond.

◆◆◆

Le mariage de Stanton et Sofia se déroule sans le moindre souci. Sa robe est à la fois sexy et élégante : couleur ivoire, avec des perles, moulante, avec juste assez de décolleté pour que Stanton lève à peine la tête. Ils ont tous les deux les larmes aux yeux lorsqu'ils prononcent leurs vœux, et j'ai adoré les voir aussi heureux.

La réception, très élégante, bien sûr, se déroule au Ritz-Carlton de Washington. Je crois que Stanton a offert des billets à presque tous les habitants de Sunshine, la ville du Mississippi d'où il vient, et, en plus des frères de Sofia et de leurs familles, quelques membres de sa famille sont venus du Brésil. Inutile de préciser que la nourriture est exquise, que les boissons sont délicieuses et que les invités sont tous super.

Rosaleen vient me trouver près du bar, les yeux grands ouverts, tout excitée.

— Jake ! Tu n'as rien dit à propos de mon gloss ! Riley m'a prêté le sien. C'est pas joli ?

— Tu es magnifique, ma belle. Aussi belle que ta tante.

Elle sourit jusqu'aux oreilles et elle empoigne Rory par le bras pour l'emmener danser.

La mère de Stanton me regarde d'un air étrange.

— Tu sais, Jake, je t'ai davantage vu sourire durant les trente dernières minutes que depuis toutes les années que je te connais.

— Eh ben... j'ai de sacrées bonnes raisons de sourire, aujourd'hui.

Elle tapote mon bras et je pars retrouver Chelsea. Je croise Brent, en train de parler à Mary, la petite sœur de Stanton.

— Crois-moi, tu n'as aucune envie d'être avec un mec comme moi, Mary. Je suis solitaire, tu sais, un rebelle...

Chelsea passe ses bras autour de mon cou et nous dansons devant l'orchestre.

— Devine quoi ?

— Quoi ? je demande en effleurant son nez avec le mien.

— Je parlais à ta mère, et elle et Owen ont proposé de ramener les enfants à la maison ce soir et d'y dormir. Donc... j'ai réservé une chambre ici ce soir. Pour toi et moi.

— Putain, tu es brillante, je marmonne. Je t'ai déjà dit à quel point j'aimais ton esprit ?

— Je croyais que tu aimais mon corps, dit-elle d'une voix moqueuse en se rapprochant de moi.

— Oh que oui, crois-moi. Je t'en donnerai la preuve ce soir, et demain.

— Et on fait la grasse matinée, demain, monsieur, je me lève à cinq heures du matin.

— Eh bien... on peut rester au lit... mais je ne peux pas te promettre qu'on dormira.

Chelsea appuie sa joue contre mon torse.

— C'est parfait.

Et ça l'est, n'est-ce pas ?

Sans vouloir me vanter, comme tous les aspects de ma vie, ces temps-ci... ça *a l'air* parfait parce que *ça l'est.*

◆ À SUIVRE ◆

Remerciements

Je n'ai jamais fait de gymnastique, mais j'ai toujours adoré regarder les compétitions, la manière dont les athlètes volent dans les airs, défiant la gravité avec une maîtrise parfaite tout en donnant l'impression que c'est facile. Toutes les chorégraphies sont fascinantes, mais de temps en temps, il y en a une qui se démarque, parce qu'elle est bien construite et propre. Parce qu'il n'y a aucun ajustement, même rapide, aucun vacillement. Et, dans ces chorégraphies qui sont quasi parfaites, le gymnaste s'assure toujours de gérer la réception.

C'est un peu ce que j'ai ressenti en terminant *Sustained* (*Sous influence* pour l'édition française). Mes deux pieds étaient fermement ancrés dans le sol. J'étais confiante, sûre de moi.

Ce n'est pas toujours ainsi, lorsqu'on conclut un livre. J'ai adoré tous les romans que j'ai écrits, bien évidemment, mais je suis toujours inquiète que les lecteurs n'apprécient pas. Est-ce que l'intrigue est trop farfelue ? Est-ce que c'est assez sexy et drôle ? Est-ce que la narration est cohérente ? Est-ce qu'ils vont être déçus ? Est-ce qu'ils vont avoir envie de castrer mon personnage masculin principal (pour moi c'est *la* question) ?

Après plusieurs versions et d'innombrables révisions, après *encore* de nouvelles révisions et corrections, ces inquiétudes se calment un peu, du moins jusqu'à la sortie du livre.

Cependant, *Sustained* a été différent depuis le début. Il y a une profondeur et une intensité chez Jake et Chelsea qui émeuvent, même s'ils restent amusants. Leur passion, leurs espoirs et leurs craintes, leur tristesse et leur joie étaient une expérience géniale. Je n'ai jamais été aussi excitée à l'idée de partager mon histoire avec mes lecteurs.

Ceux qui me connaissent savent que je ne déborde pas de confiance. D'ailleurs, je crains déjà que ces mots ne me fassent paraître un peu vantarde (j'imagine déjà Drew Evans secouer la tête), or ce n'est vraiment pas mon intention. Je crois que ce que j'essaie de dire, c'est que, pour moi, *Sustained* était spécial. C'est le genre d'histoire qui vous laisse de bonne humeur et à laquelle vous repensez avec joie longtemps après avoir tourné la dernière page.

Plus que tout, j'espère que ce roman était spécial pour vous aussi.

À présent, le moment est venu de dire que les auteurs ne sont pas seuls à publier des livres géniaux, et que je n'aurais pas pu finir celui-ci sans une équipe fabuleuse.

À mon agent, Amy Tannenbaum, de l'agence Jane Rotrosen, merci pour tous tes conseils, tous tes appels, et tous tes emails (même le week-end, messieurs-dames). « Géniale » ne suffit pas à te décrire !

À mon éditrice, Micki Nunding : travailler avec quelqu'un comme toi est tout ce dont j'ai rêvé quand je me suis imaginée devenir écrivain professionnel. Je continue d'être impressionnée par ta manière de comprendre instantanément mes personnages. Je suis merveilleusement rassurée de savoir que tu me rattraperas chaque fois que je trébucherai et que tu seras là pour tirer le meilleur de mes histoires. Merci de m'avoir aidée à puiser plus profondément et à prendre mon envol d'auteur !

Je suis infiniment reconnaissante envers mes chargées de communication – Nina Bocci de Bocci PR et Kristin Dwyer (mon rayon de soleil) de chez Simon & Schuster – d'avoir cru en moi, de m'avoir dit ce que j'avais besoin d'entendre au bon moment, et d'avoir travaillé sans relâche pour offrir mes histoires au public. Vous gérez !

À l'auteur Katy Evans, je t'aime ! Nos conversations sont tout pour moi, merci d'être là, de me faire part de tes pensées et de me faire savoir que je ne suis pas seule :)

À Christina Lauren, Alice Clayton et à tous mes amis écrivains, votre soutien, vos encouragements et vos rires sont un cadeau merveilleux que je chéris tous les jours.

Un grand merci à mon assistante, Juliet Fowler, de me rappeler ce que j'oublie (ça arrive fréquemment) et de faire tout ce qu'il faut afin que je puisse écrire. Je serais perdue sans toi !

À Molly O'Brien, merci de faire en sorte que la maison ne s'écroule pas pendant que je suis enfermée dans mon bureau avec mes personnages ! xoxo

Aux merveilleux et talentueux Simone Renou de In My Dreams Design et Hang Le de By Hang Le Graphic Design, merci pour vos beaux designs !

Merci à ma fille de m'avoir aidée à comprendre et à retranscrire le langage des adolescents d'aujourd'hui, je n'aurais jamais été assez cool pour le faire toute seule.

Merci à Fener Deonarine de m'avoir aidée avec tout le jargon juridique de Washington.

La photocomposition de cet ouvrage
a été réalisée par
GRAPHIC HAINAUT
59410 Anzin

Imprimé en Allemagne par
GGP Media GmbH
à Pößneck
en décembre 2017

POCKET – 12, avenue d'Italie – 75627 Paris Cedex 13